JOHANNES NEUHOFER

ICH BIN JETZT AM JOHANNESWEG

JOHANNES NEUHOFER

ICH BIN JETZT AM JOHANNESWEG

Zwölf Geschichten vom Leben

Aufgezeichnet von
Andrea Fehringer & Thomas Köpf
Unter der Mitarbeit von
Helmut Berger

AMALTHEA

Besuchen Sie uns im Internet unter
www.amalthea.at

Umschlaggestaltung: Silvia Wahrstätter, vielseitig.co.at
Umschlagfotos: © Csaba Szépfalusi, csaba.at (Vorderseite);
© Mühlviertler Alm (Rückseite)
Herstellung und Satz: Franz Hanns
Gesetzt aus der 11,5/15 Punkt Minion
Printed in the EU

ISBN 978-3-85002-896-7

Inhalt

Vorwort

Schön, dass wir uns wieder über den Weg laufen.

Oder falls wir uns noch nicht kennen: Servus, ich bin der Johannes.

Der Johannesweg hat eine Breitenwirkung erreicht, wie man sie sich besser nicht wünschen kann. Tausende Menschen sind ihn gegangen, viele haben zu sich gefunden, und ich ziehe den Pilgerhut vor jedem Einzelnen. Das Buch *Der Johannesweg* war die Basis dafür, die geistige Grundlage. Ein bunter Lebensratgeber, der Schritt für Schritt zu Einkehr und Zufriedenheit führen möchte, idealerweise direkt zur Gesundheit. Als Dermatologe habe ich da schon viele Jahre Erfahrung. Vom Start weg war das Buch ein Erfolg; mein Dank gilt jeder Leserin und jedem Leser. Ihr seid die Wegbereiter, Wegbegleiter und Gefährten einer guten Gesinnung.

Ob es einen zweiten Teil des Buches gebe, hat der Verlag gefragt, eine Fortsetzung. Na schon, habe ich gemeint, man kann den Johannesweg einfach in die andere Richtung gehen.

Im Verlag hat man mir gesagt, dass das so nicht geht. Wir sind zusammengesessen und haben aufgezeichnet, was bisher geschah. Es ist viel passiert, sehr, sehr viel. Der Weg hat bewegt. Hoffnung gegeben. Freude gebracht. Und Freunde gemacht.

»Was du dir nicht erarbeiten kannst, das kannst du dir erwandern«, hat einmal ein weiser Mensch angemerkt. In einer der schönsten und heilkräftigsten Regionen des Landes, rund um die Mühlviertler Alm, kann das heute jeder erleben. Der Johannesweg ist vierundachtzig Kilometer lang und von zwölf schlichten Johannessäulen markiert. Wir haben ihn seinerzeit angelegt als die österreichische Antwort auf den Jakobsweg, was vielleicht ein wenig anmaßend klingt, aber vom Kern her alles sagt. Sinnbild des Johanneswegs ist die weiße Lilie. Aus der Vogelperspektive betrachtet, ergibt der Weg auch auf der Landkarte das Bild einer Lilienblüte. Feierlich eröffnet wurde der Johannesweg am 24. Juni 2012, am Tag des Namenspatrons, Johannes des Täufers, der schon vor zweitausend Jahren den Blick für das Wesentliche geschärft und den Plunder seiner Zeit entrümpelt hat. Ja, es war ein wunderschöner Sonntag, für einen Sonnenbrand gut, als Hunderte Menschen den Johannesweg mit Applaus begrüßten. Waren es die unzähligen Medienberichte, die Sehnsucht der Menschen, unserer hektischen Zeit zu entfliehen, oder beides? Das Buch steht heute in vielen Regalen. Und der Weg – er bekam den Gesundheitspreis des Landes Oberösterreich verliehen – ist inzwischen der am häufigsten angeklickte auf www.wandern.at.

Um die Energie weiter fließen zu lassen, haben wir am 21. Februar 2012 auch den Johannesweg-Verein gegründet, der Menschen zusammenführt und für eine ganz bestimmte Lebenshaltung steht. Eine Denkweise und Lebensschule, die der Gesundheit förderlich sein soll und dabei auch den Geist belebt. Vom Installateur bis zum Ärztekammerpräsidenten, von der Hausfrau bis zur Ministerin, vom Verfassungsrichter bis zum Fußballpräsidenten, vom Skidirektor bis zum Chefredakteur, vom Studenten bis zum Generaldirektor sind umsetzungsfähige und lebensnahe Menschen an Bord. Näheres, wen's interessiert, auf www.johannesweg.at.

Von Anfang an bekamen wir viele Leserbriefe. Es war mir eine Ehre, sie zu lesen, danke für die Mühe und all die wunderbaren Zeilen. Es waren diese Briefe, die uns auf die Idee gebracht haben, wie das nächste Buch aussehen könnte: Kurzgeschichten rund um den Johannesweg. Schicksale, Gleichnisse, Weisheiten, kleine Moralismen, Szenen, Möglichkeiten und Mikrowelten, kurzum Erzählungen, vielleicht mit wahrem Hintergrund. Mir geht es um die Menschen und den mitunter banal klingenden Rat: Lebe dein

Leben. Und finde deinen Weg. Dabei erreicht man immer wieder Meilensteine.

Menschen und Meilensteine. Erfolge und Etappensiege.

Wenn auch Sie Erlebnisse, Ideen und Gedanken rund um den Johannesweg haben – schicken Sie sie mir, ich lese jeden Brief und jede E-Mail, die mich auf praxis@dr-neuhofer.at erreicht.

Zum Abschluss mein ärztlicher Rat: Viel Spaß mit dem Buch, und bleiben Sie gesund.

Dr. Johannes Neuhofer *Linz, Juni 2014*

1.
Der Clown, der niemals lachte

Ich habe keine Probleme, nur Geheimnisse.

Es ist so ein Gedanke, der sich plötzlich materialisiert, während er sich schminkt. Beppo sitzt in der Künstlergarderobe, schaut in den von Lampen umrahmten Spiegel und verschmiert weißes Make-up in seinem Gesicht. Er verreibt es so fest, dass ein unbeteiligter Betrachter glauben könnte, er wolle sich die kalkweiße Farbe bis in die untersten Hautschichten einmassieren, um sich nachhaltig zu bleichen. Dabei macht er Grimassen, Aufwärmübungen, Kunststücke mit seinen Wangen, die sich aufblähen und wieder zusammenziehen. Ein Clown muss viel können mit seinem Gesicht. Jetzt muss er vor allem einmal fertig werden.

Gleich beginnt die Vorstellung. Dicke Schichten Lippenstift trägt er auf, ein absurd grelles Rot glänzt ihm im Spiegel entgegen, feucht schimmernd, er schürzt die Lippen. Jetzt das Rouge. Dann der Kajal. Beppo zieht die geschwungenen Bögen der Augenbrauen nach und hebt sie, sie sehen aus wie Raupen. Sie tanzen, während sich seine Mimik verfinstert. So ein lustiger Clown, denkt er, hahaha, dass ich nicht lache. Leicht, fast zaghaft schüttelt er den Kopf. Witzfigur. Alles hohl. Alles verdreht. Ich komme mir vor wie ein umgekehrter Brunnen, denkt er. Nach oben hin ist mein Leben zu, nach unten hin ist es offen.

Er pfropft sich die signalrote Nase ins Gesicht und setzt die grüne Lockenperücke auf, die aussieht, als wäre ihm eine Froschfamilie auf dem Kopf zerplatzt. Grüne Locken, rote Nase, blaue Jacke, fliederfarbene Hose, gelbes Hemd und rosa Schlips, dazu das weiße Gesicht. Es wundert ihn nicht, dass sich manche Menschen vor Clowns fürchten. Beppo nickt dem Spiegel zu. Die paar Falten, mein Gott. Mitte vierzig. Ich habe keine Probleme, sagt er sich – vielleicht sogar so laut, dass man es hören kann –, nur Geheimnisse.

Eines davon ist die Angst. Die Angst, die ihn neuerdings immer öfter beschleicht. Die ihm innewohnt wie eine Ratte, die sich in seine Eingeweide verbissen hat. Sie ist auf einmal dagewesen und nie wieder gegangen. Die Angst ist jetzt Untermieter seiner Seele.

Tock-tock. Beppo zuckt zusammen. Die Tür bleibt geschlossen.

»Zehn Minuten«, brummt jemand von draußen. Papa Franco. Der Zirkusdirektor ist, nun ja … eben wie er ist. Kleiner Mann, großer Tyrann. Niemand wagt es, an ihm zu zweifeln, schon gar nicht laut. Die meisten trauen sich nicht einmal, hinter vorgehaltener Hand schlecht über ihn zu reden, weil der Direktor anscheinend ein Sensorium hat, diese Dinge zu orten: Antennen, die schon Fragmente einer üblen Nachrede aufspüren und den Urheber entlarven, damit er zur Rechenschaft gezogen werden kann. Franco leitet die Geschicke des Zirkus Rizzoli. Er bestimmt, was geschieht, und wem das nicht passt, der fliegt raus. Er, Franco Rizzoli, Gottseibeiuns der Schausteller. Manche halten ihn für einen Teufel oder zumindest einen Kobold, andere für einen Anführer. Er gilt als einer vom alten Schlag. Wobei er das mit dem Schlag wörtlich nimmt. Immer wieder kommt es vor, dass einer der jungen Leute, die zur Truppe gestoßen sind, in der Nacht heult wie ein Schlosshund. Papa Franco zitiert sie unter einem hanebüchenen Vorwand in sein Büro, in seinen Direktionswohnwagen, dort brüllt er sie an, putzt sie zusammen, bis sie so klein sind mit Hut, und dann zieht er den Gürtel aus den Schlaufen. Er behandelt sie, seine erklärte Familie, wie Sklaven, die eine Strafe verdient haben. Weil doch die ganze Welt unter ein Zirkuszelt passt und dort drinnen nur Platz für eine Meinung ist: seine. Er schlägt für sein Leben gern zu, ohrfeigt die Mädchen, tritt die Buben, peitscht sie mit dem Gürtel aus, bis sie Striemen am Rücken oder rote Flecken am

Hintern haben und um Gnade flehen, bitte, Herr Direktor, bitte, bitte nicht mehr wehtun. Dann erst entlässt er seine Zöglinge mit erhobenem Finger und der Drohung, dass das nie wieder vorkommen dürfe, sonst … Wobei nie ganz klar ist, was er mit »das« eigentlich meint. Was soll nie wieder vorkommen? Ein Missgeschick? Ein falscher Ton? Ein unrechter Blick? Ein Windhauch? Eine Nebelschwade? Ein Tautropfen am Morgen? Einmal hat Marc, der Sohn des Magiers, einen Teller Suppe fallen lassen: ein Fall für den Gürtel. Ein andermal hat Juanita vergessen, eines der Pferde zu füttern: her mit dem Gürtel. Sza-Sza hat offenbar den weißen Tiger gereizt, zack! Hanni hat den Abwasch nicht ordentlich hinbekommen, wumm! Und Robert, als er noch jünger war und noch nicht auf dem Trapez seine Flugshow aufführte, hatte oft täglich Abbitte leisten müssen: knien, büßen, Gürtel, das volle Programm. Der Direktor nahm es ihm übel, dass er so hübsch war. Und dass er beinahe seine Tochter geschwängert hatte, dürfte auch etwas damit zu tun gehabt haben. Electra heißt sie. Papa Franco hat gedacht, das wäre fein für sie, später im Leben, wenn der Künstlername auch gleich der echte ist. Electra. Was für ein Name. Was für eine Akrobatin. Was für eine Frau.

Beppo begutachtet sich ein letztes Mal im Spiegel. Er kann sich nicht erinnern, wann er zuletzt gelacht hat. Sei's drum. Sie touren durch Österreich und den Rest der Welt, aber das Draußen ist nicht so wichtig, weil das Drinnen immer gleich ist, immer gleich sein muss. Die Manege ist der Schauplatz des Seins. Beppo runzelt die Stirn. Augen weit auf, Zunge raus – bäh! – und fertig ist der Clown. Bereit für seinen großen Auftritt.

In zwei Minuten beginnt die Vorstellung. Auf dem Messegelände in Wien brodelt es, so etwas spürt man. Der Zirkus wurde im Vorfeld von den Medien über die Maßen wohlwollend behandelt, was damit zu tun hat, dass der Direktor mit drei Zeitungsherausgebern auf Du und Du ist und im Gegenzug brav Inserate schaltet. In der Medienwelt kann man sich die Liebe kaufen.

Beppo hört den anbrandenden Applaus. So beginnt jede Premierenvorstellung: mit ihm als Zirkuspferd. Ob die wissen, dass unter dem Kostüm ein Feigling steckt, der Frau und Kind verlassen hat? Der Angst hat, wenn ihm die Nacht ihre Vorwürfe zuflüstert? Der nicht wagt, aufzustehen und dem alten Giftzwerg zu sagen, dass er nie wieder ein Kind schlagen soll? Nein, das wissen sie nicht, die Leute. Sie haben ihre Eintrittskarten bezahlt und damit ein Anrecht erworben, in diese Zauberwelt einzutauchen. Kommen Sie näher, kommen Sie herein, hier stehen Pferde Spalier, hier springen Löwen durch brennende Reifen, hier fliegen Artisten durch die Luft, und hier haben Clowns das Lachen verlernt, weil die Maske des Gauklers ihr Gesicht verdeckt und das Grinsen nie mehr ist als aufgemalt, bunt und abwaschbar.

Als er aus der Garderobe tritt, hat Beppo wieder diesen Satz im Sinn, der ihm nicht aus dem Kopf geht. Ich habe keine Probleme, nur Geheimnisse. Er kommt sich vor wie sein eigener Avatar: eine künstliche Person, ein grafischer Stellvertreter, eine Handpuppe. Er geht hinaus, schnurstracks hinüber zum Festzelt und steigt in die Manege. Es riecht nach wilden Tieren, die hohen Tiere sind auch schon da. Alle Ränge sind bis zum letzten Platz besetzt: Festgäste in feinem Tuch, Damen mit toupierten Haaren, Herren mit erwartungsvoller Gleichgültigkeit, blonde Begleitungen, Journalisten und Kameraleute. Sogar ein Minister mit seiner Familie hat sich eingefunden. Jede Menge bekannte Gesichter, knisternde Aufregung. Es wird dunkel. Ein Kreis Scheinwerferlicht fällt auf Beppo. Tusch. Tataaaa! Die Kinder schreien vor Freude. Beppo ist da! Beppo! Der beste Clown der Welt! Er hebt die Arme, winkt linkisch in die Schwärze, die ihn umgibt. Sein Mund verzieht sich zu einem übertriebenen Grinsen. Jetzt winkt er den Kindern in den unteren Rängen beidhändig, und sie kichern. Beppo! Hihi, hier! Er geht eine Runde und tut so, als würde er straucheln, fängt sich wieder und zuckt in aller gebotenen Tollpatschigkeit mit den Schultern. Ha! Bravo!

Beppo stellt sich in die Mitte der Manege, wo eine Tafel steht, die beleuchtet ist. Er nimmt eine gelbe Kreide und zeichnet unbeholfen ein Flugzeug. Dann deutet er auf sich und nickt. Er breitet die Arme aus wie ein Kleinkind, das fliegen will, wirbelt um die eigene Achse, schnell, immer schneller, dreht sich im Kreis, rotiert, bis die Konturen verschwimmen. In dem Moment zuckt er zusammen, als habe ihn ein Stromschlag getroffen. Beppo greift sich an die Brust, hält inne, für ein, zwei, drei Sekunden, er steht da wie eingefroren – und bricht zusammen. Er bleibt liegen. Er rührt sich nicht.

Die Zuschauer klatschen, weil sie es für eine Showeinlage halten, für ein gelungenes Kunststück, Chapeau! Nach ein paar weiteren Sekunden verebbt der Applaus … ein paar Leute werden stutzig und erheben sich von den Sitzen. Das Licht geht an, unnatürlich hell. Eine Frau fasst sich mit der Hand an der Schläfe und stöhnt: »Oh, Gott.« Ein Kind beginnt zu weinen. Noch eines. Die Unruhe schlägt Wellen. Helfer rennen in die Manege. Sie beugen sich zu Beppo hinunter, rütteln ihn, versuchen ihn aufzusetzen. Er bewegt sich nicht. Sie fühlen seinen Puls, schütteln den Kopf. »Ein Arzt! Ist hier ein Arzt?« Niemand meldet sich. »Einen Krankenwagen! Verdammt, ist da keiner imstande, die Rettung zu rufen?« Sie tragen ihn fort. Ein Mädchen schluchzt, fragt seine Mutter ganz vorsichtig: »Mami, ist der Beppo tot?« Eine Stimme aus dem Lautsprecher räuspert sich und sagt: »Meine Damen und Herren, bitte bewahren Sie Ruhe. Bleiben Sie auf Ihren Plätzen. Die Vorstellung geht gleich weiter.« Alle wissen: Sie wird nicht weitergehen. Zumindest nicht mit Beppo. Für ihn ist die Show zu Ende.

Seine Augenlider heben sich wie ein Theatervorhang, langsam, rot und schwer. Er sieht alles verschwommen. Sein Blick ist getrübt. Er versucht, die Ränder der Wahrnehmung zu finden, etwas, woran er sich festhalten kann, aber die Dinge entgleiten ihm oder werden von unbekannter Hand fortgezogen. War das nicht ein Mädchengesicht? Könnte das nicht seine Tochter gewesen sein? War das nicht ein Eckstück Vergangenheit? Er muss sich konzentrieren, die Augen öffnen, die Kanten glätten, die Sicht klären.

Goldbraune Locken, ein Hauch von Bergamotte im Parfüm und ein Lächeln, das alles vergessen macht: Electra. Falls das unklar sein sollte: So sehen Engel aus, so und nicht anders.

»Hi«, sagt sie. »Die Clownnummer war nicht gerade ein Reißer.«

Er schmunzelt und sieht das sterile Spitalsweiß im Zimmer. »Wo bin ich?«

»Im Ritz«, sagt Electra. »Honeymoon-Suite.«

»Hol den Zimmerservice«, sagt er, »der Champagner geht auf mich.«

Ihr Blick wird ernst wie bei einem Vortrag. »Du bist hier im Allgemeinen Krankenhaus in Wien. Kardiologie. Hast uns einen ordentlichen Schrecken eingejagt«, sagt sie und schaut ihm direkt in die Augen. »Ein Herzinfarkt. Keiner, von dem sie sagen, das war jetzt um ein Haar das Ende. Aber immerhin, Infarkt ist Infarkt. Mit sechsundvierzig sollte man was anderes haben.«

»Einen Blutsturz?«

»Sehr witzig. Nein, Bert, wir haben uns wirklich große Sorgen um dich gemacht.« Privat redet sie ihn immer mit Bert an. Bert Grecht heißt er, fast wie der Schriftsteller. Beppo hat sich irgendwann ergeben. Klingt nach Habakuk, hat Rizzoli gesagt, passt zu dir.

»Alle?«

»Na ja, du weißt schon.«

Wie ein alter Mann richtet er sich in dem Krankenhausbett auf, merkt aber, dass er kaum Kraft hat, und sinkt in den Polster zurück. »Dein Vater, unser lieber Herr Direktor, wird wegen der versauten Premiere auch kurz ein Zwicken in der Herzgegend verspürt haben, gell?«

Electra verdreht die Augen, und selbst das sieht aus wie ein Werbeplakat für einen neuen Lidschatten. »Geh, sei nicht so schiach. Du weißt, er ist nicht so …«

»Er ist schlimmer.«

»Bert, bitte.«

»Gut, lassen wir das.« Erst jetzt bemerkt er die Kanüle, die in seiner Armbeuge steckt. Über seinem Bett hängt ein Dreieck, an dem er sich hochzieht, um nicht den Anschein zu erwecken, er liege schon in der Pathologie. »Jetzt sag mir, was ist genau passiert?«

»Du bist mitten in deiner Flugshow umgekippt, einfach so. Ein spektakulärer Abgang, pardon, Unfall oder wie man das nennt. Weißt eh, wie ich das mein. Ein Blitz des Schicksals. Wumm, und du bist dagelegen, wie im Film. Die Kinder haben Rotz und Wasser geheult. Sie dachten, du bist … es hat auch so ausgeschaut.«

»Nur ein toter Clown ist ein guter Clown.«

»Ha … ha.« Sie streicht sich eine Goldsträhne aus dem Gesicht. Das Sommerkleid wirkt dünner als eine Idee. Sie trägt keinen BH. »Der Arzt sagt, du musst dein Leben komplett ändern.«

»Was meint er, eine Geschlechtsumwandlung?«

»Hör auf, Bert. Das Rauchen, das Trinken, du weißt schon. Er sagt, du nimmst auch irgendwelche Tabletten gegen Panikattacken oder so, stimmt das?«

»Nein, das war nur kurzfristig. Der ganze Stress, die Premiere, die neue Vorstellung, dein Vater und alle drum herum ganz narrisch.« Er schaut an ihr vorbei, damit sie die Wahrheit nicht in seinem Blick liest.

»Jedenfalls rät der Doktor dringend zu einer radikalen Wende. Du musst kein Mönch werden, aber ein bisserl ein Fisch auf dem Teller würde dir nicht schaden. Stilles Wasser, Schlaf vor Mitternacht, Sport, Mentaltraining. Positive Gedanken. Schluss mit den Tabletten.«

»Ich könnte auf Heroin umsteigen.«

Electra seufzt. Die Ende dreißig sieht man ihr bei Weitem nicht an. »Du bist unverbesserlich. Können Clowns traurig sein?«

Hast du eine Ahnung, denkt er, sagt aber: »Nur an ungeraden Tagen.«

»Jedenfalls«, ergänzt Electra und deutet in Richtung Monitor, auf dem eine grüne Linie einen Zickzackkurs beschreibt und ein Punkt neben der Zahl 126 pulsiert, »wirst du noch ein paar Tage zur Beobachtung hierbleiben müssen. Sie checken dich von oben bis unten durch.«

»Vielleicht sollten sie's bei oben belassen. Sonst werden die Schwestern unruhig und die Ärzte neidisch.«

»Schön zu sehen, dass es dir wieder besser geht.«

Er geniert sich in seinem hellblauen Nachthemd. »Was sagst du zu meinem Outfit?«

»Ist zumindest dezenter als deine sonstige Berufskleidung. Hättest du gerne einen Tigerpyjama?« Electra zwinkert ihm zu und sagt im Gehen: »Ich soll dir von allen liebe Grüße und das ganze Zeug ausrichten. Du sollst wieder ganz schnell gesund werden und so weiter. Hast ja so ein großes Herz, zum Glück.« Sie deutet auf den Tisch, voll mit Blumen und Glückwunschkarten. »Ich muss jetzt los. Du weißt, Papa wird sonst … unruhig.«

»Na, das will ja nun wirklich niemand, dass er … unruhig wird.«

»Tschüss, Bert.«

»Schmatz. Fahr vorsichtig. Man landet so schnell im Krankenhaus. Und … danke, dass du da warst.«

Ihre langen Beine, das Wiesengrün des Kleids, die luftigen Haare und die Leichtigkeit ihres Gangs bleiben ihm in Erinnerung wie ein schöner Traum, als er die Augen wieder schließt und sich ausmalt, dass er sie fragen könnte, ob sie nicht vielleicht irgendwann einmal, falls sie kurz Zeit habe, mit ihm auf einen Kaffee gehen wolle, so einen schaumigen Cappuccino, oder ob sie sich möglicherweise ein Abendessen vorstellen könne, eines von den unverbindlichen, die nichts bedeuten oder heraufbeschwören. Einfach ein Abendessen bei Kerzenschein.

Auf dem Zirkusgelände weht der Wind der Niedertracht. Franco Rizzoli sitzt in seinem bordeauxrot eingefärbten Wohnwagen, in der Direktion, und kocht vor Wut, obwohl schon vier Tage vergangen sind seit dem Vorfall. Seit dem Reinfall. Was für eine Schmach. Noch nie in seinen sechsundsechzig Jahren, in denen er mit dem Tross trauriger Gestalten durch die Lande gezogen ist, um dem Publikum, all diesen namenlosen Dummköpfen, das Wesen des Zirkuslebens nahezubringen, niemals ist so etwas passiert. Der Idiot ist einfach eingegangen. Da hat das Schicksal der Marionette die Fäden gekappt.

Das gottverdammte Foto war in allen Zeitungen. *Clown Beppo bei der Premiere zusammengebrochen!* War es seine letzte Vorstellung? Der Direktor selbst hat über Jahrzehnte und in jedem Zustand seinen Mann gestanden, wie es sich gehört für einen gebürtigen Sizilianer. Mit hohem Fieber, gebrochenem Arm, Gürtelrose, kaputten Bandscheiben, egal, nichts konnte ihn jemals in die Knie zwingen, nicht einmal die Wirtschaftskrise, die dankenswerterweise die meisten Konkurrenten ausgehungert hat, ihn aber nicht. Wäre ja gelacht. Die jungen Leute von heute kennen das nicht, denkt er, sie haben kein Ehrgefühl, nichts, dass sie mit Energie speist, mit Siegeswillen. Den muss man ihnen einbläuen, notfalls mit dem Stock. Der Gürtel, ach, der ist harmlos. Er zeigt den Schwächlingen nur, wo's langgeht. Sie müssen verstehen. Ihr Sturm und Drang ist ein Furz im Wind. Alle geben so schnell auf. Ein Schnupfen, und sie greinen. Ein Husten, und sie liegen im Bett. Ein Hexenschuss, und sie schreien Gewerkschaft. Was ist nur aus dieser Welt geworden. Alles geht den Bach runter. Er verzieht das Gesicht zur Fratze. Sein Ausdruck ist gemeißelte Verachtung.

»Hallo, Papa«, sagt Electra und reißt ihn aus seinen Gedanken. »Wie schaust du denn drein?«

»Ich schau wie immer. Was gibt's, Mädchen?« Er nennt sie nie mein Schatz, mein Kind, meine Electra, immer nur Mädchen.

»Ich wollte dir was zeigen, da.« Sie hält ihm einen Folder hin, wartet, dass er ihn nimmt, aber er macht keine Anstalten. Electra legt ihm das Faltblatt auf den Arbeitstisch und bedeutet, er möge einen Blick darauf werfen, doch es scheint ihn in keiner Weise zu interessieren. Sie lässt sich nicht so schnell aus der Ruhe bringen. »Papa, schau doch kurz einmal, das ist etwas Schönes« – sie öffnet den Folder und zeigt auf die Bilder aus der Natur –, »das ist der Johannesweg.«

»Fein. Wir müssen uns auf heute Abend vorbereiten. Es kommt angeblich der stellvertretende Wirtschaftskammerpräsident. Und eine Schauspielerin von der Volksoper, hab den Namen vergessen, Sandra, Monika, irgendwas mit F.«

»Papa, bitte!«

»Was ist denn jetzt schon wieder, Mädchen?«

»Kannst du mir einmal im Leben zuhören? Es geht jetzt einmal ganz kurz nicht um die nächste Vorstellung. Nicht um den Zirkus. Nicht um dich.«

»Pass auf dein loses Mundwerk auf.«

»Ich wollte dir zeigen, wo ich als nächstes Urlaub machen will. Es ist eine Art Wanderweg, nur bedeutungsvoller. Ein Pilgerweg oder so. Die Strecke geht durch Oberösterreich, rund um eine besonders schöne Region: die Mühlviertler Alm. Vierundachtzig Kilometer. Von oben, aus der Vogelperspektive betrachtet, ist der Weg einer Lilienblüte nachempfunden. Die haben das anscheinend als Logo oder Symbol. Eine weiße Lilie.«

»Wunderbar.«

»Ja, find ich auch. Der Johannesweg führt Menschen nicht nur durch die Natur, sondern auch zu sich selbst.«

»Aha.«

»Das Ganze basiert, wie da steht, auf zwölf Weisheiten. Es geht um Einkehr und Zufriedenheit. Zigtausende Menschen sind den

Weg gegangen. So ein Doktor aus Linz hat das ins Leben gerufen, ein Hautarzt.«

»Kratzt mich überhaupt nicht.«

»Papa! Ich will den Weg gehen. Ich glaube, das tut mir gut. Ich brauche wieder diesen Kontakt zur Natur. Das Gefühl ist weg. Wir sind nur hier drinnen. Abgeschottet von ... na ja, wie im Löwenkäfig. Aber selbst der Simba darf raus und ein bisschen Freiheit schnuppern. Zurzeit ist so viel ... ich weiß nicht ... ich hab den Eindruck, dass manche Dinge nicht so laufen, wie sie laufen sollten.«

»Da sprichst du endlich wahre Worte, Mädchen.« Wie zur Bestätigung nickt er, bis das Doppelkinn zittert. Er fasst sich am Wanst, atmet tief durch und will das Gespräch abbrechen. »Mädchen, ich muss jetzt wirklich –«

»Wir haben hier noch drei Shows. Dann nehme ich mir Urlaub, Papa. Ich brauche das. Es ist mir wichtig. Ich will diesen Weg gehen. Übrigens alleine, falls dich das kümmert oder sorgt. Nach unserem letzten Auftritt in Wien bin ich weg, eine Woche wahrscheinlich. Die Reise beginnt in Pierbach, das ist eine kleine –«

»Damit das klar ist, Mädchen: Urlaub gibt es keinen. Reise gibt es keine. Weg gibt es keinen.« Er schnappt den Folder und zerreißt ihn in der Mitte. Dann faltet er die Papierreste zusammen und zerreißt sie aufs Neue, bis nur mehr Schnipsel übrig bleiben, die zu Boden rieseln.

Electras Augen werden feucht. Sie schluckt, reibt sich die Nase, blickt zu Boden. Eine Träne löst sich und kullert ihre rechte Wange herab. Sie wirkt wie eine Frau, der man gerade die Würde genommen hat.

Auf einmal steht Beppo in der Tür. Na so was, denkt Franco Rizzoli, der muss sich angeschlichen haben oder hereingeschwebt sein. Electra schrickt auf. »Bert! Du ... bist schon wieder da?« Sie lächelt zaghaft, und er deutet mit erhobenem Daumen ein Ja. Gleichzeitig merkt Beppo, dass irgendetwas nicht stimmt. »Was ist passiert? Weinst du?«

Rizzoli haut mit der Faust auf den Tisch. »Nichts ist *passiert.* Niemand *weint.* Wir hatten ein Gespräch von Vater zu Tochter, und jetzt raus mit euch, alle beide. Und mit dir, du Clown, habe ich sowieso noch ein Hühnchen zu rupfen, das kommt später, frage nicht. Wir müssen uns über die Schadensbegleichung unterhalten.«

Eine nette Begrüßung. Beppo fühlt, wie sich sein Magen verkrampft. Er merkt, wie seine Achselhöhlen schweißnass werden. Es ist ihm schleierhaft, wie ihn der alte Mann derart in Panik versetzen kann. Immer schon hat er ihn gefürchtet. Despoten lassen sich nicht umstimmen, sie ändern ihre Meinung nie. Beppo will etwas sagen, doch es kommt kein Ton aus ihm heraus. Er kriegt kaum Luft. Ein Stahlkorsett hat sich um seine Brust gelegt, und irgendeine fremde Kraft zieht es immer enger zu. Obwohl er steht, kommt er sich vor wie lebendig begraben. Der Körper ist gleichzeitig sein Sarg. Er beginnt zu zittern. Je mehr er sich sagt, dass es keinen Grund für diese unsägliche Angst gibt, desto schlimmer wird es. Er will kein Feigling sein, nein, er will dem Schwein seine Meinung ins Gesicht schreien. Keine Chance. Es geht nicht. Beppo kommt sich vor, als hätte man ihm eine Substanz injiziert, die sowohl den Willen bricht, als auch die Bewegung lähmt. Ja, so sehen Feiglinge aus. Eingefroren in ihrer eigenen Furcht.

»Gibt's noch was?«, brummt Rizzoli. Er streckt den Arm und fährt den Finger aus wie ein Springmesser. »Dort ist die Tür.«

Electra stellt sich vor ihren Vater. »Nein.«

»Wie bitte?« Rizzoli legt den feisten Kopf schief und grinst wie ein Troll.

»Nein habe ich gesagt.« Electra drückt ihre Schultern nach hinten. Angriffspose. Sie bebt, atmet laut, faucht. »Erstens wollen wir unseren wichtigsten Mann hier begrüßen. Bert, großartig, dass du wieder da bist. So schnell bist du gesund geworden? Das war ein Herzinfarkt, keine Verkühlung. Wir dachten, du würdest länger im Spital bleiben. Und zweitens, Papa, zweitens gehe ich den Weg, von dem ich dir gerade erzählt habe, den Johannesweg, und zwar genau nach unserer letzten Vorstellung hier in Wien. Nach elf Jahren, denke ich, darf man eine Woche Urlaub machen. Ich schätze, das erlaubt sogar mein ganz eigener Künstlervertrag, den du mich als Kind hast unterschreiben lassen, lieber Vater. Ich werde Wanderschuhe einpacken und die Bürde, deine Tochter zu sein, auf mich nehmen. Ich hab vierundachtzig Kilometer Zeit, um über uns nachzudenken. Da wird sicher einiges klar werden, schätze ich.«

Rizzolis Lider zucken. Er verzerrt das Gesicht bis zur Unkenntlichkeit, ballt die rechte Hand zur Faust und holt aus. Electra sieht den Schlag kommen, die weißroten Knöchel auf sich zuschnellen, immer größer, vier Fingerglieder und der abgebogene Daumen, ein kleiner Presslufthammer direkt vor ihrem Gesicht und –

Stopp. Das Bild wird angehalten. Als habe jemand die Pause-Taste gedrückt. Die Faust wartet in der Luft. Beppo hält den Arm des Zirkusdirektors wie ein Schraubstock. Rizzoli schaut ihn völlig entsetzt an.

Was? Wie? Wer … wagt es? Beppo hat den Schlag aufgehalten, drückt ihm die Hand in Zeitlupe herunter. Und sagt nur drei Worte: »Jetzt. Ist. Schluss.«

Draußen auf dem Messegelände kracht er gegen einen Mann im Anzug. Beppo hat ihn fast umgerannt, weil er mit den Gedanken woanders war, nämlich beim Packen seiner sieben Sachen, beim Gehen. Es ist klar, dass er dem Zirkus den Rücken kehrt, für immer.

»Sie kommen mir von irgendwoher bekannt vor«, sagt der Mann, der seine verrutschte Brille geraderichtet. »Ich weiß nicht genau, wo ich Sie hintun soll.«

»Das hat meine Exfrau auch immer zu mir gesagt.«

Der Anzugmann lacht. »Geht mir gerade so ähnlich.«

»Richtig verheiratet«, sagt Beppo, »ist ein Mann erst, wenn er jedes Wort versteht, das seine Frau nicht gesagt hat.«

»Ist das von Ihnen?«, fragt der Anzugmann.

»Alfred Hitchcock. Der muss es gewusst haben. Hat ja mehr mit Vögeln zu tun gehabt als ich.« Beppo hat sich nach dem Auftritt bei Rizzoli erstaunlich schnell gefangen, manchmal hilft die Bühnenroutine auch im Leben.

»Sie sind schlagfertig. Das gefällt mir. Sind Sie nicht dieser Clown, dieser, dieser ...«

»Beppo, ja. Respektive, das war ich bis vor einer Stunde. Ich bin draußen. Der Direktor hat mich gefeuert.«

»Warum?«

»Ich habe seine Tochter vor ihm beschützt. Sie ist ... also, wurscht, das würde jetzt zu weit führen. Er hat sie nie sehr gut behandelt. Jetzt war es einmal zu viel des Schlechten.«

Der Mann im Anzug denkt kurz nach und fischt eine Visitenkarte aus seinem Sakko. »Hier. Ich heiße Curd Jürgens. So wie der Schauspieler. Keine Witze bitte, ich kenne sie alle. Mir gehört übrigens das Radio Fun-Fun.«

»Ist das für Stotterer? Fun ... Fun?«

Curd Jürgens antwortet nicht, aber hinter seiner Stirn scheint sich einiges zu tun. So schaut jemand aus, der gerade eine Königsidee hat. Und tatsächlich: »Wir suchen einen Leiter für unsere Comedy-Abteilung«, sagt er, »können Sie sich vorstellen, so etwas zu machen? Comedy im Radio? Trauen Sie sich das zu?«

Beppo weiß nicht, wie ihm geschieht. Ist das ein Angebot? Ein Vorstellungsgespräch, das schon wieder vorüber ist? »Wie meinen Sie das?«

»Ich meine, Sie sind doch bisher auch beruflich ... äh ... lustig gewesen. Ein Clown ist ja kein Bestatter, nicht?« Curd Jürgens hebt die Augenbrauen über die Brille. »Am besten, wir gehen morgen Mittag essen, dann einen Sprung in den Sender, und wir schauen uns an, ob das was für Sie ist. Ich könnte mir auch gut vorstellen, dass Sie eine Sendung bekommen, wenn Sie sich einmal eingearbeitet haben. Beppo ungeschminkt.«

»Ist das jetzt ein Scherz, oder wie?«

»Wenn es ums Business geht, pflege ich nie zu scherzen, mein Lieber. Rufen Sie mich morgen an, und wir machen uns was aus. Schönen Tag, oder was sagt man einem Clown zum Abschied? Lachen Sie sich wen an?«

Beppo schaut ihm verdutzt nach. Das Schicksal ist manchmal komischer als jeder Witz.

Electra küsst ihn zum Abschied. »Vielleicht sehen wir uns wieder«, sagt sie und drückt ihm einen Zettel in die Hand. Darauf steht nur ein Wort, mit Lippenstift geschrieben. Johannesweg. »Dort findest du mich.«

Beppo packt seine Sachen und will gehen.

Als er seinen Wohnwagen verlässt, stehen alle Kollegen vom Zirkus Spalier. Die ganze Truppe, an die hundert Menschen. Marc und sein Vater, der Magier. Juanita mit einem Pferd. Sza-Sza mit dem weißen Tiger. Hanni, die Schlangenfrau. Robert, der Artist. Die Helfer, die Kinder, alle sind sie gekommen, um ihm die Ehre zu erweisen.

Einer klatscht, langsam, dann noch einer, die anderen stimmen ein, klatschen Beifall, danken ihm für die gemeinsame Zeit. Zwei Minuten lang stehen sie da, nicken ihm zu und applaudieren. Beppos Sicht verschwimmt, er ist so gerührt, dass ihm die Tränen kommen. Einen Satz denkt er, während er im Gehen Electras Blick auffängt: Ich habe keine Probleme, nur Geheimnisse.

Eines davon ist, dass ich dich liebe.

Ich weiß nicht, wie du das siehst, aber diese Erzählung, die mir ein Freund (so ähnlich) nahegebracht hat, hat etwas. Sie erinnert mich gleich an zwei Weisheiten des Johanneswegs, nämlich Station eins und drei.

Die erste: Humor soll dein Leben begleiten, denn er beflügelt deinen Geist und erfreut die Gesellschaft.

Und die dritte: Bleibe mutig, es befreit dich von lähmender Angst, der Basis vieler Krankheiten.

Mir zeigt Beppos Geschichte, wie wichtig es ist, seinen Weg zu finden. Lebe das Leben. Finde deinen Weg. Das klingt alles sehr einfach, aber wenn man im Hamsterrad des Alltags vor sich hintrippelt, kommt man nicht so schnell auf Ideen, die etwas abseits vom Notwendigen liegen. Man sagt nicht, puh, jetzt ist es aber höchste Zeit für ein bisserl Entschleunigung, wenn man im Laufschritt lebt. Man nimmt sich nicht Zeit, um das Leben, das man führt, zu überdenken, wenn man im Alltag hintennach ist. Dabei kommt es genau darauf an, wie ich meine. Immer wieder zu schauen, wo man steht. Welcher Weg einen dorthin geführt hat, welche Pfade einen weiterbringen. Und welche Masken man trägt.

Es sind ja nicht nur die Clowns, die etwas verstecken wollen. Haben wir nicht alle mehrere Gesichter? Machen wir nicht vieles, das uns widerstrebt? Verbergen wir nicht manches vor uns selber? Weil wir meinen, gefangen zu sein in unserem Tun, ohnmächtig gegenüber einem namenlosen Etwas, gelähmt von einer Angst ohne triftigen Grund. Hat nicht jeder irgendwo einen Zirkusdirektor, der einen piesackt? Triezt, wie man so sagt.

Oft scheint es, dass man – obwohl man's besser wüsste – wider seine Natur lebt. Es ist, als würde man in einem Film mitspielen, bei dem das Genre noch nicht stimmt. Du hast dich auf die Hauptrolle in einer Komödie eingestellt, dich aber in einem Horrorfilm verfangen. Du hättest gerne die Liebesszene gemacht, bist aber gerade mit einer Kettensäge gevierteilt worden. Und weit und breit ist kein Regisseur.

Keine Details, welches Stück?, hat einmal ein Schauspieler die Souffleuse im Burgtheater gefragt. Das würde man auf der Bühne des Lebens auch oft gern wissen. Manchmal braucht es eine Initialzündung, etwas von außen, das dem Leben wieder eine andere Richtung gibt, den richtigen Effet. Eine Souffleuse wie die an der Burg. Oder einen Souffleur.

Ich denke mir, dass jeder Mensch seine Bestimmung hat, und die führt ihn voran wie ein Leitstrahl. Mitunter liegt man ein wenig neben der Spur, und das Schicksal muss nachhelfen, einen Schubser geben, damit man wieder auf der Geraden ist. Und die führt uns direkt zur nächsten Geschichte.

2.
Hunger

Es war die Null, die sie in ihrem Leben nie sehen wollte. Dick und fett machte sie sich auf dem Display breit. Dick und fett, dachte sie, genau wie ich. Lena konnte ihren Blick nicht losreißen von der bauchigen Hiobsbotschaft. Sie rührte sich nicht, starrte auf die Waage, bis die hässliche Zahl verschwunden war, verschwunden, aber nicht aus der Welt.

Jetzt war sie erreicht, die Grenze, über die sie nie hatte hinauswollen. Hinter dieser Stelle werden Drachen wohnen, hatte sie sich immer gesagt. Drachen, na und? War ja völlig wurscht, was dort wohnte, so weit würde es ohnehin nie kommen, hatte sie sich damals gedacht, haha. Irgendwo hatte sie den Spruch gelesen. Wenn sie sich recht erinnerte, hatten früher die Kartenzeichner die Drachen als Warnung vor einem Gebiet eingetragen, auf das sich noch niemand vorgewagt hatte. So weit stimmte der Vergleich. Sie hatte auch ein neues Gebiet betreten, diese Null hatte mehr Gewicht als alle Zahlen auf der Waage davor. Diese Null lag eindeutig jenseits jeder Schicklichkeitsgrenze. Und man hatte auch sie gewarnt. Nicht, dass jemand etwas gesagt hätte, aber die Blicke waren nicht zu übersehen gewesen. Notwendig waren sie nicht. Jede Nacht waren ihr die Drachen von allein erschienen, dicke, fette Viecher mit dicken, fetten Stampfern und dicken, fetten Bäuchen, die sie am staubigen Urzeitboden dahinschleiften. Manche hatten Flügel, die sie traurig hinter sich herzogen, nutzlose Segel, viel zu zierlich, um die massigen Körper zu tragen. Wenn du diese Null siehst, bist du über die Grenze gegangen, dann bist du eine von uns, raunten sie. Jede Nacht. Heute Nacht werden sie sie willkommen heißen. Seit heute war sie eine von ihnen.

Lena riss sich von der Waage los und ging in das Zimmer nebenan. Ihr Ankleidezimmer. Ihre Einbaukästen. Ihre Garderobe. Voll von Fetzen, die ihr nicht passten. Motivationskleider, die sie einmal getragen und hängen gelassen hatte, damit sie endlich damit anfing, wieder so auszusehen wie früher. Aber-dann-T-Shirts, die sie nicht zur Caritas trug, damit sie sich daran erinnerte, dass sie einen Busen hatte, den man nicht mit einem Fettröllchen verwechseln musste. Hoffnungshosen, die sie wieder anziehen würde, wenn sie demnächst wieder hineinpasste. Motivation. Aber dann. Hoffnung. Alles Anreize, keine Reaktion. Ihr Hirn war nicht für Anreize gemacht, zumindest nicht für solche.

Andere Anreize umarmte es dafür mit Begeisterung. Irgendwas aus der böhmischen Küche zum Beispiel, irgendwas im Sinne von *wurscht, was.* Sämtliches könnte man sagen, und man würde nicht übertreiben. Was immer eine sämige Sauce, eine üppige Beilage, eine geile Creme hatte, verklebte augenblicklich ihre Disziplin. In Wahrheit musste sie es nicht einmal essen, es legte sich schon an, wenn sie bloß daran dachte, was dann allerdings auch nur das halbe Vergnügen war. Ihre Oma war Köchin gewesen, in einer Irrenanstalt, aber das nur nebenbei, es war nicht das eigentliche Übel.

Das eigentliche Übel, wenn auch alles andere als geschmacklos, war Omas hedonistische Lust am Kochen. Und am Essen. Wenn sie vom Dienst heimgekommen war, hatte sie für die Verwandtschaft aufgekocht, die geschlossen zum Abendessen gekommen war. Wer nicht verwandt war, kam auch. Kein Wunder, die Verwandtschaft war lustig, das Essen hervorragend. Man tat sich schwer, zu sagen, was besser war, die lustige Gesellschaft oder das sensationelle Gulasch, die Witze oder der sündhafte Rostbraten. Die Einzige, die nichts aß, war Lena.

Die damalige Lena war nicht interessiert am Essen. Sie hockte bei den Onkeln am Schoß, stach mit dem Zeigefinger Löcher in den Rauch ihrer filterlosen Zigaretten und drehte den Finger in einer Spirale nach unten, bis sich silbergraue Nebel kringelten. Sie brüllte mit dem Haufen Angeheiterter Trinksprüche und bekam von allen den letzten Tropfen Schnaps zu trinken. Die Küche in Omas Haus war gesteckt voll, für eine Vierjährige hätte das eine Alkoholvergiftung bedeutet, wenn da wirklich noch ein Rest in den Gläsern gewesen wäre. Trotzdem taten alle so, insbesondere Lena. Sie kippte sich den nicht vorhandenen Selbstgebrannten mit einem Ruck hinter die Binde, knallte das Stamperl auf den Tisch wie eine Große und wischte sich mit dem Handrücken den Mund ab.

»Unten isser«, sagte sie mit astreinem Zungenschlag, »einer geht noch.« Sie war mit der verschmierten Aussprache der Trinker groß geworden und hatte sie gelernt wie eine zweite Muttersprache. In kindlicher Schauspielkunst legte sie noch drauf, was sie seit Babytagen an entglittener Mimik und begleitenden Gesten beobachten konnte, und lieferte eine solide Vorstellung ab. Sie lallte die losen Reden ihrer lebenslustigen Verwandtschaft nach und holte sich Applaus für ihre Parodien. Den lautesten von der Oma, was die alte Dame aber nicht hinderte, ihr gleich danach wieder einen Löffel Irgendwas in den Mund schieben zu wollen und sich in penetranter Regelmäßigkeit mit ihrer ewig gleichen Mahnung einzumischen: »Dirndl, du musst was essen, wennst nix isst, wird nix aus dir.«

Lena verstand das nicht. Wieso musste sie etwas essen, wenn hier eine Mahlzeit höchstens fünf Witze lang, das Trinken aber bis in die Nacht hinein dauerte? Trinken war demzufolge das weitaus Wichtigere im Leben. Und wieso sollte nichts aus ihr werden? Wenn alle klatschten, war ja schon was aus ihr geworden. Auch wenn sie nicht so aussah wie die Oma, die eine Erscheinung von achtbarem Ausmaß war. Wenn sie lachte, lachten hundert Kilo mit. Wenn nicht mehr. Für Lena war die rundum weiche Oma, an der alles wackelte, wenn sie mit ihrem unwiderstehlichen Gekuder alle um sich herum in den Lachkrampf mitriss, der Inbegriff der Fröhlichkeit. Bis Lena irgendwann einmal einen Schrei aus dem Badezimmer hörte, irgendwas über Nullen, die die Oma in ihrem Leben nie hatte sehen wollen.

»Was für Nullen?«, hatte Lena wissen wollen.

»Die, die aus neunundneunzig einen Hunderter machen, oder aus hundertneun hundertzehn oder …« Der Opa murmelte in seinen Bart hinein.

»Was?«, fragte die Kleine.

»Ach, Lena«, sagte der Opa, was die Sache nicht klarer machte.

Von der Oma war schon gar keine Erklärung zu erhoffen gewesen, so weit kannte Lena sie. Nach einer Endlosigkeit kam sie aus dem Bad, als wäre nichts gewesen. »Und jetzt, Mausi«, sagte sie, »jetzt mach ich uns einen Marillenkuchen. Mit viel Schlagobers.«

Was Lena daraus lernte, war simpel. Schlagobers ist gut gegen die Wut. Sie hatte es x-mal bei der Oma gesehen und es seither tausendfach selber probiert. Schlagobers war gut gegen Wut. Und nicht nur Schlagobers. Den Launen der Oma nach zu schließen, war auch der Marillenkuchen gut gegen Wut, genauso wie Himbeerpudding oder Palatschinken, überhaupt alles, was süß ist. Wenn man dem Körper Zucker gab, verzog sich die Wut. Und nicht nur die Wut, auch der Ärger. Und die Gekränktheit. Die nahm übrigens auch vor Schmalzbroten Reißaus, genauso wie vor Streichwurst und Speckjausen. Überhaupt vor allem, was fett ist. Wenn man dem Körper Fett gab, flüchteten die Traurigkeit und der Weltschmerz samt dem Liebeskummer, überhaupt alles, was das Leben so anstrengend macht. Die Oma hatte es vorgemacht, Lena hatte es sich einreden lassen. Und jetzt stand sie da mitten in ihrer Garderobe, aus der sie nun endgültig herausgewachsen war, und bekam diese Nullen weder aus dem Kopf noch aus dem Leib.

Es waren demütigende Wochen. Nicht dass Lena zum ersten Mal in ihrem Leben abnehmen wollte, aber so entscheidend war es noch nie gewesen. Wenn sie diese Null nicht wegbekam, war sie selbst eine. Ihrem Körper war die Dringlichkeit offenbar nicht bewusst. Obwohl er sich mit ihr abschleppte, auf der bequemsten Geraden ins Schwitzen kam, eine kleine Steigung nicht schaffte, ohne sich die Lunge herauszukeuchen, und neuerdings sogar im Esszimmersessel stecken blieb, boykottierte er die Diätpläne seiner Besitzerin nach Kräften. Er kam damit auch immer und überall durch. Kaum begann Lenas Gehirn zu denken, nein, meine Liebe, es ist zwei Uhr nachts, du hast jetzt ganz sicher keinen Hunger, bei dem, was du den ganzen Tag in dich hineinschaufelst, hast du frühestens in vier Monaten wieder Hunger, sofern du dich bis dahin ausschließlich von Wasser ernährst. Das, was du da in dir spürst, ist höchstens ein Gusto, ein sinnloses Verlangen ohne jede Notwendigkeit auf Erfüllung, dreh dich also auf die andere Seite und schlaf weiter, essen kannst du morgen wieder. Kaum also begann Lenas Gehirn das alles zu denken, machte sich der Körper auch schon daran, sich nicht umzudrehen. Im Gegenteil, er stand aus dem Bett auf, strebte mit einer Dynamik, die er den ganzen Tag über vermissen hatte lassen, der Küche zu, riss den Eiskasten auf und schob sich etwas Verbotenes in den Mund. Lass es gut sein, schaltete sich das Gehirn wieder ein, hatte aber noch weniger Durchsetzungskraft als vorher im Bett. Dir werd ich's zeigen, beschloss der Körper umgehend, du sagst mir nicht, was ich darf und was nicht, und schon verschwand noch ein größeres Stück Haussalami im Schlund. Die nächsten Stunden wälzte sich der Körper im Bett von einer Seite auf die andere, stöhnte zum Herzerweichen und fragte sich, wie das gerade hatte passieren können. Wie blöd musste man sein, so gegen sich selber zu arbeiten? Hab ich's dir nicht gesagt?, meldete sich das Hirn, aber der Satz war nicht sehr hilfreich, und der Körper hörte nicht darauf. Er brachte sogar erneut seine Che-Guevara-Einstellung auf Vordermann. Rebellion ist alles, nur ja nichts gefallen lassen, recht geschieht dir, wenn ich jetzt nicht schlafen kann, wenn du mich in den Eiskasten steigen lässt. An dieser Stelle gab das Hirn auf, und Lena fragte sich, wann sie eigentlich die Vizemeisterin im Deppertsein geworden war. So ging das Tag für Tag, Woche für Woche. Zwei Monate später suchte sie sich eine Therapeutin.

»Erzählen Sie mir von Ihrer Oma«, ermunterte Frau Doktor Gutfleisch.

Der Name war Lena sofort ins Auge gesprungen. Sie hatte sich eine Liste von Psychotherapeuten in ihrer Nähe besorgt, gleich auf der ersten Seite diesen Namen entdeckt und die restlichen Seiten, die sie sich ausgedruckt hatte, zerknüllt. Gutfleisch. So heißt man höchstens, wenn man Fischhändler ist, dachte Lena, die tatsächlich einen Fischhändler namens Gutfleisch kannte. Womöglich waren die beiden verwandt. Noch besser, dachte Lena. Der Gutfleisch hatte den besten Fisch, vielleicht hatte dann die Gutfleisch die beste Therapie. Vom Thema her durfte man jedenfalls auf Verständnis hoffen. Die Hoffnung trübte sich ein bisschen, als Frau Doktor Gutfleisch Lena die Tür öffnete. Die Therapeutin hatte eine Figur wie von Gottes Reißbrett. Himmel, dachte Lena, ob die die Richtige für mich ist? Aber da war sie auch schon im Sprechzimmer und im gutfleischlichen Fauteuil versunken.

»Von meiner Oma?«, fragte Lena und ließ das Warum, das sie eigentlich meinte, in der Luft hängen. Frau Doktor Gutfleisch griff es trotzdem auf. »Weil Ihr Problem offenbar mit ihr beginnt.«

Die ist aber fix, stellte Lena fest.

»Bin ich Ihnen zu schnell?«, fragte Frau Doktor Gutfleisch.

Die ist mir ein bissel unheimlich, dachte Lena.

»Manchen Klienten bin ich unheimlich, weil ich die Dinge rasch beim Namen nenne. Ich gehe biografisch und tiefenpsychologisch vor, deshalb habe ich Sie nach Ihren Eltern und Großeltern gefragt. Von Ihrer Mutter und Ihrem Vater weiß ich bisher kaum mehr als den Beruf, Sie haben fast ausschließlich von Ihrer Oma gesprochen. Das interessiert mich natürlich.«

»Meine Oma war …« Lena schaute nach rechts oben und damit

durch das Fenster, durch das man in die Vergangenheit sieht. Das sagt zumindest die Körpersprache. Erinnerte Visionen nennt man das, was man sich von dort holt, und es könnte durchaus was dran sein. Lena sah ihre Oma deutlich vor sich. Ihre Raum einnehmende Gestalt, ihr tänzelnder Gang. Ihre Schlagfertigkeit. Den ewigen Schöpflöffel in ihrer Hand. Die Schürze mit den aufschlussreichen Flecken, die sich wie eine Landkarte des Genusses um ihre Leibesfülle spannte. Und ihr Lachen, das aus ihr herausperlte, als risse alle paar Augenblicke eine Kette in ihr. An der schweren Oma zeigte sich das Leben von der leichtesten Seite. Dicksein und Lachen gehörten für Lena seitdem zusammen. Die dünnen Omis, die sie von ihren Freundinnen kannte, lachten nicht. Und wenn, dann klang es nicht lustig. Es war kein befreiendes Hahaha, wie Lena es von daheim gewöhnt war, es war ein herausgepresstes Hähähä, das an den Rippen entlangrasselte, weil es seinen Weg so schwer aus dem Brustkorb fand. Diese Omis hatten ihre tiefsten Falten über den verkniffenen Mundwinkeln, bei ihrer Oma hatte sich das Lachen an den Augenwinkeln festgehalten. Lena fasste das Bild für Frau Doktor Gutfleisch zusammen. »... sie war lustig«, sagte sie.

Da hab ich ja direkt ins Schwarze getroffen, dachte Frau Doktor Gutfleisch. Laut sagte sie: »Überlegen Sie sich doch bis zur nächsten Stunde, ob etwas aus Ihnen geworden ist.«

Lena überlegte sich, ob sie jetzt beleidigt sein sollte. Dann entschied sie sich dagegen und nickte. Irgendetwas hatte in ihr geklingelt.

In ihrem Beruf hatte Lena Karriere gemacht. Zumindest hörte sie das immer von den anderen. Du mit deinem Erfolg, hieß es immer. Für Lena fühlte sich ihr Leben nicht unbedingt so geradlinig an, wie man das von außen wahrnahm. Allein, dass sie Architektin geworden war, hatte sich schon um drei Ecken geschlängelt. Angefangen hatte sie an der Kunstakademie, aber da konnte sie nicht mit dem Leiter ihrer Meisterklasse. Oder er nicht mit ihr, egal, es kam aufs selbe heraus, sie pfiff auf die Architektur, machte einen Abstecher in den Journalismus und versuchte es nach zwei Jahren noch einmal mit dem Bauwesen, diesmal auf der Technischen Universität. Der Versuch gelang, nach acht Semestern hatte sie ihren Abschluss und bekam umgehend ein Angebot. Es war von der Zeitung, nach deren Absage sie den Journalismus an den Nagel gehängt hatte. Seltsame Welt, dachte sie. Ein Job in ihrem Fach tat sich nicht auf. Monatelang hielt sie sich mit Architekturkritiken im Internet über Wasser, dann meldete sich ein Kollege bei ihr. Sie hatten sich in den letzten Semestern auf der Uni gut verstanden und dieselben Ansichten über die Bausünden im Land. Franz, so hieß der Kollege, hatte sich gleich nach der Uni selbstständig gemacht und so ziemlich an jedem Wettbewerb für jedes Projekt teilgenommen, der nur irgendwo ausgeschrieben war. Ohne Erfolg, soweit Lena es verfolgt hatte. Dass er sich diese Durststrecken leisten konnte, lag an seinem unglaublich haltbaren Pokerface und unverschämt vielen Royal Flushes, mit denen er sich schon das Studium finanziert hatte. Nun hatte Franz einen dieser Wettbewerbe gewonnen und durfte einen weiteren Büroturm in das Viertel jenseits der Donau bauen, das Wien die Silhouette einer Skyline gab. Innerhalb von ein paar Wochen war er mit seinem Entwurf in den Himmel gejubelt worden, an dem die Wolken hingen, an denen sein Haus kratzen würde. Lena sollte beiden beim Kratzen helfen. Es war der Beginn einer wunderbaren Kreativgemeinschaft. Nach dem zweiten Büroturm wurden sie eine Beziehungsgemeinschaft, kurz bevor sie ihr erstes Auslandsprojekt an Land zogen, eine Wohngemeinschaft. Im Flieger nach Berlin, wo sie ihr zweites Atelier einrichten wollten, fragte Franz Lena, ob sie sich nicht vorstellen könnte, dass sie sich dereinst gegenseitig den Buckel kratzen könnten. Lena verstand sein Wortspiel, aber nicht genau, was er damit meinte. Franz musste seinen Heiratsantrag wiederholen, weshalb ihm das Fasten-seatbelt-Zeichen dazwischenkam und die Angelegenheit etwas unromantisch auf den Boden gebracht wurde. Die Ehe hielt drei Wolkenkratzer lang.

Vielleicht sah Lena deshalb ihre Laufbahn nicht als Erfolgsgeschichte. Sie konnte Gebäude für alle Bedürfnisse hinstellen, ein Heim für Franz und sich hatte sie nicht zustande gebracht. Es war ihr ein Leichtes, jeden Bauherrn zufriedenzustellen, Franz zu befriedigen, war ihr nicht gelungen. Die Ehe blieb kinderlos, dafür hatte Franz bald einen Stall voller Geliebter. Solange es viele waren, schaute Lena noch zu. Als sich Franz' Interesse auf eine einzige konzentrierte, schaute Lena in den Spiegel. Was sie sah, war eine gigantische Entschuldigung für Franz. In ihren Augen war es nicht nur logisch, sondern geradezu notwendig, dass er sich eine andere gesucht hatte. So einen Koloss wie sie konnte man nicht lieben. Sie war mit ihren Wolkenkratzern gewachsen, die in die Höhe, sie in die Breite. Sie war auseinandergegangen, da geschah es ihr nur recht, dass auch Franz und sie jetzt auseinandergingen. Die Scheidung ging sehr amikal über die Bühne, weil Lena aus lauter Schuldgefühl auf alles verzichtete und Franz ihr aus lauter schlechtem Gewissen die Hälfte von allem überließ. Die Trennung schadete auch keinem von beiden beruflich, weil sie die Projekte aus Zeitgründen ohnehin schon aufteilen hatten müssen. Aber Lena kostete das Scheitern ihrer Ehe mehr, als mit Geld zu bezahlen war. Ihre Oma hatte recht gehabt. Aus ihr war nichts geworden. Obwohl sie so brav gegessen hatte. Oma hatte alles versucht. Nicht einmal das hatte ihr geholfen. Für Lena hieß das: Ihr war nicht zu helfen.

»Es ist also nichts aus Ihnen geworden«, fasste Frau Doktor Gutfleisch zusammen.

»Na ja«, gab Lena zu, »beruflich geht's mir nicht so schlecht.«

»Nicht so schlecht«, wiederholte Frau Doktor Gutfleisch. »Sie sind eine der wenigen Frauen, die sich als Architektin international einen Namen machen konnte. Sie sind eine der wenigen Frauen, die allein mit ihrer Arbeitskraft ein Büro mit zehn Mitarbeitern, eine Villa in der besten Gegend Wiens und einen Lebensstandard, der sie trotz der vielen Arbeit vor einem Burnout bewahren wird, erhalten kann. Sie kommen ohne einen Riesenschlitten aus, dafür haben Sie sich ein Elektrofahrrad geleistet. Sie kommen ohne Auszeiten in einem Sechssternhotel in Dubai aus, dafür haben Sie sich einen Hund angeschafft, mit dem Sie Urlaub auf der Alm machen. Und Sie kommen ohne ärztliche Kunstgriffe aus, die Ihnen das Fett absaugen. Und nur wegen einer Null zu viel auf der Waage glauben Sie, dass sie nichts und niemandem etwas wert sind. Gebe ich das korrekt wieder?«

Lena nickte. Für sie war das komplett korrekt. Obwohl, langsam kam es ihr ein bisschen überspitzt vor. Frau Doktor Gutfleisch hatte tatsächlich eine Art, die Dinge beim Namen zu nennen. »Sie sind schon …«, Lena überlegte kurz, »… etwas polemisch, vielleicht.«

»So«, sagte Frau Doktor Gutfleisch. »Polemisch also.«

»Im Journalismus würden Sie …«

»Im Journalismus würde ich Ihnen das alles auch noch schriftlich geben«, fiel ihr Frau Doktor Gutfleisch ins Wort. »Aber das brächte Sie auch nicht weiter.«

Was bringt mich denn weiter?, wollte Lena fragen, aber irgendetwas hielt sie zurück. Frau Doktor Gutfleisch würde ihr eine Antwort geben, so viel war sicher. Aber sie wollte keine, da war sie auf einmal auch sicher. Eine Antwort bedeutete eine Lösung, und auf die war sie gar nicht aus. Sie war zur Therapie gekommen, um sich ihr Leben leichter zu machen. In ihrem Fall hieß das simpel: abnehmen. Wenn sie Gewicht verlor, war ihr Leben leichter. Das war die Antwort, das war die Lösung. Und es war genau das, was sie nicht hören wollte.

Die Dinge passten nicht mehr zusammen. Ihre Oma hatte nicht recht gehabt, das hatte Frau Doktor Gutfleisch Lena mittlerweile klarmachen können. Es war etwas aus ihr geworden, nämlich genau das, was ihre Oma sich vorgestellt hatte. Lenas beruflicher Erfolg wäre der begnadeten Köchin vollkommen egal gewesen. Der Oma war es nicht auf Materielles angekommen, und Hochhäuser gab es kaum am Land, wo sie zeitlebens gewohnt hatte. Der Oma war es wichtig gewesen, dass Lena groß und stark wurde, damit sie sich im Leben behaupten konnte, damit sie sich wehren konnte und etwas auszuhalten imstande war. Frauen hatten eine Menge auszuhalten gehabt in Omas Welt. Dafür hatte sie Lena ausstatten wollen. Dafür hatte sie sie mit einer Schutzschicht umgeben wollen. Lena brauchte einen Panzer, der sie vor dem Leben schützte. Oma hatte ihr diesen Panzer angelegt. Aber jetzt war es einer, der sie nicht vor dem Leben schützte, es war einer, der sie vor dem Leben bewahrte, sie gar davon abhielt.

Als Lena aus ihren Überlegungen auftauchte und wieder im Sprechzimmer der Therapeutin ankam, sah sie Frau Doktor Gutfleisch erstmals lächeln.

»Jetzt haben Sie's«, sagte sie.

»Können Sie Gedanken lesen?«, fragte Lena.

»Nein«, sagte Frau Doktor Gutfleisch, »ich kann Gedanken machen.«

Lena überging die sprachliche Feinheit. Sie wusste, was gemeint war. Eine Therapeutin brauchte sich keine Gedanken zu machen, das war der Part ihrer Patienten. Aber sie war dafür zuständig, dass es die richtigen Gedanken waren.

Bei Lena hatte die Therapie angeschlagen. Im Ansatz hatte sie begriffen, was bei ihr falsch lief. Sie verkroch sich hinter ihrer körpereigenen Schutzschicht. Sie verkroch sich dort vor dem Leben. Vor ihrem Leben. Und das war nicht das Leben von Lena, der Architektin. Es war das Leben von Lena, der Frau. Solange sie dieses Versteck hinter ihren Fettpölstern hatte, brauchte sie nicht da hinaus. Dort draußen war für Lena immer noch Feindesland. Voll von Männern. Als Architektin konnte sie wunderbar mit denen.

Da verhandelte sie mit ihnen, fachsimpelte mit ihnen, diskutierte mit ihnen. Sie lachte mit ihnen, flirtete und ging ins Bett mit ihnen. Solange sie geistig dabei den Helm aufhatte, den sie auch auf der Baustelle trug, gelang ihr das ohne Weiteres. Sie fand Vergnügen daran. Sie konnte sich mit voller Begeisterung in solche Episoden stürzen. Solange niemand eine Affäre aus diesen Verhältnissen machte, war Lenas Welt ganz in Ordnung. Solange sie aussah wie ein Walross, war nicht zu fürchten, dass ein Mann ihrer Seele zu nahe kam. Beim ersten Anzeichen von Gefahr konnte sie ein, zwei Kilo zulegen und einmal mehr austesten: Na? Magst du mich jetzt immer noch?

Irgendwann musste das Aus kommen, davon war sie überzeugt. Irgendwann wurde es jedem zu viel. Mit Kilos beendet man eine Liaison leichter als mit Worten. So könnte sie also zweifelsohne weitermachen, bis die Schutzschicht nicht mehr nötig war. Bis sie alt genug war, keine Sehnsucht mehr zu haben. Sehnsucht nach einer Beziehung wie mit Franz am Anfang, als sie nicht suchten und sich in allem fanden, als jeder von ihnen gern allein, aber keiner je einsam war. Als sie zusammenlebten, miteinander etwas aufbauten und sich eine gemeinsame Zukunft vorstellten.

Es war an einem der ersten Frühlingstage, als Lena sich die Ehrlichkeit erlaubte, zuzugeben, dass das etwas war, das sie vielleicht doch noch einmal wollte. Nicht dasselbe, und schon gar nicht mit Franz. Sie wollte das Gefühl wiederhaben, geliebt zu werden. Und wenn sie schon so ehrlich war, konnte sie auch gleich das Unaussprechliche aussprechen. Sie wollte bedingungslos geliebt werden, so, dass sie sich auf diese Liebe verlassen konnte, dass einer für den anderen nicht immer nur das Beste wollte, sondern es auch tat. Der eine sollte den anderen genau so mögen, wie er war, und nicht, wie er ihn gern hätte. Sie wünschte sich, dass nie auch nur der Hauch eines Zweifels entstand, es könnte sie etwas voneinander trennen, kurz gesagt: Sie wünschte sich, dass man füreinander bestimmt war.

So. Jetzt hatte sie es gesagt. Zwar nur mit ihrer inneren Stimme, aber immerhin. Jetzt war es heraußen. Das war es, wonach sie sich sehnte, was sie sich nicht gestattete. Was sie bis jetzt mit Messer und Gabel verhindert hatte. Denn um das zu bekommen, musste man anders aussehen. So viel Lena war eines solchen Mannes nicht würdig.

Na, gut. Dann würde sie eben abnehmen. Jetzt gleich und ein für allemal. Jetzt war er Ballast, der Panzer, weg damit.

»Bravo«, sagte Frau Doktor Gutfleisch.

Na super, dachte Lena, das brauch ich jetzt. Sie kannte den Tonfall ihrer Therapeutin mittlerweile gut genug, um zu wissen, dass diesem Bravo jeder Beifall fehlte. Was Frau Doktor Gutfleisch wirklich meinte, war: Viel Vergnügen, rufen Sie mich einfach wieder an, wenn Sie gescheitert sind.

»Was ist falsch an meinen Abnehmplan?«, fragte Lena.

»Am Abnehmen?«, fragte Frau Doktor Gutfleisch unschuldig. »Nichts.«

»Aber irgendwie mögen Sie meinen Plan nicht.« Es war keine Frage für Lena, deshalb wartete sie auch nicht auf die Antwort und vermutete: »Sie glauben, ich mache das alles aus falschen Gründen.«

»Wie finden Sie denn Ihre Gründe?«

Immer diese therapeutischen Gegenfragen, dachte Lena. Soll sie doch sagen, dass ich ein Trampel bin. Bei mir rennt sie damit ohnehin offene Türen ein.

»Das würde Ihnen so passen«, sagte Frau Doktor Gutfleisch.

»Okay«, sagte Lena, die nun schon daran gewöhnt war, dass man im Dialog mit Frau Doktor Gutfleisch nicht alles aussprechen musste. »Sie haben recht. Meine Gründe sind keine.«

Frau Doktor Gutfleisch lächelte.

»Wenn ich abnehmen muss, damit mich der Mann, der meine große Liebe sein soll, attraktiv genug findet, um mir zu begegnen, dann kann das keine große Liebe sein.«

»Liebe Lena«, sagte Frau Doktor Gutfleisch und streckte Lena die Hand hin. »Der Feind hat keine Macht mehr, wenn man ihn in Worte gefasst hat. Und so, wie Sie die Dinge auf den Punkt gebracht haben, kann ich Ihnen nur viel Erfolg beim Abnehmen wünschen. Besuchen Sie mich doch einmal, wenn Sie Ihre Schutzschicht losgeworden sind. Und nicht als Patientin.«

»Danke, Frau Doktor«, sagte Lena und ging zur Tür. Als sie die Klinke schon in der Hand hatte, rief sie die Therapeutin noch einmal zurück.

»Ich weiß übrigens den besten Weg, wie Sie Ihren Ballast loswerden können.«

»Ja?«, fragte Lena.

»Gehen Sie«, sagte Frau Doktor Gutfleisch.

»Wie bitte?« Lena überlegte, ob sie gerade aus der Praxis geworfen wurde.

»Nein, nein«, sagte Frau Doktor Gutfleisch, »ich wollte Ihnen nur einen Rat mit auf den Weg geben.«

»Ich verstehe nicht.«

»Das werden Sie dann schon: Gehen Sie einfach.«

»Gehen Sie weg da!«, brüllte der Polier, »Sie haben hier nichts zu suchen!«

Lena blieb, wo sie war, und lächelte ihn an.

»Sind Sie taub?«, brüllte er weiter.

»Nein«, brüllte Lena zurück, »Sie sind blind.«

»Und Sie sind …«

»Obacht, Hans«, warnte Lena, bevor ihr der Mann sagen konnte, was sie in seinen Augen war.

»Mein Gott, die Lena«, sagte der Polier.

Lena hörte ihn nicht, dazu war das Gerüst, auf dem er stand, zu weit weg. Aber es war nicht schwer, die vier Worte von seinen Lippen zu lesen.

»Die Lena!«, brüllte er gleich darauf, balancierte auf seinen dünnen Latten weiter, sprang auf die Betonfläche, auf der in ein paar Monaten vermutlich ein Wohnzimmerteppich liegen würde, und umarmte Lena. Seine riesigen Pratzen hielt er auf ihrem Rücken abgespreizt, um ihre Lederjacke nicht schmutzig zu machen. Als er sie endlich losließ, bekam sie kaum noch Luft. »Mädel, kommst du endlich zurück und befreist uns aus der Knute deines Exmannes?«

Lena schüttelte den Kopf. Mehr bekam sie nach der Begrüßung noch nicht heraus. Wortlos überreichte sie ihrem Lieblingspolier ein beiges Kuvert.

»Eine Kündigung ist das nicht«, sagte Hans und wischte sich die Hände an seiner Arbeitshose ab, bevor er den edlen Umschlag mit zwei Fingern an einer Ecke entgegennahm. Ungeschickt hantierte er mit dem Kuvert und machte Anstalten, es unter den Latz seines Blaumanns zu schieben. Dann hielt er es Lena wieder hin. »Steck du's mir da rein«, bat er.

»Ich denke nicht daran«, sagte Lena, »mach's auf.«

»Dann hat es schlimme Tapser drauf«, sagte Hans.

Lena zuckte mit den Schultern. »Na und? Hattest du jemals das Gefühl, ich wäre heikel?«

Der Polier steckte einen Zeigefinger in den Umschlag, riss ihn auf und hielt eine Einladungskarte in der Hand. *Oskar und Lena geben sich die Ehre …*

»Ich werd verrückt«, brüllte Hans, »die Lena unter der Haube! Das hätte ich nie geglaubt.«

»Schönen Dank«, sagte Lena.

»So war's nicht gemeint. Ich hatte nur immer das Gefühl, dass du allein ganz gut zurechtkommst. Du hast nie einen Mann gebraucht«, er hielt kurz inne, »ich meine, einen eigenen.«

»Ich weiß schon, was du meinst. Der Eindruck hat eben getäuscht.«

»Der Eindruck, dass es dir verdammt gut geht, täuscht jetzt aber nicht. Nur ein bissel schmal bist um die Nase.«

Wie die Oma, dachte Lena. »Ich habe zwanzig Kilo abgenommen.«

»Gibt er dir nichts zu essen, dein Oskar?«

»Im Gegenteil«, sagte Lena, »dem bin ich zu dünn.«

»Der Mann gefällt mir«, sagte Hans.

Mir auch, dachte Lena, mir auch.

Bravo, kann man da nur sagen. Es ist eben nicht nur eine Frage der Disziplin, ob sich die Dinge im Leben die Waage halten. Manchmal braucht man einen Tiefseetauchgang in die Seele, um zu wissen, was los ist. Auf dem Grund des Ich liegen oft die Ursachen, verborgen oder vergraben. Nur zur Erinnerung – die Regel Nummer acht im Sinne des Johanneswegs: Halte Maß in allen Dingen, besonders beim Essen und Trinken. Na ja. Da kann ich mich selber an der Nase nehmen. Als Arzt weiß man's ja bei den anderen immer besser, aber selbst? Natürlich schmeckt so ein Cremeschnitterl fein oder ein Kalbsbraten oder dieses und jenes. Ich könnt nicht von mir behaupten, dass ich ein reiner Salatesser bin, das überlass ich den Hasen.

Auch schmeckt mir hie und da ein gutes Glas Wein, und so eine Bouteille ist mitunter auch schnell weg, wenn man in einer gemütlichen Runde sitzt und vielleicht sogar was zu feiern hat, zum Beispiel, wenn wieder ein Buch fertig ist. Aber ich sag's mir selber vor: mit Maß und Ziel. Natürlich ist das nicht immer leicht. Aber wer dauernd im Überfluss lebt, schätzt das Einzelne nicht mehr. Ihr oder ihm zergeht das Besondere nicht mehr auf der Zunge.

In diesem Sinn: Lassen Sie sich das Leben gut schmecken.

3.
Ein Sinn des Lebens

Das gibt's jetzt nicht, denkt er, der Alibert ist hin.

Der Mehrzweckspiegel im Badezimmer. Zerbrochen. Anscheinend aus der Verankerung gelöst. Runtergefallen. Mit einem Kracher in tausend Stücke zersplittert. Sieben Jahre Pech oder schlimmer: sieben Jahre schlechten Sex? Super. Das heißt, frühestens zweitausend… einundzwanzig tut sich wieder was auf den Laken und um die Lenden. Vielleicht sieben Jahre Pech *und* schlechten Sex?

Exzellente Aussichten für einen Singlemann Mitte dreißig, der noch dazu sein Geld mit Flirtseminaren verdient. *So kriegen Sie jede(n) rum*, steht im Prospekt. *Liebestricks und Flirtgeheimnisse. Carl Steiner – erklärt's dir feiner.* Vielleicht sollte ich umsatteln auf Chaostheoretiker, denkt er, oder Bruchpilot. Oder Pechvogelzüchter.

Der Dienstag fängt famos an. Beim Aufstehen Knie angehaut, autsch. In die Küche gehumpelt, um Frühstück zu machen, dabei Kaffee über den nackten Oberschenkel geschüttet, jauuu! Beim Weg ins Bad mit dem neuen Pyjama an der Türklinke hängengeblieben, hoppla. Ärmel zerrissen, ratsch. Wade verkrampft, hnnnn. Und jetzt der Alibert im Argen. Riesensauerei im Badezimmer, alles auf dem Kachelboden verstreut. Zahnbürste, Zahnpasta, Deo, Gesichtscremen, Bürste, Nagelfeile, Föhn, das ganze Zeug, das man so im Bad hat und in der Früh braucht, und das teure Prada-Parfümfläschchen ist auch gleich mit zersprungen. So ein Pech, so ein gottverdammtes Pech. Lauter böse Omen, und es ist erst kurz nach sechs in der Früh. Der Film heißt *Mein*

Morgengrauen, eine Annäherung, wie eine cineastische Experimentalkatastrophe von Aki Kaurismäki. Scheitern heißt auf Finnisch *pettää*. Klingt, als würde dich ein Säugling anschreien.

Carl überlegt: Am besten, ich lege mich gleich wieder hin, ziehe mir die Decke über den Kopf und warte, was passiert. Womöglich bricht ein Krieg aus. Oder eine Seuche, ein HN69-Virus, das panamaische Fleischfieber. Irgendwas wird schon kommen. Und wenn es nur der Exekutor von gestern ist, der mit dem verfilzten Bart, in dem sich Reste einer Leberkäsesemmel verfangen haben. Ein grauslicher Typ. Er wollte Carl einen Kuckuck auf den Flachbildschirm kleben und ihn damit offiziell für beschlagnahmt erklären. Kommt der Kuckuck, fliegt was raus. So schnell geht das in Österreich. Wenn das Glück, wie man sagt, ein Vogerl ist, dann ist das Pech ein Kuckuck.

Kleines Handgemenge, Schreierei, Unflat in der Wortwahl … Jedenfalls ist die Exekutor-Situation gestern ein wenig eskaliert. Typischer Kaurismäki-Stoff. Ein finnisches Desaster mitten in Linz. Carl lebt seit seiner Geburt in Linz, zurzeit in der Wiener Straße Nummer 57, kurioserweise auf ebenso vielen Quadratmetern. Siebenundfünfzig ist nicht viel, aber immerhin: seins. Er liebt Oberösterreich und hält es, wie er seinen Flirtschülerinnen und Singlestudenten zu sagen pflegt, für die Toskana Österreichs. Carl war zwar noch nie in der Toskana, aber wenn man die Bilder hernimmt und vergleicht und ein wenig verträumt ist, könnte es hinkommen. Das Mühlviertel ist sein Nabel der Welt. Bellissimo.

Vom Fliesenboden im Bad hebt Carl eine längliche Scherbe auf, die aussieht wie ein abgebrochenes Messer, das ein Sträfling einem anderen in den Bauch rammen will, und begutachtet sein Gesicht in dem Spiegelfragment. Keine besonderen Kennzeichen, überlegt er, ich sehe aus wie Tausend andere auch, wie ein Abziehbild der Spezies Mensch. Wie ein Homo sapiens 1.0, eine Vorstufe, an der der Schöpfer noch emsig probiert hat, wo man als kosmischer Konsument sagen würde: lieber warten, bis die wirklich guten

Modelle auf den Markt kommen, die, sagen wir, bei Homo sapiens 6.0 oder 7.0 anfangen, wenn die Anfangsfehler behoben und alle Nachbesserungsarbeiten abgeschlossen sind, weil vorher … na ja. Da hat sich der liebe Gott halt noch einen Carl gemacht.

Carl schüttelt den Kopf. Nur nicht aus der Ruhe bringen lassen, erst recht nicht von den eigenen Gedanken. Manchmal ist es sehr wohl so, dass sich eine furchtbare Sache im Nachhinein als gar nicht so übel herausstellt. Also wer weiß, das ist sicher mein Glückstag mit all den Knieprellungen, Kaffeeverbrühungen und Alibertverschrottungen. Wenn ich heute Lotto spiele, explodieren die Kugeln bei der Ziehung.

Er kehrt die Scherben mit einem kleinen Besen zusammen, steigt in die Dusche, dreht das Wasser auf und fühlt, wie der warme Regen seine Seele bewässert. Herrlich, da freut sich der vom Leben Geknechtete. Carl greift zum Duschgel, macht einen kleinen Schritt zur Seite und rutscht aus. Er versucht, sich mit der rechten Hand an der Armatur festzuhalten, erwischt sie aber nicht richtig, sodass es ihm die Beine wegreißt und er wie ein Stuntman aus der Duschkabine stürzt. Wie ein sehr betrunkener Stuntman. Wumm! Mit einer gewissen spektakulären Note knallt er auf dem Boden auf und bekommt kurzfristig keine Luft. Dann hält sich die Zeit selber an … einundzwanzig, zweiundzwanzig, dreiundzwanzig … und der Schreck … lässt nach.

Hab ich mir was gebrochen?, fragt sich Carl und bewegt die Gliedmaßen wie ein Roboter in der Werkstatt der Zukunft. Ist was hin, C-3PO? Offenbar nicht. Noch ist alles dran. Der Ellbogen tut höllisch weh, sieht aber normal aus, knochentechnisch. Die Hüfte fühlt sich an, als wäre ein Traktor darübergefahren, wenn auch ein vorsichtiger. Der Schädel brummt, die Sicht ist normal, das Knie abgeschürft, der Knöchel beleidigt. Robo-Carl scheint Glück gehabt zu haben, sofern man von Glück sprechen kann, wenn es einen in der Dusche mit voller Wucht auf den Boden setzt. Anscheinend will mich das Schicksal einseifen, denkt er. Nicht mit mir.

Zornig rappelt sich Carl auf und beutelt sich ab. Brrr. Wo ist das Handtuch? Abfrottieren, dann auf Zehenspitzen raus aus dem Badezimmer.

Im Wohnzimmer weht frischer Wind, obwohl das Fenster nicht offen ist. Der Wind weht deshalb, weil die Fensterscheibe eingeschlagen ist. Das gibt's jetzt aber wirklich nicht, denkt Carl. Wie verrückt ist *das* denn? Hat da irgendein zorniger Engel auf mich gezeigt und gesagt: den da! Schnappt ihn euch und macht ihn fertig! Wie sonst lässt sich so eine rigide Pechsträhne erklären? Verkettung unvorhergesehener Vorkommnisse nennen sie's, denkt Carl. Bad vibrations. Da muss eine Turbo-Taube oder eine Amsel auf Anabolika gegen das Glas gekracht sein, wer weiß. Die Liste der Unpässlichkeiten wird länger, und Carl merkt: Irgendetwas stimmt nicht, ganz und gar nicht. Das ist nicht sein Tag, das ist vielleicht nicht einmal sein Jahr. Es ist eine Verschwörung.

Er schlüpft in Jeans, ohne sich etwas zu brechen, zieht ein weißes Hemd an, ohne dass er sich die Schulter ausrenkt, nimmt ein schwarzes Sommersakko vom Haken, ohne die Kastentüre einzutreten, und drückt sich einen Espresso aus der Kaffeemaschine, ohne dass etwas in Flammen aufgeht. Keine Vorkommnisse. Vielleicht war's das, hofft Carl. Ein Wutausbruch des Schicksals, das darf ja auch einmal grantig sein. Als er die Wohnung verlässt und die Eingangstüre zusperrt, bricht der Schlüssel im Schloss ab. Aha. Falsch gehofft. Er steht da, draußen vor der Tür, mit seinem Schlüssel ohne Bart und kommt sich vor wie ein Kämpfer ohne Zähne. Okay, durchatmen und nachdenken. Ich ruf den Schlüsseldienst an und lass das beknackte Schloss öffnen. Allerdings geht sich das mit dem Warten zeitlich nicht gut aus, weil in zwei Stunden das nächste Flirtseminar beginnt, das heißt, ich muss zum Best-Western-Seminarhotel und die Vorbereitungen treffen, Kaffee, Brötchen und vor allem die Skripten, bevor die Leute kommen und hören wollen, wie sie andere ansprechen sollen, damit es funkt.

Trotzdem muss man das bei der Versicherung melden, sagt sich Carl. Eigentlich muss er gleich mehrere Sachen melden, den kaputten Alibert, das kaputte Fenster, den kaputten Schlüssel. Zahlt die Haushaltsversicherung so etwas überhaupt? Wahrscheinlich allen, nur ihm nicht. In den Vertragsbedingungen gibt es sicher einen Carl-Passus, Zusatz: Sollte hingegen Carl Steiner einen Schaden vergütet haben wollen, tritt Paragraph 687 in Kraft, der besagt: Den Schaden hat immer der Carl.

Wie auch immer. Carl verlässt das Stiegenhaus, es ist ein prachtvoller Mittwoch im Juli. Die Sonne freut sich geradezu lächerlich hell, nur ein paar Wolken wattieren den indigofarbenen Himmel. Carl nimmt sein iPhone aus dem Jackett, sucht nach der Nummer der Versicherung im elektronischen Telefonbuch, und auf einmal – flap! – rutscht ihm das Handy aus der Hand und liegt auch schon im Rinnsal, das Glas ist zersprungen. Carl schreit vor Wut. Die Leute schauen ihn an, als wäre er bissig und gerade aus einem Mistkübel geschlüpft. Ts. Er bückt sich, nimmt das Handy in die Hand. Schaut nicht mehr designmäßig elegant aus, aber scheint noch zu funktionieren. Grüne Taste.

»Pegasus-Versicherung, mein Name ist Corinna Kantner. Na, was kannt i für Sie tun?«

»Lustig«, sagt Carl, »wie oft am Tag sagen Sie das?«

»Zu oft.«

»Aber die Leute halten das wahrscheinlich für spontan, nicht?«

Sie seufzt: »Die meisten hören es gar nicht. Sie wollen wissen, was sie mit ihrem Schaden jetzt machen sollen.«

»Mit einem Hirnschaden?«

»Hihi. Sie sind aber auch nicht fad.«

»Sie werden nicht glauben, was mir heute alles passiert ist«, sagt Carl. »Mein Tag ist eine Katastrophe in Zeitlupe. Das Schicksal hat mich im Zielfernrohr gesucht, anvisiert und abgedrückt. Es hat schon beim Aufstehen begonnen. Knie angehaut und so weiter und so fort. Eine Verkettung unglücklicher Umstände werden Sie sagen.«

»Sie klingen irgendwie arm.«

»Bin ich auch. Gestern war der Exekutor da. Eigentlich wollte er zum Nachbarn, hat sich aber in der Tür geirrt und ist zu mir rein. Dann ist es zu einer … kleinen Meinungsverschiedenheit gekommen. Egal. Was ich eigentlich sagen wollte: Bei mir ist viel hin.«

»Das Leben?«, sagt sie und lässt es wie eine Frage klingen. Ein leicht koketter Unterton schwingt in dem Ganzen mit, ein Timbre.

»Für eine Versicherungsfrau sind Sie ganz schön frech«, sagt Carl.

»Ich arbeite auch nur am Empfang.«

»Na dann«, sagt er. »Jedenfalls, mein Alibert ist ein Wrack, mein Fenster ist hin, und mein Schlüssel steckt abgebrochen in der Eingangstür. Jetzt ist auch noch das iPhone zersprungen. Aber ich kann wenigstens telefonieren.«

»Was Sie nicht sagen. Und wahrscheinlich wollen Sie jetzt wissen, ob die Pegasus-Versicherung für Ihre Serie von … Missgeschicken, pardon, Unfällen im Haushalt aufkommt, richtig?«

»Genau. Sagen Sie, kann das sein, dass Sie mich ein bisserl verarschen?« Carl findet das Gespräch seltsam. Er wollte eigentlich nur verbunden werden und ist stattdessen in diesem Dialog gefangen. Wie heißt die Komische? Kantner. Claudia … nein … Corinna, ja, Corinna! Auch nicht mehr wirklich zeitgemäß, der Name.

Sie kichert. »Das würde ich mir nie erlauben, Herr …«

»Steiner. Carl Steiner.«

»So wie Bond? James Bond?« Sie kichert, räuspert sich und wiederholt: »Das würde ich mir nie erlauben, Herr Steiner, Carl Steiner.«

»Langsam frage ich mich, ob Sie bei der Versicherung neuerdings Leute wie Sie ans Telefon setzen, um Leute wie mich gleich im Vorfeld abzuwimmeln. So quasi: Tut mir leid, mein Herr, Ihr Schadensfall hat hier leider keine Bedeutung.«

»Tut mir leid, mein Herr, Ihr Schadensfall hat hier leider keine

Bedeutung.« Kurze Pause. »Gell? Nein, kleiner Scherz, das Leben ist doch nichts als Wiederholung, oder? Also, Herr Steiner, mit wem wollen Sie sprechen?«

»Ich spreche doch gerade mit Ihnen«, sagt er. »Schauen Sie eigentlich so aus, wie Ihre Stimme klingt?«

»Wie klingt denn meine Stimme?«, fragt sie.

»Sexy«, sagt er, »ein Hauch Nonchalance mit einem Unterton Süffisanz. Aber sexy, ja, das schon.«

»Na, Sie sind mir aber einer«, sagt sie. »Ist das jetzt ein Telefonflirt oder wie?«

»Ehrlich gesagt, haben Sie damit begonnen, Fräulein Kantner. Kannt i jetzt Ihre Privatnummer haben?«

»Nein«, sagt sie, »ich verbinde Sie mit der Schadensabteilung.« In der Warteschleife spielt es *Don't worry, be happy … Don't worry, be happy … Don't worry, be happy … Don't worry, be happy … Don't worry, be happy … Don't worry, be happy.* Carl kann nicht fassen, was gerade passiert ist. Nachdem ihn die Frau auf den Arm genommen hat, schickt sie ihn in die Wüste. Aber don't worry, be happy.

Carl schüttelt verdutzt den Kopf. Ja, das ist er durch und durch, verdutzt. Aber auch spät dran. Er schaut auf seine Uhr, und ein leises Gefühl der Unruhe kriecht seine Wirbelsäule hoch. Diese ewige Hetzerei, denkt Carl. Warum muss denn die Zeit immer gegen einen arbeiten? Könnte es nicht so sein, dass man im Timing stets genau richtig ist? Austariert im Hier und Jetzt. Keine Sekunde zu früh, keine Viertelstunde zu spät. Immer wie ein gutes Steak, genau auf den Punkt.

Energisch bewegt er sich zu seinem Auto, einem rostroten Honda Civic, der in der Wiener Straße in Linz geparkt ist und natürlich einen Strafzettel in der Windschutzscheibe kleben hat, festgehalten vom rechten Scheibenwischer, quasi umarmt und liebkost. Selber schuld, denkt er, klar, gestern am Abend war er zu faul, um einen Parkplatz außerhalb der Kurzparkzone zu suchen, und das hat er jetzt davon: Strafe, 36 Euro. Mit der Fernbedienung schließt er die Wagentür auf und ist überrascht, dass keine Autobombe detoniert oder das Auto von einem Meteor getroffen wird.

Carl nimmt Platz, startet, fährt den Honda aus der Parklücke und reiht sich in den Morgenverkehr ein. Für Linz ist es recht ruhig, aber man darf nix verschreien. Er schaltet das Radio ein und hört *Wake up Call* von Maroon 5. Cooles Lied, denkt er. Die Ampel schaltet auf Rot, und er überlegt, was dieser Tag noch so bringen mag. Viel schlimmer geht's nimmer. *Wake up Call* trällert weiter aus den Boxen, und zum ersten Mal an diesem Tag empfindet er ein Gefühl der Zufriedenheit. Ob das Seminar auch wieder so ein Erfolg wird wie die vorigen? Bei seinem heutigen Glück ist es vermutlich schon ein Triumph, wenn sie ihn nur mit faulen Tomaten bewerfen, als Dankeschön für die Flirttipps. Die Ampel schaltet auf Grün, Carl gibt Gas, und auf einmal verschiebt sich die Welt. Der Knall kommt von rechts oder links oder oben oder unten, nein, doch von rechts, wamm, der Airbag bläht sich auf, das rechte Seitenfenster zerbirst, der Wagen dreht sich links zur Seite oder wird weggeschoben, ein anderes Auto kracht von hinten dagegen und lässt ihn ruckartig nach vorne hüpfen, irgendwo hupt es, irgendjemand schreit, irgendwie ist Chaos, und dann ist – Pause.

Nach einem Autounfall herrscht gemeinhin Stille. Als ob ein Regisseur Cut! gerufen oder der liebe Gott den Stecker herausgezogen hätte.

Stille und Frieden.

Abgesehen von der Alarmanlage, die bei einem geparkten Wagen losgegangen ist, und auch abgesehen von dem Stiernacken, der aus seinem Auto gesprungen ist und Carl jetzt ins Gesicht schreit: »*Warum bist du Arsch nicht stehen geblieben wenn ich Vorrang habe und wenn ich sage Vorrang dann ist immer Vorrang rote Ampel hin oder her!*« Manche Menschen tragen die Stille und den Frieden im Herzen. Der Stiernacken gehört nicht zu ihnen. Er schaut auch nicht aus wie der Dalai Lama. Bei ihm wurde das Dalai ausradiert. Übrig bleibt das Lama. Ein renitentes Lama, das spuckt und sich beschwert, weil sein nagelneues dunkelblaues BMW-Cabrio jetzt zerbeult ist. Obwohl der Stiernacken schuld an dem Unfall ist. Offensichtlich sieht er das anders oder versteht die Ampelsignale nicht als solche. Offenbar, denkt Carl, ist der Typ seinerzeit in Benzin gebadet worden.

Viel wichtiger ist: Carl war angeschnallt. Zum Glück. Er hängt noch etwas derangiert im Gurt und lässt die Tiraden über sich ergehen. Der Tag scheint von ausgesuchter Ekelhaftigkeit zu sein, gekrönt von einem Autounfall. Und es ist immer noch zeitig in der Früh. Ob er es rechtzeitig zum Seminar schafft? Und: Will der Stiernacken jetzt eine Schlägerei anzetteln?

Ein Polizeiauto bleibt neben Carls zerbeultem Honda stehen. Zwei Uniformierte steigen aus, begutachten die Autos, die zwei Fahrer und schätzen die Lage ein.

»Is Ihna was passiert?«, fragt der Größere.

»Anscheinend nicht«, sagt Carl, »danke, nur ein Blechschaden.« Vielleicht hätte er ein Peitschenschlagsyndrom simulieren sollen, um den Stiernacken ordentlich blechen zu lassen, aber die Idee kommt ihm erst, nachdem der Satz schon draußen ist. Das geht Carl oft so: Er weiß kluge Dinge erst im Nachhinein.

Der kleinere Polizist zuckt mit den Schultern, will heißen: na dann. Kein Personenschaden, keine Anzeige. Keine Anzeige bedeutet: keine Schreibarbeit. Keine Schreibarbeit heißt: Hans, wir gehen jetzt was frühstücken. Sie verordnen dem Stiernacken eine Extraportion Ruhe, weil sonst Beamtenbeleidigung, Organmandat, Mitkommen in die gute Wachstube und Watschenbaum und überhaupt. Sie erklären den Unfall zum Versicherungsfall und sind auch schon wieder weg, mit Blaulicht. Manchmal ist der Hunger größer als die Staatssicherheit oder der Dienst am Bürger. Der Stiernacken macht Fotos vom Unfallort und eine bedrohliche Geste, dann zischt er mit seinem BMWrack ab. Carl holt sein iPhone, dessen Glas noch immer zersprungen ist (ja, denkt er, diese Sachen werden nicht von selber wieder gut), aus dem Sakko und drückt auf Wiederwahl.

»Pegasus-Versicherung, mein Name ist Corinna Kantner. Na, was kannt i für Sie tun?«

»Lustig«, sagt Carl, »auch beim zweiten Mal.«

»Jössas, Sie schon wieder, der Telefoncasanova mit dem Schaden.«

»Das geht jetzt aber eine Spur zu weit.«

»Ich meine, mit dem Schadensfall. Haben Sie nicht was von Alibert gesagt und Handy und … Moment … Schlüssel, nicht? Haben Sie nicht auch noch den Schlüssel in der Wohnungstüre angebrochen oder abgebrochen oder so was in der Art?«

»Sie merken sich erstaunlich viel.«

»Dabei bin ich nur die Rezeptionistin, bitte schön.«

»Die wissen oft mehr als der gesamte Vorstand auf der Tagung am Golfplatz«, sagt Carl.

»Das haben Sie gesagt. Wenn Sie Golf sagen, macht mich das sehr nachdenklich. Wissen Sie, dass ein Golfball genau 333 Einkerbungen hat?«

Carl will etwas erwidern, pausiert aber. »Irgendetwas an Ihnen reizt mich.« Sein Ton hat etwas Tiefgründiges.

»Sind Sie Allergiker?«, fragt Corinna.

»Genau das meine ich. Sie sind frech, aber irgendwie witzig. Sexy.«

»Wollen Sie mich sexuell belästigen?«

»Geht das am Telefon?«, fragt Carl. »Videotelefonie? Oder irgendwas mit so einem Datenhandschuh?«

»Ich fühle mich von Ihnen bedrängt – das sage ich, weil alle Gespräche aufgezeichnet werden«, sagt Corinna. »Was wollen Sie überhaupt schon wieder?«

»Sie werden's nicht glauben, liebe Frau Rezeptionistin Kantner, aber mir ist gerade jemand ins Auto hineingefahren.«

»Genau.«

»Wie bitte?«

»Sie haben gesagt: Sie werden's nicht glauben. Und ich glaube Ihnen das nicht.«

»Für jemanden von einer Versicherung sind Sie ganz schön misstrauisch«, sagt Carl. »Waren Sie vorher bei einem Geheimdienst? Mossad, CIA, burgenländische Spionageabwehr?«

»Ich war beim Billa«, sagt sie, und Carl muss lachen. Die Frau ist ein Hit, denkt er. Wie sie wohl aussieht?

»Verzeihen Sie, wenn ich so geradeheraus frage, Fräulein Kantner, aber wie sehen Sie denn aus?«

»Groß, blond, vollbusig. Lange Beine. Ich habe sehr wenig an.« Sie haucht den letzten Satz.

»Sie verarschen mich schon wieder, richtig?«

»Richtig. In Wahrheit war ich früher ein Mann. Kurt. Also vor der Operation.« Sie lässt das kurz einwirken.

»Äh …« Carl hat es die Sprache verschlagen.

»Kleiner Scherz, nein, ich verrate Ihnen nicht, wie ich aussehe. Man hat mir gesagt, ich soll mich auch gar nicht näher mit Anrufern beschäftigen, sondern sie nur weiterverbinden. Deswegen sitze ich hier am Empfang. Ich denke, also verbinde ich.«

»Sie haben etwas, das mich wahnsinnig neugierig macht.«

»Ihre Polizze?«

»Da, schon wieder. Genau das mein ich. Ich sag Ihnen jetzt einmal was, meine Liebe. Mein Tag war bisher wirklich beschissen. Sie können sich das gar nicht vorstellen. Alles geht schief. Anscheinend ist mein Leben an einer Abzweigung falsch abgebogen, und ab jetzt geht es nur mehr bergab. Dauernd passieren Pannen, kleine Unfälle, getarnt als Missgeschicke. Als würde mich das Schicksal foppen wollen, wissen Sie? Kennen Sie das? Alles, was man tut, wird nichts. Ich komm mir vor wie der dumme Bruder von diesem Midas. Alles was ich angreife, wird zu Mist. Nichts klappt. Und ich muss zu meinem Seminar. Die warten.«

»Was für ein Seminar?«, fragt Corinna.

»Flirtschule, Anfängerkurs. Die zehn Tipps der gefälligen Annäherung.«

»Sie machen einen Flirtkurs?« Ihr entkommt wieder ein Kichern.

»Nein, ich mache keinen Kurs, ich halte das Seminar ab. Ich bin der Trainer.«

Schallendes Gelächter aus dem Handylautsprecher. Carl weiß nicht, was er sagen soll.

»Sie … hahaha!« Corinna kriegt sich kaum ein. »Sie … ha! Also Sie erklären anderen Leuten, wie … hahaha … wie man wen anmacht … verstehe ich das … hahaha … richtig?«

»Ich nenne es die Kunst der Verführung.«

»Das ist wirklich lustig«, sie kudert, »sehr, sehr lustig. Wie wenn ein Blinder von den Farben redet oder der Papst von Gruppensex.«

»Danke, sehr nett.»

Sie fängt sich. »Nein, tut mir leid … also, ich wollt Sie jetzt nicht beleidigen oder so.«

»Egal. Passt gut zum Tag. Vielleicht sollte ich mich mit Benzin übergießen und eine Selbstverbrennung einleiten, so aus Protest gegen mich selber.«

»Ich bin Nichtraucherin«, sagt sie.

»Wissen Sie was«, Carl klingt ein wenig zornig, auch leicht beleidigt, um nicht zu sagen gekränkt, »das Gespräch wird mir langsam fad.«

»Sie sind aber ein toller Flirtmeister …«

»Verbinden Sie mich einfach mit dem Referenten, der für mich zuständig ist.«

»Achtzehn Uhr.«

»Wie bitte?«, fragt er.

»Sie können mich um achtzehn Uhr von hier abholen. Da endet mein Dienst.« Bevor Carl etwas sagen kann, hat sie ihn schon ins

Nirvana verbunden. *Don't worry, be happy … Don't worry, be happy … Don't worry, be happy … Don't worry, be happy …* Was für eine Frau, denkt er und schaut auf die Uhr. 07:44. Also gut zehn Stunden bis zum … was eigentlich? Blind Date? Soll er überhaupt? Die hat ja einen leichten Poscher. Obwohl … na schon … ja. Außerdem ist noch Zeit zum Nachdenken, und er kann immer noch telefonisch absagen, weil er weiß, wo er sie erreicht. Nein, denkt er, anschauen. Ich muss sie mir anschauen. Allein aus Neugier, Interesse. Ich hab also ein Rendezvous mit Corinna-Was-kannt-i-für-Sie-tun?-Kantner. Und davor gilt es, das Seminar im Best-Western-Hotel über die Bühne zu bringen. Sieben Stunden Power-Flirt-Intensivkurs für den hormonellen Sturm und Drang. Das kann ja heiter werden. Aber: Guter Tag, sagt er sich, verdammt guter Tag, dieser vierte Juli. In Amerika feiern sie Unabhängigkeit, und in Linz will man die Unabhängigkeit aufgeben. Weil manchmal, denkt Carl, endet so ein Flirt ja auch in einer Ehe.

17:54 Uhr, vor dem Portal der Pegasus-Versicherung. Ein lauer Sommerabend. Die Luft hat etwas Zähflüssiges, Honigartiges. Selbst für Anfang Juli ist es ungewöhnlich warm. Carl ist nach dem Seminar nach Hause geflitzt, hat sich geduscht und umgezogen. Keine Stürze, Verletzungen und sonstige Blessuren. Jetzt steht er da, perfekt adjustiert. In seinem Sommeranzug kommt er sich vor wie Clark Gable. Vor ein paar Stunden hat er der traurigen Truppe, bestehend aus vier Herren und einer Dame, zu erklären versucht, wie man sich selbst motiviert, damit sich wer für einen interessiert. Es beginnt schon allein damit, wie Sie dastehen, hat er gesagt und dem Typen mit dem krummen Rücken die Haltung korrigiert. Jetzt steht Carl selber da wie ein Feldmarschall und wartet auf sein Date. 17:55 Uhr. 17:56 Uhr. 17:57 Uhr. 17:58 Uhr. 17:59 Uhr. 18:00 Uhr. 18:01 Uhr.

18:02 Uhr.

18:03 Uhr.

Langsam könnte sie aber schon kommen, oder soll ich rein?, fragt er sich. 18:04 Uhr. 18:05 Uhr. 18:06 Uhr. Na super, vielleicht war das überhaupt nur ein Scherz. Ein inverser Flashmob, wo man irgendjemanden irgendwohin bestellt und ihn dort warten lässt, bis er grün wird oder vollkommen sinnlos zu tanzen beginnt, rechtes Bein, linkes Bein, Cha-Cha-Cha.

Carl probiert die Schritte, Cha-Cha-Cha, da tippt ihm jemand von hinten auf die Schulter. Er dreht sich um. Vor ihm steht eine kleine, zierliche Frau. Sie wirkt unscheinbar, trägt ein blassblaues Sommerkleid, weiße Ballerinas und hat ein ungewöhnlich schönes Gesicht, wie mit Photoshop nachgebessert. Da stimmen alle Proportionen, der goldene Schnitt: Nase im Verhältnis zu den Augen, Brauen zum Mund, sogar die Ohren scheinen nach ganz bestimmten Kriterien modelliert zu sein. Dunkelbraune, fast schwarze Haare, mittellang, glatt und leicht schimmernd wie in einer Shampoo-Werbung. Sie trägt kaum Make-up. An der rechten Wange hat sie ein Muttermal wie Cindy Crawford. Sie duftet wunderbar. Das Parfüm zeichnet sich durch eine leichte Note aus, nahezu etwas Ätherisches. Die Frau lächelt nicht, sie legt den Kopf leicht schief, wie jemand, der sich über etwas wundert oder eine Situation befremdlich einschätzt; wenn er einem Idioten zusieht, zum Beispiel.

»Störe ich Sie bei Ihrem kleinen Tänzchen?«

Carl errötet. »Ähm. Ich … pardon. Nein, also erst einmal – hallooo!« Er breitet die Arme aus und grinst wie ein amerikanischer Fernsehprediger. Dabei schaut er ihr in die Augen und vermeidet, sie zu taxieren, weil sie es sehen würde, nämlich dass er sie mit den Blicken abtastet. Man ist ja nicht bei der Zollkontrolle am Flughafen, sondern bei der Begrüßung auf offener Straße.

»Hallo«, sagt sie und runzelt die Stirn. Um die Augen hat sie kleine Fältchen, ansonsten wirkt sie außergewöhnlich jung. »Warten Sie schon lange?«

»Für Sie würde ich die nächste Sonnenfinsternis abwarten«, sagt er und zeigt wie ein Theaterschauspieler nach oben.

»Halten Sie das für romantisch? Wann ist denn die nächste Sonnenfinsternis, in zweihundert Jahren?«

»Am 20. März 2015«, sagt Carl, »auf den Färöer-Inseln kann man sie sehen. Oder wenn Ihnen ein Treffen in zwölf Jahren lieber ist, dann am 12. August 2026 – im Norden Spaniens. Und wenn man das verpasst, am 2. August 2027 in Nordafrika. Haben Sie an diesen Tagen schon was vor?«

»Ich nehmen an, Sie schauen in Ihrer Freizeit viel durch ein Teleskop. Oder nur der Nachbarin beim Duschen zu? Sind Sie irgend so ein Astrofreak? Ich dachte, Sie bringen Leuten das Flirten bei.«

»Die Liebe und die Sterne gehören zusammen«, sagt Carl und lässt es sehr schmalzig klingen. Hansi Hinterseer meets Rosamunde Pilcher.

»Ich komme mir vor wie in einem Heimatfilm. Wollen wir was essen gehen, oder wie jetzt? Ich hab Hunger.« Sie lächelt.

Carl bemüht sich um eine lockere Gestik. Er macht auf cool, auf kosmopolitisch leger. »Gleich hier in der Nähe gibt es neues Lokal, wissen Sie? Es heißt Spießbürger.«

»Schöner Name für ein Restaurant.«

»Schon seltsam«, sagt er, »gell? Die haben dort hauptsächlich Spieße. Ich weiß, das ist irgendwie Achtziger, aber es soll recht gut besucht sein. Schätze, die servieren keine Hunde oder Nager. Frittierte Frettchen à la maison, so was in der Richtung.«

»Corinna«, sagt sie und streckt ihre weiße Porzellanhand hin.

»Carl«, sagt er und schüttelt ihre Hand mit Bedacht.

Sie gehen essen. Sie reden über Österreich, die Welt, die Politik, Camus, Kafka, Miró, Paul McCartney, Pieter Brueghel, Enrico Caruso, Hemingway, Steinbeck, Sisyphos, Batman, griechische Mythologie, Axtmörder, Spider-Man, Zirruswolken und Körperschaftssteuern. Auch über Beziehungskram. Corinna erzählt, dass sie sich nach ihrer Trennung eine Auszeit genommen hat. Sie ist da diesen Weg gegangen, den Johannesweg, das habe ihr irre gut getan. In den fünf Tagen, sagt sie, habe sie zu sich gefunden, sich wieder gespürt. Auf einmal war wieder alles klar, was vorher so verschwommen schien. Das Gehen habe ihr Halt gegeben, eine Richtung gezeigt. Dass es immer weitergeht, nach vorne, geradeaus. Vieles sei ihr auf dem Johannesweg eingefallen, es war auf einmal da, wie ein Geschenk. Sie reden übers Schicksal. Dass alles einen Sinn hat. Wenn der Alibert nicht zerbrochen und Carl nicht gestürzt wäre, wäre er nicht zu spät aus der Wohnung gekommen und so weiter. Er hätte den Schlüssel nicht abgebrochen, den kleinen Autounfall nicht gehabt und nicht zum Telefon gegriffen und sie angerufen. Das war vielleicht ein Sinn des Lebens, einer von vielen: dass Carl Corinna anruft und sie kennenlernt. Manchmal muss es nicht mehr sein. Bloß eine Verbindung suchen. Oder einen Schnittpunkt finden. Alle Ereignisse scheinen miteinander verknüpft zu sein, sagt Carl. Es gebe vielleicht nicht nur Pech und Glück, über das die Menschen reden, nicht nur Schwarz und Weiß, vielleicht auch so etwas wie Bestimmung. Etwas, das man bis zu einem bestimmten Grad beeinflussen kann, das aber doch irgendwie vorgegeben ist. Wie ein Drehbuch, bei dem die Schauspieler ihr Ich einbringen können, ihren individuellen Zugang, eine gehobene Augenbraue, ein Kratzen am Ohr, ein Seitenblick. Trotzdem steht die Handlung in groben Zügen schon fest.

Sie essen Hühnerspieße, Gemüsespieße und Tofuspieße und spießen dann sich gegenseitig auf Zettel gekritzelte Botschaften auf. Sie: Finde dich lustig. Er: Finde dich großartig. Sie: Schleimer. Er: Schnecke. Sie: Bist du verheiratet? Er: Nein. Sie: Schwul? Er: Noch nicht. Und so geht das weiter, und sie lachen mit leuchtenden Augen und bestellen Wein und prosten sich zu und merken gar nicht, wie die Dinge rund um sie bedeutungslos werden, weil sie nur mehr Augen füreinander haben. Als Carl ihre Hand streift, zieht sie sie nicht weg. Aus dem Geplänkel entsteht ein Gefühl innerer Wärme. Sie wissen beide, dass es einer von diesen magischen Momenten ist, in denen du weißt, dass der Mensch, den du gerade erst kennengelernt hast, zu dir gehört. Dass er schon immer da war, jetzt auch physisch. Viel wird nicht gesprochen, weil es keiner Worte bedarf. Der Augenblick entzieht der Wirklichkeit die Kraft.

Und dann ist Schluss.

Die Menschen im Lokal werden wieder sichtbar, die Stimmen hörbar, die Umgebung hat sich materialisiert. Aber die Magie ist nicht verschwunden, sie schwingt mit wie ein tiefer Bass. Sie zahlen – Carl besteht darauf, die Rechnung zu übernehmen –, sie gehen.

Ein perfekter Abend. Es ist Sommer in Linz, die Nacht ist lau.

Ihr Auto ist nicht da. Carl hat Corinna zu ihrem Wagen begleitet, der zwei Gassen weiter geparkt war. Sie haben noch überlegt, ob der Wein sich mit der 0,5-Promillegrenze verträgt und ob es nicht besser sei, ein Taxi zu nehmen, sicher ist sicher. Jetzt ist der Wagen weg. Corinna überprüft noch einmal die Gasse, den leeren Parkplatz, schüttelt den Kopf, das kann doch unmöglich sein.

»Bist du versichert?«, fragt Carl.

Sie schüttelt den Kopf. »Nicht auf Diebstahl.«

Er verzichtet auf einen Kommentar. »Komm«, sagt er, »ich wohne nur acht Minuten zu Fuß von hier. Wir können das dort besprechen.«

»Ich glaub nicht, dass wir heute noch viel besprechen«, sagt sie, schlingt ihre Arme um seinen Hals und küsst ihn so innig, dass die Zeit stehenbleibt.

Liebe ist schon etwas Schönes, als Arzt kann ich das bestätigen und will es sogar per Rezept verschreiben. Und ja, ich glaube, dass alles im Leben einen Sinn hat. Manche Lebenswege scheinen vorbestimmt, andere wirken wie Sackgassen. Wer weiß schon, was richtig ist?

Das Problematische an dem Ganzen ist die Zeit. Der lineare Faktor in der Gleichung, die nicht immer so aufgeht, wie man sich das vorstellt. Erst rückblickend lässt sich sagen: Das war gut, das weniger, und das bitte schön war ein saublöder Fehler. Mein Gott, wie deppert. Aber gut. Das Leben wirft einem Bananenschalen in den Weg, und manchmal rutscht man eben aus. Die Chinesen haben ein schönes Sprichwort, das Beharrlichkeit und Selbstdisziplin beschreibt:

Wenn du siebenmal fällst, steh achtmal auf.

Natürlich ist das nicht lustig, wenn man hinfällt – zum Beispiel in der Dusche, so wie Carl. Aber das Aufrappeln macht dich stärker, das weiß ich aus eigener Erfahrung. Jede Niederlage hat etwas Positives. Pech und Glück sind nur eine Frage der Sichtweise, haben das die beiden Turteltauben nicht auch besprochen? Verschiebt sich die Perspektive, verschiebt sich manchmal auch das Negative. Vorausblickend sagt man sich: Oje, das wird ja immer schlimmer. Rückblickend sagt man sich: War trotzdem gut, dass es so und nicht anders gelaufen ist. Sonst wäre ich heute nicht hier. Sonst wäre ich heute nicht ich.

4.
Brüder auf Abwegen

Ich bin kein schlechter Mensch, redet er sich ein.

Die Musik ist so laut, dass er nur hin und wieder einen halbwegs klaren Gedanken fassen kann. Mick Jagger singt *Sympathy for the Devil. Please allow me to introduce myself, I'm a man of wealth and taste.* Alexander stimmt ein. Passt irgendwie, der reiche Mann mit Geschmack, der sich später als Luzifer vorstellt. Nein, ich bin kein schlechter Mensch, denkt Alexander wieder. Vielleicht liegt es auch am Scotch, dass er gerade so sentimental ist. Trinken ist sein liebstes und eigentlich auch sein einziges Hobby. Aber heute ist er nicht nur wehmütig, weil er schon angeheitert ist, sondern vor allem, weil er Geburtstag hat.

Wie es sich für einen Mann von Welt, einen Granden der High Society, gehört, hat Alexander zu seinem Ehrentag ein Fest organisiert. Für alle Freunde, na ja, zumindest für die, die behaupten, welche zu sein. Vor der mit Scheinwerfern beleuchteten Villa Ritter parken Dutzende Luxuskarossen. Dahinter, im großen Garten, amüsiert sich die feine Gesellschaft. Kellner in Smokings servieren Lachs und Mini-Burger, Champagner und Whisky. Alexander schaut von seinem Arbeitszimmer auf die Gäste hinab. Ihn erinnert das Ganze weniger an eine Party, sondern vielmehr an den Untergang der Titanic. Die Schnösel in ihren schicken Anzügen, die sich nur durch ihre Hochnäsigkeit von den Kellnern unterscheiden. Mit den Schnöseldamen in ihren Armen, die hübsch aussehen und gnädig lächeln. Sagen dürfen sie nichts. Man könnte ja merken, wie inhaltsfrei sie sind. Es knallt. Es sind die Raketen, die pfeifend in den Nachthimmel fliegen und ihn erhellen. Als würde die Menschenschar gleich ertrinken, um auf sich aufmerksam zu machen. Und dann begleitet das Schauspiel auch noch ein Streichquartett. Fehlt nur ein Eisberg.

Idioten, Wichtigtuer, Lügner, sagt Alexander leise vor sich hin, als er die Leute beobachtet. Sie sind der Grund, warum er sich an seinem Geburtstag im Arbeitszimmer versteckt. In dem Raum, in dem früher sein Vater so viele Stunden verbracht hat. Vor zehn Minuten haben die Idioten, die Wichtigtuer und die Lügner ein Ständchen angestimmt. *Happy birthday to you, happy birthday to you, happy birthday* … und an der Stelle wurde es für viele knifflig. Manche summten nur noch … *lieber hmmmmm* …, andere nannten ihn Axel. Ein paar drehten sich weg oder hielten sich die Hand vor den Mund. Und einige brachten das Wörtchen lieber nicht über die Lippen. Na, happy birthday to me, dachte sich das Geburtstagskind, bedankte sich trotzdem höflich, schlich sich davon, schnappte sich eine Flasche Scotch von der Bar, ging in den ersten Stock und drehte die Musik auf. Bis jetzt ist scheinbar niemandem aufgefallen, dass er weg ist. Niemand vermisst ihn. Niemand fragt nach ihm. Keiner dieser Idioten, Wichtigtuer und Lügner. Und dann ist da noch dieser Brief. Schon wieder so ein Brief von seinem Bruder Sebastian, mit dem er schon seit Jahren keinen Kontakt mehr hat. Schon wieder so ein Brief, den er nicht lesen will und der ihm die Vergangenheit trotzdem wieder vergegenwärtigt. So einsam hat sich Alexander noch nie gefühlt.

»Aber ein schlechter Mensch bin ich nicht«, murmelt er noch einmal, als er aus dem Fenster schaut, und erhebt dabei die Flasche, als würde er mit den Bäumen im Garten anstoßen wollen.

Alexanders Blick schweift über die gehobene Gesellschaft hinweg, blendet sie vollkommen aus. In seinen Gedanken lässt er die angeheiterten Damen und Herren, das Feuerwerk und das Streichquartett einfach verschwinden. Auf seiner Reise in die Vergangenheit …

Er lässt die Sonne aufgehen und in den Garten scheinen. Bunte Luftballons und farbenprächtige Girlanden schmücken ihn. Auf den kleinen Tischen ist Konfetti verteilt. Ein großes Planschbecken, fast schon ein Pool, steht in der Wiese. Kinder in Badehosen und -anzügen und mit Partyhüten auf den Köpfen rennen herum. Einige Erwachsene unterhalten sich auf der Terrasse. Ein Mann, der dünne Haarsträhnen quer über seinen Kopf gekämmt hat, spielt Fußball mit den Buben. Als er hinfällt und so tut, als wäre er gefoult worden, kommt eine glänzende Glatze zum Vorschein. Viele Mädchen haben ihre Puppen mitgebracht und ihre Eltern zum Tee geladen. Plötzlich scheinen alle nervös zu werden. Pst, machen die Erwachsenen und legen den Zeigefinger an den Mund. Es wird still. Im Wohnzimmer brennt etwas. Funken fliegen. Und eine so schöne wie vertraute Stimme singt *Happy birthday*. Wie Marilyn Monroe einst für John F. Kennedy. Nicht so sexy, aber genauso hingebungsvoll. Sogar die Kinder sind ruhig. Alexanders Mutter tritt trällernd aus dem Wohnzimmer auf die Terrasse. Mit einer Schokoladentorte in den Händen, auf der Sternspritzer und zehn Kerzen leuchten. *Happy birhday, lieber Alexander, happy birthday to you.* Applaus. Liebe liegt in der Luft. »Du musst dir was wünschen«, sagt die Mama. »Ein neues Fahrrad«, sagt Sebastian. Alle lachen. Aber sein großer Bruder wünscht sich etwas anderes. Er schließt die Augen, holt tief Luft, pustet die Kerzen aus und denkt dabei: Ich will, dass alles so bleibt, wie es jetzt ist. Wieder klatschen alle und beglückwünschen Alexander. Jetzt werden die Geschenke ausgepackt. Alexander bekommt einen Fußball, ein Skateboard, ein ferngesteuertes Auto, Pullis, Hosen und Schuhe. Er schaut sich um, sucht seinen Vater. Etwas klingelt. Und da kommt er um die Ecke gebogen. Mit einem Mountainbike, um dessen Lenkstange er eine Schleife gebunden hat. Alexanders Augen werden größer. »Ein Fahrrad«, schreit sein Bruder Sebastian. »Hast du es dir doch gewünscht?« Alexander ist sprachlos. Er rennt zu seinem Vater, mit dem Mund so weit offen, dass eine Taube hineinfliegen könnte und fällt ihm in die Arme. Die Mama schießt Fotos. Der Auslöser klickt.

Es knallt, Alexander ist wieder in der Gegenwart. Ein Luftballon ist zerplatzt. Mein zehnter Geburtstag war der schönste, den ich je hatte, denkt er. Die tobenden Kinder mit den Partyhüten, das große Planschbecken, die Eltern, die bunten Luftballons und die farbenprächtigen Girlanden, die Tische, das Konfetti und die Sonne. Alles verschwindet. Es ist wieder dunkel. Nur der silberne Regen der Leuchtrakete, die gerade explodiert ist, scheint hindurch.

»Wenn die Wünsche, die man sich beim Ausblasen von Geburtstagskerzen ausdenkt, doch bloß in Erfüllung gehen würden«, murmelt Alexander und nimmt einen kräftigen Schluck aus der Scotch-Flasche. Damals war das Leben so schön. So unkompliziert. Und er war so glücklich. So unschuldig. Alexander und sein Bruder Sebastian hatten alles, was man braucht. Und mehr, viel mehr. Die Familie Ritter war eine der angesehensten und reichsten der Stadt. Eine Villa, drei Autos. Im Winter nach Kitzbühel, im Sommer in die Karibik. Und jährlich haben sie einen beträchtlichen Teil ihres Einkommens gespendet. »Nicht jedem geht es so gut wie uns«, hat Frau Ritter ihren Söhnen immer gesagt. Aber die haben sich im Laufe der Jahre verändert. Langsam, schleichend. Aber unaufhaltsam.

Alexander, der Erstgeborene, sollte in die großen Fußstapfen seines Vaters treten und die Firma übernehmen. Die Erwartungen waren hoch und die Freiheiten eingeschränkt. Alexander kann sich noch gut erinnern, als er eines Tages mit einem Dreier von der Schule nach Hause kam. Es war eine Mathematik-Schularbeit. Und er weiß auch noch ganz genau, wie enttäuscht seine Eltern damals waren. Wie viel er lernen musste, damit im Zeugnis doch noch ein Einser stand, während Sebastian im Garten mit seinen Freunden gespielt hat. Wenn der mit einem Befriedigend daherkam, waren die Eltern überglücklich und stolz, von ihm haben sie nie so viel erwartet. Es waren viele solcher kleinen Begebenheiten, die alles veränderten. Solcher scheinbar unwichtigen Ereignisse, die aus den Brüdern immer schärfere Konkurrenten machten, Rivalen um die Liebe, Zuneigung und Anerkennung der Eltern. Deren tragischer Tod hat die Situation nur verschlimmert.

Nein, ich bin kein schlechter Mensch, denkt Alexander wieder, setzt sich auf den Stuhl, legt die Krawatte ab und die Füße auf den Schreibtisch. Er hebt die Flasche auf Augenhöhe: halbleer. Er nimmt einen Schluck und starrt auf den Brief seines Bruders, der ungeöffnet vor ihm liegt.

Es geht mir doch gut. Schlechten Menschen geht es nicht gut. Wobei, eigentlich stimmt das so nicht. Es gibt schon Leute, die sind schlecht, und denen geht's trotzdem gut. Egal. Was ich getan hab, ist jedenfalls nicht so schlimm. Meine Güte, als hätte ich vor dem Unfall irgendwas davon gehabt, der Erstgeborene zu sein. Der Thronfolger, wie der Vater immer gesagt hat. Nur Scherereien hab ich gehabt. Immer gelernt, ständig etwas leisten müssen. Ich hab mich nie ausgeruht. Ich hatte keine Kindheit. Ich hab nie gelebt. Nur Leistung gebracht. Da stand es mir doch zu, mich selbst dafür zu belohnen. Mir alles zu nehmen. Das Geld, die Villa, die Autos. Vor allem die Firma. Unser Vater hat es doch so gewollt. Wie war das? *Ich, Klaus Ritter, gebe im Vollbesitz meiner geistigen Kräfte an, dass im Falle meines Ablebens mein erstgeborener Sohn, Alexander Ritter, die Ritter Holding als Eigentümer übernehmen soll.* Das war sein letzter Wille. Und Mama hätte es bestimmt nicht anders gesehen. Als hätten sie ihr Vermögen jemals Sebastian anvertraut. Alles war schön steuerlich in Firmen und Stiftungen geparkt, offiziell blieben Sebastian höchstens ein paar Almosen. Wozu auch mehr. Es waren Millionen, ein Imperium. Als hätte der damit umgehen können. Ausgerechnet er, der sein Taschengeld immer verjubelt und dann mich gefragt hat, ob ich ihm was leihen kann. Nein, das hätten sie nicht gewollt. Natürlich war es nicht besonders nett, dass ich ihn damals, nur wenige Wochen nach dem Tod unserer Eltern, vor die Tür gesetzt hab. Und dass ich ihm gar nichts abgegeben hab, nicht einmal diese hässliche Armbanduhr unseres Vaters, die er unbedingt wollte. Aber er hat es auch nicht anders verdient.

Jemand klopft an die Tür. »Hey … Alex … versteckst du dich da drin vor uns? Komm runter, wir wollen eine Rede hören«, sagt ein Mann leicht lallend. Frauen kichern.

»Ja, schon gut, ich komm gleich«, ruft Alexander, nimmt den Brief seines Bruders in die Hand und versinkt wieder in der anderen Welt.

Wie es ihm wohl geht? Ich kann mich ja nicht beklagen. Worüber auch? Ich habe alles, was ich brauche. Ich lebe in einem Haus, in dem zehn Leute wohnen könnten. Ich kann jeden Tag der Woche mit einem anderen Auto fahren. Ich bin einer der reichsten Männer der Stadt. Ich feiere an der Côte d'Azur, fahre Ski in Aspen und entspanne mich am Strand von Sardinien. Wenn ich Lust hab, steig ich in einen Flieger und bin First Class futsch. Und ich muss dafür nicht einmal arbeiten. Außerdem bin ich kerngesund. Ernsthaft: Was will man denn mehr? Alles läuft besser, als man es sich wünschen kann. Bei Sebastian wahrscheinlich nicht. Deshalb der Brief. Ich weiß, was drinsteht: *Hallo Alexander, wie geht es dir? Mir geht es nicht gut. Ich brauch Geld* … Neeein, mein Freund, nicht von mir. Hättest du früher gelernt wie ich, hättest du jetzt einen Job, mit dem du genug verdienst. Dann müsstest du nicht bei mir schnorren, du Vollidiot. Du durftest immer tun und lassen, was du wolltest. Jetzt habe ich den Spieß umgedreht. Jetzt darf ich tun und lassen, was ich will. Deshalb bin ich noch lange kein schlechter Mensch. Ein schlechter Mensch hat keine Freunde, sagst du? Da, schau hinaus, Freunde für drei Leben. Weil ich Geld habe. Mit Geld hat man automatisch Freunde, da könnte man wirklich ein schlechter Mensch sein. Dann ist halt alles falscher Schein, na und, du Trottel. Ich kann sehr gut damit leben.

Genauso, wie ich damit leben kann, dass mein Bruder ein armer Schlucker ist. Und ich ihn dazu gemacht hab.

Alexander pfeffert den Brief in eine Schublade, in der noch andere ungeöffnete Briefe sind. Absender: Sebastian Ritter. Er steht auf und schüttelt seine Beine, die eingeschlafen sind, schaut in den Spiegel, bindet sich die Krawatte um den Hals, zieht seinen Scheitel nach und wiederholt: »Ich bin kein schlechter Mensch.« Er atmet einmal tief durch, holt ein Lächeln aus der Garderobe und zieht es sich an wie ein Sakko. Dann verlässt er das Arbeitszimmer.

Das Streichquartett ist inzwischen von digitaler Musik abgelöst worden. Irgendwas von Pitbull läuft gerade und lässt im weiß marmorierten Foyer der Villa Ritter die Puppen tanzen. Auf der Terrasse liegen sich ein paar Männer in den Armen und singen *Gaudeamus igitur*. Besonders fröhlich sehen sie allerdings nicht aus. Die Gäste sind angeheitert, sternhagelvoll, um genau zu sein, so betrunken, dass auch ihr Schamgefühl abgesoffen ist. Wie der Alkohol ihnen beim Maul hineinrinnt, flutschen ihnen Gemeinheiten, Geheimnisse und Geständnisse heraus. Alexander schlendert durch die Menge und schnappt ein paar Sätze auf.

»Dafür wirsu doch keine Schdeuer sahlen«, empört sich ein Geschniegelter.

»Er is verheiratet, weißu, aber das störd mich nich, bin ja nich seine Frau«, sagt eine Chirurgenschönheit.

»Hungerlöhne, Hungerlöhne, ich hab nix su verschenken«, ereifert sich ein Geleckter.

Alexander wandert von Satzfetzen zu Satzfetzen.

»... da gibt's ein neues Stundenhotel, die haben dort ...«

»Diese Vicky ist ausm Osten, da kann sie dir erzählen, was sie will, die hat so einen Akzent zwischen den Beinen ...«

»Du weises nich von mir, aber der Hans is bleite. Irgendeine Immobiliengeschichte in Prag ...«

»Sag einmal, wer isn eigenlich dieser Cunnilingus?«

»... ich sag dir, der neue Gärtner, mein lieber Schwan ...«

»Die Annika ist heut aber besonders verschnupft ... redet nur von Barallelwelten und Babylon fünf ... schätze, die is bald wieder in der Glinig.«

Ein Aufdecker-Journalist hätte nach so einem Abend ausgesorgt, denkt Alexander, dann hat er das Podest erreicht und rückt sich das Mikro zurecht. »Meine sehr verehrten Damen und Herren, werte Gäste, es freut mich, dass euch der Kaviar und der Champagner so gut schmecken und dass ihr euch so gut amüsiert auf meine Kosten. Für alle, die es noch nicht wissen: Mein Name ist Alexander, ich hab Geburtstag, und das ist mein Haus. Aus dem ich euch jetzt hinauswerfen darf. Fahrt vorsichtig. Oder auch nicht. Wurscht. Wiederschauen.«

Die sehr verehrten Damen und Herren schauen Alexander an, als hätte er gerade Wasser in Essig verwandelt. Er beobachtet, wie einer nach dem anderen durch die Tür torkelt und ruft: »Der Letzte macht das Licht aus!« Dann dreht er sich um, geht ins Schlafzimmer, schmeißt die Schuhe und das Sakko ins Eck, nimmt die Krawatte ab und legt sich aufs Bett. Bevor er einschläft, denkt er wieder an seinen Bruder. Er malt sich aus, wie es ihm geht, wo er gerade ist, und was er derzeit tut. Wahrscheinlich wohnt er in einer schäbigen Garçonnière. Ein Zimmer, kleine Küche, Duschbad. Vermutlich hat er keine Freunde. Wer kein Geld hat, hat nicht einmal welche, die sich so nennen. Sonst würde er ihm wohl kaum schreiben. Und jetzt liegt er, wie er, in seinem Bett, aber er macht sich Gedanken darüber, wie er überleben soll, wie er von seinem mickrigen Gehalt seine Rechnungen zahlen soll. Wenn er nicht sogar arbeitslos ist. Würde Alexander jedenfalls nicht wundern. Meine Schuld ist das nicht, sagt er sich zum x-ten Mal. Jeder ist für sein Schicksal selbst verantwortlich. Trotzdem: Vielleicht rufe ich ihn einmal an. Oder lese diesen Brief. Nur um zu sehen, wie er gescheitert ist. Nur um sicher zu gehen, dass es ihm nicht besser geht als mir. Möglicherweise kann ich dann die ganze Geschichte endlich vergessen. Alexander schließt die Augen und schläft ein.

Wie es seinem Bruder geht, wüsste er, wenn er die Briefe gelesen hätte. Nur 17 Kilometer von der Villa der Familie Ritter entfernt, sitzt Sebastian mit Alina, seiner Verlobten, am Bett der gemeinsamen Tochter. Sabrina hat schlecht geträumt und ist weinend aufgewacht, als ihre Eltern gerade über das Thema gesprochen haben, das auch Sebastian nicht loslässt.

»Ich hoffe, es geht ihm gut«, flüstert er.

»Hast du nichts von ihm gehört?«, fragt Alina, die ihre Tochter in den Armen hält.

»Nein, kein Anruf, keine Nachricht, keine Reaktion. Weder auf die SMS, die ich ihm zum Geburtstag geschickt habe, noch auf die Einladung zu unserer Hochzeit. Seit Jahren hab ich nichts von ihm gehört. Er hat nie geantwortet. Auf keinen einzigen Brief. Dass er Onkel ist, hat auch nichts genützt.«

»Mein Schatz, ich sag es nicht gern, aber dein Bruder ist ein A-R-S-C-H.« Alina buchstabiert das Wort, das nicht für Sabrinas dreijährige Ohren bestimmt ist. »Aber eins weiß ich: Sorgen musst du dir um den keine machen. Woran soll es ihm fehlen? Er hat das Geld. Er hat die Villa. Er hat das Riesenunternehmen. Er kann sich alles leisten, was er will. Und du hast nicht einmal ein Erinnerungsstück an deine Eltern. Nicht einmal die Armbanduhr deines Vaters wollte er dir geben. Er sollte sich fragen, ob es dir gut geht. Aber das tut er nicht, dieser … du weißt schon.« Sie deutet mit dem Kinn auf Sabrina.

»Da hast du wahrscheinlich recht. Aber er ist mein Bruder. Und wäre er jetzt da, und würde er sich entschuldigen, ich würde ihm alles verzeihen. Eigentlich habe ich das schon längst getan. Jeder macht Fehler. Und jeder hat eine zweite Chance verdient.«

»Ich kenne ihn ja nur aus deinen Erzählungen, aber so wie ich ihn einschätze, weiß er nicht einmal, was er gemacht hat.« Alina deckt Sabrina, die wieder friedlich eingeschlafen ist, zu. Sebastian gibt der Kleinen einen Kuss auf die Stirn. Die beiden gehen ins Schlafzimmer.

»Ich denke, er weiß schon, dass das nicht recht war. Daran habe ich ihm keinen Zweifel gelassen. Ich hatte es wirklich nicht leicht danach. Ich musste einen Tag, nachdem der Anwalt das Testament verlesen hatte, aus der Villa ausziehen. Alexander hat mich rausgeschmissen, einfach so. Als Oberboss in dem Unternehmen konnte er über alle Geldmittel verfügen. Offiziell war da so gut wie nichts da. Alles geschickt gemacht. Drei Monate habe ich bei einem Freund gewohnt. In einem Kabinett, nicht viel größer als unsere Abstellkammer. Und danach in der WG. Ich habe geschuftet, um mir irgendetwas leisten zu können. Der Job als Kellner war nicht immer leicht. Nach den Vorlesungen noch bis zwei Uhr nachts mit den Abgefüllten in der Bar ist kein Spaß. Schon gar nicht, wenn man es an fünf Abenden in der Woche machen muss. Kein Wunder, dass ich länger für meinen Magister gebraucht hab. Und trotzdem hat das Geld nie gereicht. Nie. Du weißt es ja. Ernährt hab ich mich von Nudeln und Reis. Neue Klamotten habe ich auf das nächste Jahrtausend verschoben. Ich hatte keine Winterjacke, nicht einmal Stiefel. Wenn es kalt war, habe ich drei Pullis und Turnschuhe angezogen. Das war's.«

»Ich kann mich erinnern. Damals haben wir uns gerade kennengelernt. Du hast immer gesagt, dass dir nicht kalt ist, dabei hast du mit den Zähnen geklappert.«

»Ich kann mich noch genau an unser erstes Treffen erinnern. Es war am zwölften Dezember. Ich hatte Dienst. Und du bist mit deinen Freundinnen ins Lokal gekommen. Du hattest enge Jeans, schwarze Stiefeletten, eine kurze Lederjacke und ein Beatles-Leiberl an. Und einen Mantel natürlich. Im Gegensatz zu mir. Du bist mir gleich aufgefallen.«

»Und wir haben uns den ganzen Abend angeschaut. Aber du warst so schüchtern.«

»Allerdings. Aber zum Schluss hab ich mich dann doch überwunden und dich angesprochen. Deine Freundinnen sind nach Hause gegangen, du bist geblieben. Wir haben uns unterhalten, ich hab die Sperrstunde auf vier Uhr verschoben. Obwohl ich am nächsten Tag eine Prüfung hatte. Und zu Silvester ist aus uns beiden dann ein Paar geworden.« Sebastian lächelt Alina an und nimmt sie in den Arm.

»Ja, und gelebt haben wir von Luft und Liebe. Wir hatten kaum Zeit miteinander, weil du immer arbeiten oder lernen musstest. Und unsere erste gemeinsame Wohnung, weißt du noch, ein Zimmer, eine kleine Küche, ein Dusche. Und ein Bett.«

»Kannst du dich an unseren ersten Urlaub erinnern?«

»Na, hör mal.«

»Mit dem Zug über Deutschland und Frankreich nach Spanien. Und geschlafen haben wir bei irgendwelchen Leuten, die Reisenden im Internet ihre Couch zur Verfügung gestellt haben. Gratis. Aber anders hätten wir François nicht kennengelernt.«

»Paris«, sagt Alina und seufzt, »François hat uns Ecken der Stadt gezeigt, die kennen nicht einmal alle Einheimischen. Und er hat für uns gekocht, ich schmecke sein Coq au vin immer noch auf der Zunge. Grauenhaft.«

»Aber der Abend war einer der schönsten, die ich je erlebt habe.«

»Übrigens: Danita hat aus Barcelona angerufen«, sagt Alina, »vorige Woche, habe ich dir das nicht gesagt? Sie besucht uns wieder im Sommer.«

»Freunde auf der ganzen Welt«, sagt Sebastian.

Eine Zeit lang ist es still.

»Und noch dazu haben wir uns. Und unsere Tochter«, sagt Sebastian und greift nach dem Bild von Sabrina, das auf seinem Nachtkästchen steht.

»Wir haben das alles schon ganz gut hinbekommen. Auch wenn unsere kleine Prinzessin nicht geplant war.«

»Aber ich hab mich so gefreut, als du mir gesagt hast, dass du schwanger bist. In den ersten sechs Monaten hatten wir gar kein Geld, da habe ich mich schon manchmal an die Villa erinnert. Wären deine Eltern nicht gewesen, hätten wir Sabrina mit Handtüchern wickeln müssen. Aber dann: Studium fertig. Ein Job. Die Wohnung. Und jetzt die Hochzeit. Wenn du es dir nicht noch anders überlegst.«

»Keine Chance.«

»Weißt du, was mir an dem Tag, an dem Sabrina zur Welt kam, klar geworden ist?«, fragt Sebastian, ohne eine Antwort zu erwarten. »Wenn mir Alexander damals etwas vom Erbe abgegeben hätte, wäre ich heute ein ganz anderer Mensch. Vermutlich würde ich immer noch in der Villa wohnen. Ich hätte genug Autos, um jeden Tag mit einem anderen zur Arbeit zu fahren. Wahrscheinlich würde ich gar nicht arbeiten. Tagsüber würde ich fernsehen. Und abends wäre ich auf irgendwelchen Events dieser sogenannten High Society, auf denen sich Boulevard-Journalisten um ein Interview mit dem Betthaserl von so einem C-Promi prügeln, als wäre das eine Geschichte. Ich hätte keine Freunde, sondern nur Leute um mich, die hinter meinem Geld her sind. Und ich wäre niemals in die WG gezogen, hätte damit auch niemals meine Mitbewohnerin Susanna kennengelernt, die mir den Job in der Bar besorgt hat. Ich hätte dich nie getroffen und hätte nicht solche Freunde. Wir hätten nicht so eine bezaubernde Tochter, keine Familie. Eigentlich müsste ich meinem Bruder dankbar sein, dass er mir solche Stolpersteine in den Weg gelegt hat. Vielleicht kann er ja in die Zukunft schauen und wollte eh nur mein Bestes. Jedenfalls ist es das, was ich jetzt habe. Das Beste.«

Alina schaut Sebastian in die Augen und küsst ihn.

Im Garten des kleinen Schlosses aus dem 18. Jahrhundert steht ein großes, weißes Zelt, das auf allen Seiten offen ist. Darin sitzen Herren in Anzügen und Damen in schlichten, schicken Roben an einer langen Tafel, auf der das Porzellan, rote Läufer, Servietten und Tulpen kunstvoll platziert sind. Die Kinder spielen Fangen. Eine Mutter versucht, einen grünen Fleck mit Mineralwasser aus dem Kleidchen ihrer Tochter zu rubbeln. Ballons, Laternen und Lichterketten hängen in den Bäumen, unter einem besonders alten steht ein Pult. Eingerahmt von den Wurzeln, die aus der Erde ragen, und den Ästen, die im Boden zu versinken scheinen. Alexander schaut vom Balkon des Schlössls auf die Menschen herab und überlegt, ob er die Stiegen, die links und rechts von ihm in den Garten führen, überhaupt hinuntergehen soll. Jetzt bin ich schon da, denkt er, dann kann ich mich der ganzen Sache auch stellen. Auf den Stufen unterhalten sich Gäste, im Vorbeigehen schnappt Alexander ein paar Gesprächsfetzen auf.

»... die kleine Sabrina, wie groß sie schon geworden ist, die Zeit vergeht, mein Enkerl ist jetzt auch schon ...«

»... und da bin ich vergangenes Wochenende den Johannesweg gegangen, seither weiß ich, wer ich eigentlich bin, unglaublich, wie ...«

»... ein schönes Paar ...«

»... so glücklich, wie die ausschauen, da kann man nicht viel falsch gemacht haben ...«

Alexanders Schritte werden langsamer. Das hier, das sind Freunde, schießt es ihm durch den Kopf. Das ist Familie. Weiter traut er sich gar nicht zu denken. Und dann wird es still. Die Menschen laufen zu den Stühlen, die vor dem Pult unter dem Baum stehen. Daneben reihen sich drei Männer auf. Angeführt von Sebastian. Musik erklingt. Bam, bam, bam, bam ... bam, bam, bam, bam. Alle drehen sich um. Sabrina tapst daher und streut Rosen im Gang zwischen den Sitzreihen, und dann kommt Alina. In einem weißen, schulterfreien, bodenlangen Kleid, das Gesicht von einem Schleier verhüllt, scheint sie über die Blüten zu schweben. Sebastian lächelt. Für einen Moment schaut er an der Braut vorbei und entdeckt im Hintergrund, gleich neben den Stufen zum Balkon, einen Mann, einsam und verloren. Ihre Blicke treffen sich. Sebastian winkt ihn zu sich. Alexander macht ein paar vorsichtige Schritte, dann stehen sich die Brüder gegenüber. Alexander holt die Uhr ihres verstorbenen Vaters aus der Tasche. »Die gehört dir. Und nicht nur wegen der Hochzeit.«

Als Arzt sehe ich sehr viel. Als Hautarzt weiß ich natürlich, dass man nicht nur auf die oberen Schichten, die Oberfläche, schauen darf, um eine Diagnose zu stellen. Oft sitzt das Schlechte tiefer. Der Hautkrebs unserer Gesellschaft und die Zivilisationskrankheit unserer Zeit sitzt ganz tief, es ist die Gier nach Geld. Raffen, raffen, mehr, mehr, mehr. Nie hat man genug, nie kriegt man den Rachen voll. Das Geld ist für unser Seelenheil nicht wirklich gesund, das können Sie mir glauben.

Natürlich kann jetzt der eine oder andere hergehen und sagen, na, da redet er sich's ja leicht, der Herr Doktor, net? Als Hautarzt wird er auch nicht am Hungertuch nagen. Stimmt. Ich war aber auch mein ganzes Leben lang einigermaßen fleißig, weil das für mich kein Beruf, sondern eine Berufung ist. Das, was ich mache, mache ich aus Überzeugung.

Die Geschichte der Brüder, die Sie jetzt auch kennen, erinnert mich an die vierte Station des Johanneswegs: Werde großzügig und strebe nicht gierig nach noch mehr. Damit sind wir auch bei der Bescheidenheit. Manche Begriffe verändern sich im Laufe des Lebens und fördern wahre Werte zutage. Die Bescheidenheit hat mit Armut nichts zu tun. Sie hat vielmehr mit der sechsten Station des Johanneswegs zu tun: Erhöhe dich nicht selbst und sprich nicht abfällig über die anderen – früher oder später fällt es auf dich zurück.

Wenn ich mir die Lebenswege der Herren Alexander und Sebas-

tian noch einmal vor Augen führe, wird mir klar: Menschen wollen Geld, um unabhängig zu sein und alles tun zu können, was sie wollen. Alexander hat alles, aber nichts daraus gemacht. Sein Lebensweg war bislang eine öde Gerade, die in einer Sackgasse zu enden scheint.

Sebastian dagegen hatte nichts und alles aus sich gemacht. Sein Lebensweg war steiniger, aber eben weil er Schwierigkeiten hatte und sein Leben auch Abzweigungen nahm, Abwege, die nicht immer angenehm waren, ist sein Leben heute prall gefüllt mit Geschichten. Er hat etwas zu erzählen, er hat ein aufregendes Leben geführt. Er ist ein interessanter Mensch geworden.

Sein Bruder Alexander muss das erst lernen, vielleicht ist er gerade dabei. Ich finde, es ist nie zu spät, seine Meinung zu ändern oder sich neu zu definieren.

Es ist wie in einem guten Buch: Der Protagonist muss sich im Laufe der Handlung wandeln, erst dann bekommt sein Charakter die nötige Tiefe. Erst dann wird er von einer Figur zu einem Menschen. Manchmal sogar zu einem Helden.

5.
Die Stimme des Erfolgs

Licht aus. Das jubelnde Publikum verschwindet in der Dunkelheit.

Spot an. Anna und ihre Band-Kolleginnen tauchen auf der Bühne auf. Sie trägt enge, schwarze Jeans, eine weiße Bluse, darüber eine schwarze Lederjacke, dazu passende Stiefeletten, Armreifen, silberne Ringe und eine Kette mit einem Anker-Anhänger, der im Scheinwerferlicht glitzert. Anna hängt sich ihre Gitarre um, stellt sich ans Mikro, wirft ihre schwarzen Locken über die Schulter und schaut die Schlagzeugerin an. Die gibt den Takt vor. Eins. Zwei. Eins, zwei, drei, vier. Und dann legt sie los. Bum, tschak. Bum, bum, tschak. Die Bassistin steigt ein. Anna schlägt die Saiten ihrer Gitarre an, deren Klang verzerrt durch die Boxen in die Ohren der Fans schallt. Sie tanzen, springen, kreischen, klatschen. Warten darauf, dass Anna den ersten Ton singt. Für einen Moment schließt sie die Augen, atmet tief durch die Nase ein, öffnet den Mund. Und in dem Moment, noch bevor ihr das erste Wort über ihre knallroten Lippen kommt, schreit jemand: »Du kannst nicht singen!«

Die Band verstummt sofort. Der Lichtkegel, in dem Anna eben noch stand, wandert durch die Ränge und beleuchtet eine dürre, blasse Frau mit Kurzhaarfrisur, spitzem Kinn und eingefallenen Wangen. Anna kennt sie. Es ist ihre Musiklehrerin aus dem Gymnasium. Frau Kreischl. Sie sieht aus wie damals. So, wie sich Kinder eine Hexe vorstellen.

»Du hast es nie gekonnt, und du wirst es auch nie können«, ruft sie. »Wenn man etwas nicht kann, soll man es lassen. Das hab ich dir schon einmal gesagt. Jetzt tu dir selbst und der Menschheit einen Gefallen und geh einfach wieder nach Hause.«

Das Publikum lacht. Anna bricht in Tränen aus. Und wacht schweißgebadet auf.

Ihr Herz schlägt 142 Mal in der Minute. Bum, bum. Bum, bum. Bum, bum. »Es war nur ein Traum, es ist nicht wirklich passiert, keine Panik«, murmelt Anna vor sich hin und versucht, sich zu beruhigen. Bum, bum … bum, bum … bum, bum. Es ist sechs Uhr. Ihr Wecker klingelt erst in einer halben Stunde, aber sie ist schon hellwach. Sie ist es jedes Mal nach diesem Albtraum. Seit ihrer Jugend verfolgt er sie. Frau Kreischl ist für sie das, was Freddy Krueger für die Teenies in der Elm Street und das Monster im Kleiderschrank oder die Schlange unterm Bett für Kinder ist: ein Ungeheuer, das sie im Schlaf verfolgt, eine Bestie, die ihr Böses will. Mit dem Unterschied, dass es die Musiklehrerin wirklich gibt. Oder zumindest gegeben hat. Anna weiß nicht, was aus Frau Kreischl geworden ist, und ob sie überhaupt noch lebt. Es ist ihr auch egal. Denn vor achtundzwanzig Jahren, als sie fünfzehn war, hat diese dürre Dame ihre Träume zerstört.

Anna steht auf, macht das Bett und geht ins Bad. Das ist der einzige Ort, an dem sie singt. Und auch das nur, während das Wasser in die Duschtasse prasselt oder der Föhn ihre Stimme beinahe übertönt. Obwohl sie seit ihrer Scheidung allein in der Wohnung lebt, traut sie sich sonst nicht, auch nur einen Halbton von ihrer Sprechstimme abzuweichen. Ihre Nachbarn könnten es ja hören, oder der Briefträger, und die könnten sie auslachen, wenn sie sie das nächste Mal sehen. Oder sogar die Polizei rufen, wegen Lärmbelästigung. Nein, Anna will das lieber nicht riskieren.

Ihr Albtraum beschäftigt sie immer noch. Ich muss an etwas Schönes denken, überlegt sie, stellt sich unter die Dusche und reist in Gedanken zurück in ihre Kindheit. In eine Zeit, in der sie noch gern gesungen hat, in der es noch keine Frau Kreischl gab. Anna sieht sich als Fünfjährige im Vorzimmer ihres Elternhauses hinter einem Vorhang stehen. Eigentlich ist es eine Decke, die ihr Papa über der Tür angebracht hat. Sie schiebt sie zur Seite. Das Licht einer Stehlampe scheint ihr ins Gesicht. Ihr Vater sitzt mit einer schwarzen Akustikgitarre auf der beigen Ledercouch. Er trägt seine Lieblingsjeans, die Löcher an den Knien haben, und hat die Haare, wie immer, zu einer Elvis-Tolle gegelt. Annas Vater war und ist immer noch ein großer Fan des King of Rock. Mitte und Ende der Sechziger war er selbst in einer Band und tourte mit seinen Freunden durch Österreich, Deutschland und die Schweiz. Die Mama, die Klavier am Konservatorium studiert hat, sitzt am Flügel. Beide applaudieren ihrer Tochter, als sie sich verbeugt. »Danke«, sagt die Kleine. »Meine Damen und Herren, jetzt geht's los.« Die Mutter haut in die Tasten, der Vater zupft die Saiten, und die Tochter trällert ein Liedchen.

Wenn ich ein Vöglein wär'
Und auch zwei Flügel hätt'
flög' ich zu dir
Weil's aber nicht kann sein
weil's aber nicht kann sein
bleib' ich allhier

Die kleine Anna macht einen Knicks und verschwindet samt ihrem Stolz hinter dem Vorhang. Ich hab früher so gern und so oft gesungen, es hat mich glücklich gemacht, denkt die erwachsene Anna. Es gab kaum einen Tag, an dem die Familie nicht zusammen musiziert hat. Anna hat von ihren Eltern auch gelernt, wie man Gitarre und Klavier spielt. Sängerin wollte sie werden, in einer Band. Aber nach dem Vorfall mit Frau Kreischl hat sie ihre Pläne über den Haufen geworfen und ist Visagistin geworden. Ganz selten nimmt sie noch die schwarze Akustikgitarre in die Hand, die ihr Vater ihr zum achtzehnten Geburtstag in der Hoffnung geschenkt hat, dass sie mit der Musik weitermacht. Irgendwann ist es ihr einfach zu langweilig geworden. So ganz ohne Gesang.

Anna trocknet sich ab, zieht sich an, setzt sich in der Küche mit einer Tasse Kaffee an den Tisch und schaltet das Radio ein. Es laufen einige ihrer Lieblingssongs. Lieder, die sie als Jugendliche mit ihren Eltern gespielt hat. Sie kann alle Texte auswendig und singt im Kopf mit. *Jailhouse Rock* von Elvis Presley. *Penny Lane* von den Beatles. Und *Under Pressure* von Queen und David Bowie. Dann läuft Anna ein kalter Schauer über den Rücken, als der Moderator sagt:

»Guten Morgen, die Sonne scheint, die Vögel zwitschern, der Tag wäre so schön, wenn er nicht ein Montag wär'. Sehnen auch Sie sich nach gestern? Dann habe ich genau das richtige Lied für Sie.«

Anna weiß ganz genau, was jetzt kommt. Es ist der Song, der ihr Leben verändert hat. Das Lied, das sie damals für Frau Kreischl und seitdem nie mehr gesungen hat. Nicht einmal im Bad. *Manic Monday* von den Bangles. Eine Nummer, die montags ganz gerne gespielt wird, die einst Prince für die amerikanische Frauen-Pop-Gruppe geschrieben hat und die es 1986 in den österreichischen Charts immerhin auf Platz zwei geschafft hat. Sie hört den Refrain:

It's just another manic Monday
I wish it was Sunday
'Cause that's my fun day
My I-don't-have-to-run-day,
It's just another manic Monday

Anna dreht das Radio wieder ab, schnappt sich ihre Tasche, stürmt aus der Wohnung und schlägt die Tür hinter sich zu. Aber es ist zu spät. Ihre Gedanken kreisen längst um den Tag, an dem sich ihr Traum, Sängerin zu werden, in diesen Albtraum verwandelt hat.

Es geschah ironischerweise auch an einem Montag. An einem

durchgeknallten Montag, an dem Anna sich so sehr gewünscht hatte, dass er ein Sonntag gewesen wäre. Bis zur letzten Stunde war alles ganz gut gelaufen. Der Bio-Test war einfach. Und in Deutsch hatte sie ein Plus bekommen. Dann hatte sie Musikerziehung, eigentlich ihr Lieblingsfach, auch wenn Frau Kreischls Unterricht nicht immer Annas Vorstellungen entsprach. Aber in der Stunde davor hatte die Lehrerin angekündigt, aus der Klasse einen Chor machen zu wollen. Und jeder sollte etwas vorsingen. Anna hatte sich perfekt darauf vorbereitet. Vicki Peterson, die Sängerin der Bangles, war damals ihr großes Vorbild. Anna wollte sein wie sie: eine attraktive, talentierte, selbstbewusste Rockröhre mit einer eingängigen Stimme. Deshalb entschied sie sich auch dafür, *Manic Monday* vorzusingen, und probte das Lied mit ihren Eltern immer wieder.

Einige Mitschüler waren vor ihr dran. Einer trällerte *Brother Louie* von Modern Talking. Zumindest hatte er es versucht. Der andere *Final Countdown* von Europe. Aber er sang nicht den Text, sondern nur die Melodie. Und ein Mädchen versuchte es mit Madonnas *Papa don't preach*. Besonders gut war niemand. Man machte sich eher einen Spaß daraus. Es war Annas Chance, allen zu zeigen, was sie drauf hat. In der Klasse war sie eher eine Außenseiterin. Sie war irgendwie anders, in sich gekehrt, nachdenklich und ihrem Alter weit voraus. Und auch wenn sie gar nicht unbedingt beliebt sein wollte, so wollte sie doch, dass alle einmal sehen, wie sie wirklich war. Und dass ihre Mitschüler sie vielleicht sogar ein bisschen bewundern.

»Anna, du bist dran«, sagte Frau Kreischl und streckte ihren dürren Zeigefinger in ihre Richtung. »Was singst denn?«

»*Manic Monday* von den Bangles«, antwortete sie.

»Wirklich? Das willst du singen? Dieses Nullachtfünfzehn-Lied von dieser Frauen-Band? Na, wenn du meinst.«

Anna wusste nicht so recht, was sie darauf antworten sollte, und nickte nur verlegen.

»Dann leg einmal los!«

Six o'clock already

I was just in the middle of a dream ...

»Stopp, stopp, stopp! Bitte, aufhören!«

Anna schaute Frau Kreischl verwundert an.

»So geht das leider gar nicht. Deine Stimme ... sie ist ... na ja ... nicht unbedingt gut. Ich würde ja sagen, dass du noch üben sollst, aber ich glaub nicht, dass das was bringt. Hast du überhaupt schon einmal gesungen?«

Die anderen Kinder hielten sich die Hand vor den Mund und kicherten. Tränen trübten Annas Blick. Sie zitterte am ganzen Körper und stotterte: »Ja, ha ... hab ich schon. Ich ... ich singe oft. Mit meinen Eltern.«

»Und die haben dir nicht gesagt, dass du das gar nicht kannst? Jetzt bin natürlich ich wieder die Böse. Aber irgendjemand muss dir einmal die Wahrheit sagen. Meine Liebe, du hast zwei Zeilen gesungen und nicht ein einziges Mal den Ton getroffen.«

Anna erstarrte. Ihr Körper fühlte sich taub an, als hätte ihre Seele ihn verlassen. Passiert das gerade wirklich?, dachte sie. Was hab ich falsch gemacht? Hat sie etwa recht? Wahrscheinlich schon. Warum sollte sie das sonst sagen? Ich will sofort im Erdboden versinken. Oder die Zeit zurückdrehen. Ich wünschte, es wäre Sonntag. Dann tu ich einfach so, als wäre ich krank und bleibe zu Hause. Warum geht das nicht? Warum hat noch niemand Zeitreisen erfunden? Falls es einmal jemand schafft, komme ich zurück und halte mich selbst davon ab, zur Schule zu gehen. Ja, genau so werde ich es machen.

Frau Kreischl holte Anna zurück in die Realität und drehte das Messer in ihrem Rücken auch noch um. »Was man nicht kann, soll man lieber lassen. Merk dir das. Du wirst bestimmt nie eine Sängerin sein, das kann ich dir versprechen. Also tu dir und der Menschheit einen Gefallen und versuch' es erst gar nicht.« Anna wischte sich die Tränen von den Wangen. Aber Frau Kreischl war noch nicht fertig mit ihr. »Weinst du jetzt etwa? Wieso denn? Es ist ja wohl hoffentlich nicht so, dass du einmal Sängerin werden wolltest, oder? Ich meine, mit *der* Stimme.«

Ihre Mitschüler lachten. Sie wussten natürlich, dass es sehr wohl Annas großer Traum war, irgendwann einmal auf einer Bühne zu stehen und zu singen. Sie hatte allen davon erzählt. Und auch wenn sie vor dem Vorfall niemandem etwas vorgesungen hatte, waren alle der Meinung, dass sie das nicht schaffen würde. Aber natürlich, haben sie ihr geantwortet. Lächerlich, haben sie gesagt. Nun waren alle davon überzeugt. Selbst Anna. Noch nie hatte sie jemand so gedemütigt. Sie rannte aus dem Klassenzimmer und versteckte sich auf der Toilette, bis die Klingel die Freizeit einläutete und sie endlich nach Hause gehen konnte.

Die Tränen waren noch nicht getrocknet, als sie ihren Eltern erzählte, was passiert war. Die fielen aus allen Wolken. Dass eine Pädagogin ihre Tochter, die singen, Klavier und Gitarre spielen kann, so verletzt, konnten sie einfach nicht fassen. Natürlich haben sie versucht, Anna zu beruhigen und sie davon zu überzeugen, dass sie weitermachen soll. Sie haben ihr gesagt, dass sie ihren Traum wegen der Meinung einer offenbar verbitterten Frau nicht aufgeben soll, dass ihre Stimme sehr wohl schön sei. Sie würden das mit ihrer Lehrerin persönlich klären. Das haben sie dann auch getan, oder es zumindest versucht. Aber es hat alles nichts genützt. Frau Kreischl ließ nicht mit sich reden. Sogar der Direktor verteidigte ihr Handeln. Die Meinungen waren festgefahren. Annas Traum von der großen Gesangskarriere war geplatzt. Da gab es nichts mehr zu reparieren. Bis zu diesem Tag. Bis zu diesem *Manic Monday*, achtundzwanzig Jahre später.

Anna ist so in Gedanken, dass sie sich gar nicht richtig an den Weg zur Arbeit erinnern kann. Hab ich die Tür abgeschlossen?, überlegt sie. Hab ich bei den roten Ampeln gehalten? Bin ich zu schnell gefahren? Egal, denkt sie, steigt aus ihrem silbernen Mini Cooper Cabrio aus und schnappt sich den großen Schminkkoffer, den sie auf der Rückbank aufbewahrt, und um den sie jede Frau, die nicht Visagistin ist, beneidet. Kaum hat sie es mit dem sperrigen Ding durch die Drehtür geschafft, winkt auch schon Harald. Gleich fragt er mich wieder, wann ich mit ihm ausgehe, denkt Anna. Und wie an jedem anderen Arbeitstag macht er das auch.

»Ach, Harald, du bist doch viel zu gut für mich«, antwortet Anna im Vorbeigehen und zwinkert ihm zu.

»Ich kann mich ändern«, ruft Harald ihr nach. Es sind jedes Mal dieselben Sätze. Ihre persönliche Begrüßung, so wie sich andere einen guten Tag wünschen. Trotz der vielen Wiederholungen ist Anna immer wieder amüsiert darüber. Die Wahrheit ist aber, dass sie momentan gar keinen Partner an ihrer Seite haben will. Mit ihrem Exmann hat sie sich auseinandergelebt. Eigentlich haben sie nie besonders gut zueinander gepasst. Er ist ein bodenständiger Beamter, der Annas Trauma oft als lächerlich und ihren Traum als Hirngespinst abgetan hat. Nur sie hat ihn nie ganz aufgegeben. Vorigen Sommer ist sie einen Pilgerweg in Oberösterreich gegangen, den Johannesweg, das hat ihr geholfen, aber trotzdem ist da immer noch dieses Gefühl. In ihrem tiefsten Inneren wünscht sie sich nach wie vor, einmal eine Sängerin zu sein. Nur einmal auf der großen Bühne zu stehen. Es nur einmal allen zu beweisen. In ihrer Fantasie stellt sie sich das ständig vor. Alle jubeln ihr zu. Jeder Ton sitzt. Zugabe, rufen die Fans am Schluss. In ihrem Kopf klappt das alles wunderbar.

Es war auch dieser innige Wunsch, der Anna dazu veranlasst hat, sich als Visagistin bei einer Gesangs-Castingshow zu bewerben. Einerseits muss sie zwar zuschauen, wie andere ihren Traum verwirklichen, andererseits ist die Sendung eine gute Therapie. Weil es einige schaffen, und weil es viele nicht schaffen, sich aber zumindest getraut haben, ohne dass ihre Welt zusammenbricht. Außerdem mag sie die kreativ-chaotische Stimmung im Studio. Visagisten, Handwerker, Techniker, Bühnenbildner, Redakteure und Requisiteure hetzen von A nach B und über C wieder zurück, der Moderator kaut seine Kärtchen durch, die Band stimmt ihre Instrumente, und Anna kümmert sich um Sascha. Er ist Mitglied der Jury. Die beiden waren sich auf den ersten Blick sympathisch.

»Stones oder Beatles?«, fragt Sascha, als er sich an Annas Schminktisch setzt.

»Blöde Frage«, antwortet sie, »Beatles natürlich.«

»Das sagt jeder. Aber muss man sich überhaupt entscheiden? Klar, die Beatles beeinflussen immer noch jede Menge Bands. Und wer weiß, wie Musik heute klingen würde, wenn die alle Tischler geworden wären. Aber die Stones, die sind halt, du weißt schon ...«

»Schlechter?«

Sascha lacht. »Nein, das kann man so nicht sagen. Das Wort, das ich gesucht hab, ist ... hm ... energiegeladener. Genau, energiegeladener.«

»Ansichtssache.«

»Ja, klar. Du schaust heute übrigens ein bisschen müde aus.«

»Oh, vielen Dank. Sehr nett. Aber ja, ich hab schlecht geträumt.«

»Von einem Monster?«

»Sozusagen.«

»Erzähl!«

»Nein, das ist privat. Und peinlich.«

»Du kennst jeden Pickel in meinem Gesicht. Was könnte privater und peinlicher sein? Außerdem: Hast du gewusst, dass man mich auch den Freud des Rock 'n' Roll nennt?«

»Na wenn das so ist.« Anna versucht, sich zu überwinden. Sie würde die Geschichte gern erzählen, einfach nur, um noch einmal zu hören, was schon ihre Eltern gesagt haben: dass die Meinung einer Person nicht ihren Traum zerstören sollte. »Ich hab von einer Frau geträumt, die mein Leben in eine andere Richtung gelenkt hat.«

»Echt jetzt? Also, die Frau gibt's wirklich, und sie hat das wirklich gemacht? Nicht nur im Traum?«

»Nein, echt jetzt.«

»Und in keine gute Richtung, oder was?«

»Genau.«

»Aber du bist doch mit deinem Leben zufrieden, oder? Ich meine, du bist eine schöne Frau mit dem besten Job der Welt. Du darfst mich schminken. Das ist doch was.«

»Ja, das ist schon nicht schlecht. Aber wäre diese Frau nicht gewesen, würde ich heute vielleicht vor dir auf der Bühne stehen.«

»Und singen?«

»Ja, singen.«

»Du kannst also singen?«

»Das hab ich zumindest einmal gedacht.«

»Ah, jetzt versteh ich. Und diese Frau hat dir gesagt, dass du es nicht kannst.«

»Sie haben es erfasst, Herr Freud. Aber sie hat es nicht einfach nur gesagt, sie hat mich vor der ganzen Klasse blamiert. Und seitdem träume ich immer wieder davon und habe nie wieder gesungen.«

»Gar nicht?«

»Ich sag's einmal so: Seitdem hat niemand mehr gehört, wie ich singe.«

Sascha breitet seine Arme aus und erhebt seine Stimme: »Sing! Sing für mich! Kennst das? *Phantom der Oper.*«

»Ich hab gar nicht gewusst, dass du Musicals magst.«

»*Phantom der Oper* kennt man auch, wenn man keine Musicals mag. Aber jetzt einmal im Ernst: Wer war die Hexe?«

»Meine Musiklehrerin.«

»Deine Musiklehrerin. Und weil die gesagt hat, dass du nicht singen kannst, bist du Visagistin geworden.«

»So schaut's aus.«

»Und die hatte Ahnung?«

»Na ja, sie war Musiklehrerin.«

»Das heißt ja noch nichts. Weißt du, wer Ahnung hat?«

Anna schaut Sascha an.

»Na ich, ich hab Ahnung.«

»Du? Nur weil du Mitglied in der Jury der erfolgreichsten Gesangs-Castingshow des Landes bist? Das heißt ja noch nichts.« Anna zwinkert ihm zu. »Und selbst wenn ich mich dazu überwinden könnte, dir etwas vorzusingen, was ich nicht kann, was soll ich denn dann? Wahrscheinlich lachst du mich auch noch aus. Und wenn nicht, soll ich dann in meinem Alter, mit dreiundvierzig, noch die große Gesangskarriere starten? Ist ja lieb gemeint, aber vergiss es. Bitte.«

»Ich seh schon, mit dir ist nicht zu verhandeln«, sagt Sascha, betrachtet sich von allen Seiten im Spiegel und steht auf. »Wenn du es dir anders überlegst, du weißt ja, wo du mich findest.«

»Schon klar«, antwortet Anna, »aber warte nicht auf mich.«

Sascha geht durch die große Metalltür ins Studio. Das Publikum ist schon da. Anna hört den Applaus. Nachdem sie noch ein paar Kandidaten für ihren Auftritt zurechtgemacht hat, folgt sie ihm und stellt sich neben die Zuschauerränge in die Dunkelheit. Sie schaut sich die Show immer von der Seite an und kennt daher den Ablauf ganz genau. Die Jury hat schon Platz genommen und wartet auf die heutigen Kandidaten. Der Moderator steht bereit. Ein Anheizer bringt das Publikum in die richtige Stimmung. Gleich machen sie noch eine Probe, denkt Anna, um die Kameras einzurichten und um sicherzugehen, dass die Mikros funktionieren und die einzelnen Instrumente der Band ein gut klingendes Ganzes ergeben.

»Anna!«

Hat mich gerade jemand gerufen? Anna schaut sich um.

»Anna, komm einmal her bitte!«

Sascha. Wahrscheinlich schwitzt er wieder und will, dass ich ihm die Tropfen auf der Stirn abtupfe, damit sie nicht glänzt.

»Ja?«, fragt Anna und schaut verlegen Richtung Jury.

»Stellst du dich bitte einmal auf die Markierung vors Mikrofon? Der Regisseur hat mir gerade geflüstert, dass er noch einmal die Positionen der Kameras überprüfen will.«

Ich soll auf die Bühne? Der wird jetzt aber nicht … nein, das macht er nicht.

»Hier? Steh ich da richtig?«

»Perfekt.«

Einige chaotische Minuten vergehen. Leute rennen herum, die Band spielt sich ein, Anna schaut in die Luft. Plötzlich wird es ruhig. Sascha steht auf und dreht sich zum Publikum.

»Meine Damen und Herren, hallo und willkommen! Wie geht's euch heute?«

Die Zuschauer applaudieren. Anna weiß nicht so recht, ob sie schon weggehen darf.

»Die Show fängt gleich an. Ich hab mich schon ein bisschen umgehört. Glaubt mir, was euch heute erwartet, habt ihr noch nie gesehen. Apropos, darf ich euch vorstellen, das ist Anna.« Sascha macht eine ausladende Bewegung mit dem Arm. »Anna ist meine Lieblingsvisagistin. Ich schau nur so aus, wie ich ausschau, weil es sie gibt.«

Die Fans klatschen und pfeifen.

»Annaaaaaa«, ruft eine Frau.

»Saschaaaaa«, kreischt eine andere.

»Und sie hat mir heute etwas erzählt.«

Oh nein, das kann er jetzt aber nicht machen, denkt Anna. Nein, das macht er nicht. So gemein ist er nicht. Oh, nein.

»Anna wollte einmal Sängerin werden. Stimmt doch?«

Anna schaut zu Boden, hält die Hände vors Gesicht und nickt.

»Aber eine Ignorantin, die sie seitdem im Schlaf verfolgt, hat ihr gesagt, dass sie gar nicht singen kann.«

Buhrufe.

»Diese Frau hat Annas Traum vor langer Zeit zerstört. Seitdem hat sie nie mehr gesungen. Könnt ihr euch das vorstellen?«

Pfiffe.

»Ich hab natürlich noch nie gehört, wie Anna singt, aber ich sag euch was: Diese Frau hatte überhaupt keine Ahnung.«

Applaus.

»Hier sitzen vier Menschen«, Sascha zeigt auf sich und seine Jury-Kollegen, »die schon Tausende Stimmen gehört haben. Und die genau wissen, wer singen kann und wer nicht. Und da sitzt ihr, die Fans, die das mindestens so gut beurteilen können wie wir. Wollt ihr, dass diese schöne Frau, die da etwas ratlos am Mikro steht, wollt ihr, dass sie etwas für uns singt?«

Die Leute stehen auf und applaudieren.

»Los, Anna, du schaffst das!«, ruft einer.

Dann alle im Chor: »Anna! Anna! Anna!«

Sascha dirigiert das Publikum, schaut Anna an und nickt ihr zu.

Aber sicher nicht, denkt Anna. Ich singe auf keinen Fall. Seit achtundzwanzig Jahren habe ich vor niemandem mehr gesungen. Dann werde ich es ganz bestimmt nicht vor zweihundert Menschen und vier Profis tun. Das war's. Der kann sich von wem anderen schminken lassen. Ich rede nie wieder ein Wort mit ihm. Für wen hält der sich? Freud des Rock 'n' Roll, Arschloch. Selbst wenn ich wollte, ich krieg keinen Ton heraus. Ich spüre meinen Körper nicht. Es fühlt sich an wie damals. Und noch immer hat niemand Zeitreisen erfunden. Verdammt.

Sascha kommt quer über die Bühne auf sie zu.

»Idiot«, zischt sie und trommelt mit den Fäusten auf seine Brust ein.

»Hey, guter Rhythmus«, sagt Sascha. Müder Scherz. »Pass auf, es tut mir leid, dass ich dich in diese Situation gebracht hab. Aber was kann schlimmstenfalls passieren? Dass jemand lacht?«

»Dass alle lachen, dass alle mich ausbuhen.«

»Das wird nicht passieren. Du hast alle Sympathien auf deiner Seite. Selbst wenn du wirklich grottenschlecht bist, was ich nicht glaube, werden die begeistert sein. Schon allein deshalb, weil du dich nach so langer Zeit wieder getraut hast, vor Publikum zu singen. Du hast nichts zu befürchten. Komm, leg los!«

Damit lässt Sascha sie stehen, geht zu seinem Platz und gibt einem Kameramann ein Zeichen. Die Zuschauer feuern Anna immer noch mit Sprechchören an. Die lässt den Kopf hängen und schließt die Augen. Oh Gott, bitte! Was soll ich tun? Einatmen. Ausatmen. Ganz ruhig. Ich bin zu Hause. Unter der Dusche. Niemand ist da. Nur das Wasser und ich. Anna hebt den Kopf und öffnet den Mund. Sie singt.

Six o'clock already
I was just in the middle of a dream

Das ist die Stelle, an der Frau Kreischl im Albtraum ihren Einsatz hat. Aber nichts passiert. Jemand klatscht. Anna öffnet ihre Augen. Es ist Sascha, der das Publikum animiert.

I was kissin' Valentino
By a crystal blue Italian stream

Die Band kennt das Lied und setzt ein.

But I can't be late
'Cause then I guess I just won't get paid
These are the days
When you wish your bed was already made

Die Leute stehen auf und klatschen. Das Publikum tanzt.

It's just another manic Monday

Die Zuschauer brüllen: *Oh, oh, oh!*

I wish it was Sunday (Oh, oh, oh)
'Cause that's my fun day (Oh, oh, oh)
My I-don't-have-to-run-day (Oh, oh, oh)
It's just another manic Monday

Sascha lächelt, Anna scheint jeden Moment auf der Bühne zu genießen. Die Töne sitzen, selbst die Jury ist begeistert. Alle Mitglieder stehen und klatschen im Rhythmus mit. Es passiert wirklich, denkt Anna und legt alles, was sie hat, in den Refrain. Die letzte Zeile verzögert sie.

It's ... just another maaaanic ... Mon ... day.

Die Zuschauer, die nicht getanzt haben, stehen jetzt auch auf. Sie klatschen, pfeifen. »Anna! Anna! Anna!«, rufen sie. Anna sieht nichts, sie hat Tränen in den Augen. Sie versucht, sich am Mikrofonständer abzustützen, setzt sich dann aber einfach auf die Bühne und versteckt ihr Gesicht in ihren Händen.

»Meine Damen und Herren ... Anna!«, schreit Sascha, setzt sich zu ihr und nimmt sie in den Arm. »Wenn ich gewusst hätte, dass du so singst, hätte ich dich schon viel früher dazu gezwungen!«

»Du Idiot«, antwortet Anna und lacht und weint.

»Das ist kein Traum. Und weißt du, was das Beste ist?«

»Was? Was könnte noch besser sein, als das, was gerade passiert ist?«

Sascha geht zurück zu seinem Platz. »Also, liebe Anna, das war ... großartig. Für mich bist du auf jeden Fall eine Runde weiter.« Er wendet sich an die Jury. »Was meint ihr?«

»Du hättest mit dem Singen nie aufhören dürfen«, meint Saschas Kollege.

»Ich bin sprachlos«, sagt ein anderer und applaudiert.

»Du hast so viel Energie auf der Bühne. Und dann noch deine Stimme, die merkt man sich. Willkommen in der nächsten Runde«, sagt die einzige Frau in der Jury.

»Willst du deine Lehrerin noch grüßen?«, fragt Sascha und zeigt auf die Kamera. Da fällt Anna erst auf, dass das rote Licht leuchtet. Nachdem sie wieder ein paar Mal tief durchgeatmet und sich gesammelt hat, sagt sie nur: »Und das ganz ohne Übung.«

Einen Monat später sitzt Anna mit Freunden in ihrem Wohnzimmer, um sich ihren Auftritt im Fernsehen anzuschauen. Und irgendwo fragt sich eine alte, dürre Dame mit ergrauter Kurzhaarfrisur, spitzem Kinn und eingefallenen Wangen, ob sie die Frau mit der großartigen Stimme nicht irgendwoher kennt.

Meiner Erfahrung nach geht es vielen Menschen so. Sie haben ein Talent oder gleich mehrere und wissen nichts damit anzufangen. Oder es ist da jemand, der ihnen die Freude am Besonderen vergällt. Schauen Sie sich die Anna an. Es muss auch nicht immer so gut ausgehen wie bei ihr. Der eine kann vielleicht malen, wird aber nie an der Mailänder Scala singen. Die andere schreibt ihr Schicksal auf und wird berühmt, ihre Schwester, die das besser gekonnt hätte, nicht. Talente sind keine Freibriefe zum Erfolg, es sind Starthilfen. Mein ärztlicher Rat auf Rezept ist jedenfalls: Kein Mensch ist zu klein und kein Traum zu groß, um ihn nicht zu leben und wahr werden zu lassen.

Ich zum Beispiel hab mir immer mit der Medizin sehr leicht getan. Die Haut, das ist meins, ich weiß es. Aber darüber hinaus gibt es noch das, wohin mich mein Herz geführt hat, nämlich den Johannesweg mit all seinen Pfaden und Verästelungen, mit seinen Hügeln und Tälern. Deshalb habe ich vor zwei Jahren die zwölf Stationen des Johanneswegs aufgeschrieben. Wer das erste Buch Der Johannesweg *nicht kennt, hier sind sie noch einmal zusammengefasst:*

Die zwölf Stationen des Johanneswegs

1 Humor soll dein Leben begleiten,
denn er beflügelt deinen Geist und erfreut die Gesellschaft.

2 Bewahre die Geduld,
dann kannst du den Tag ohne Hast erleben.

3 Bleibe mutig, es befreit dich von lähmender Angst,
der Basis vieler Krankheiten.

4 Werde großzügig
und strebe nicht gierig nach noch mehr.

5 Sei tolerant gegenüber deinem Gesprächspartner
und akzeptiere auch seine Vorstellungen.

6 Erhöhe dich nicht selbst und sprich nicht abfällig über die
anderen – früher oder später fällt es auf dich zurück.

7 Sei hilfsbereit und ein guter Gastgeber –
es lohnt sich für beide Seiten.

8 Halte Maß in allen Dingen,
besonders auch beim Essen und Trinken.

9 Egal, wie alt du bist, jammere nicht
und sei zufrieden mit deinem Los.

10 Pflege deinen Körper, aber identifiziere dich nicht mit ihm,
sondern halte ihn in Balance mit deinem Inneren.

11 Der Ernst des Lebens braucht Freude
als Treibstoff der Lebendigkeit.

12 Der Schlüssel zum gesunden Altern
liegt in deinem Alltag.

6.
Der Läufer

Zwei Kilometer noch, vielleicht weniger. Elf Minuten irgendwas. Oder zwölf drei. Die Kurve. Hinauf zur Anhöhe, leichte Steigung, dann die nächste Biegung. Bis zur letzten Geraden, immer vorwärts. Ein Bein nach dem anderen, links, rechts, nicht nachlassen, links, rechts. Schritt für Schritt. Schweiß brennt in den Augen, wegwischen mit der linken Hand. Das weiße Shirt klebt am Oberkörper wie ein nasser Hautfetzen. Die Beine sind wie Betonklötze. Kaputte Kolben, sie reiben und knirschen, anscheinend doch noch intakt. Letzte Energiereserven aus leeren Batterien herausholen. Vergiss die Schmerzen, es ist nichts, es ist läppisch. Alles brennt, zieht, sticht. Die Muskeln schreien. Die Oberschenkel, steinhart, stehen in Flammen. Der ganze Körper ist eine Wunde, will aufgeben. Es geht nicht, geht alles nicht mehr. Doch, es geht. Weiter. Durst. Kein Wasser in der Nähe. Egal, die paar Minuten, ein Klacks im Vergleich zu den fast fünf Stunden. Was für eine verrückte Distanz: zweiundvierzig Kilometer und ein paar Zerquetschte. Eine Gruppe von vier Läufern zieht vorbei, ganz locker. Woher haben die Elenden diesen Elan? Muss dranbleiben, die von hinten sollen hinten bleiben. Muss nach vorne, das Ziel erreichen, muss es schaffen. Aber diese Schmerzen. Und die Übelkeit, der Geschmack von Milchsäure. Der Körper gibt den Geist auf. Die eigenen Grenzen sind vor gut einer Stunde überschritten worden. Jetzt, das ist Neuland, unbekanntes Terrain. So weit ist dieses keuchende Wrack noch nie gelaufen. Im Nervenkrieg mit sich selbst. Disziplin. Dranbleiben. Die Knie, mein Gott, es geht nimmer. Ende. Aus. Weiter, nicht dran denken, ablenken. Es ist alles nur Einbildung, nur im Kopf. Atmen: ein – und aus, ein – und aus. Weiterlaufen, Meter machen auf dem Asphalt. Dort vorne. Dort vorne ist das Ziel.

Diese Geschichte endet damit, dass der Amateurläufer Tobias Hetzmannseder bei seinem ersten Marathon nicht ins Ziel kommt. Das Interessante dabei ist das Warum.

Um das herauszufinden, muss man sich mit Herrn Hetzmannseder an den Start stellen und ihn begleiten. Das Angenehme dabei ist, dass er die ganze Arbeit macht und man ihm nur zuzuschauen braucht. Das heißt, er rennt, und man kann ihn in aller Ruhe von der Seite studieren.

Tobias Hetzmannseder steht am Start des Wien-Marathons gemeinsam mit 39 000 anderen Läufern und tritt von einem Bein auf das andere. Er hat die Startnummer 14 672. Man könnte nicht sagen, das sei eine gute Zahl oder gar ein numerisches Omen. Nummer 14 672 passt zu Tobias Hetzmannseder, weil auch er kein Mensch von hervorstechender Bedeutung zu sein scheint, sein Wirken ist eher verschlüsselt, möglicherweise bis zur Unverständlichkeit kodiert.

Im Amt für Statik und Gebäudekontrolle, hat man ihm gesagt, seien Menschen gefragt, die in ihrer Unauffälligkeit anwesend sind oder auch nicht. Im Idealfall wisse man gar nicht, wer woran arbeite und warum. Tobias Hetzmannseder ist deshalb auch zu einer Art Zellophanmann geworden. Manchmal schien es, als könne man durch ihn hindurchsehen. Er hielt das für einen Vorteil, doch mit der Zeit ist er auch sich selbst abhanden gekommen. Er ist bis zur Vollkommenheit verblasst.

Nur das Laufen hat ihm wieder Konturen verliehen, eine nette Silhouette. Vor zwei Jahren hat Tobias Hetzmannseder damit begonnen und sich langsam gesteigert. Vom Keucher zum Hechler und von dort zum Hobbyläufer. Mit jedem Schritt fasste er auch wieder im Leben Fuß. Er läuft heute im Schnitt zwischen neun und zehn Kilometer die Stunde, was ganz okay ist für seine Verhältnisse und die fünf Kilo Übergewicht. Für den Wien-Marathon hat er sich nicht sonderlich vorbereitet, er wollte dabei sein, mitmachen und das, was er sich vorgenommen hat, um jeden Preis schaffen: ins Ziel zu kommen. Nichts anderes war ihm wichtig, keine Zeit, kein Schnitt, keine Etappenspielchen und sonstige Sperenzchen sportlicher Natur, er hatte nur das Ziel vor Augen.

Und jetzt steht er am Start. Was für ein Tag. Ein prachtvoller Sonntagmorgen im Mai, als hätte man sich genau diesen Tag gewünscht. Die Luft ist klar, der Himmel von einer farblichen Sättigung, wie man sie sonst nur in Farbskalen für besondere Lackierungen findet. Ein Blau, das aber niemand sieht. Es herrscht ein kollektives Gefühl der Aufregung. Konzentration hier, zur Schau gestellte Dringlichkeit dort. Gespräche über die richtigen Kohlenhydrate, den idealen Laufschuh und die anaerobe Schwelle. Menschentrauben und Einzelkämpfer. Tobias sieht ein übersteigertes Maß an Verbissenheit in den ausgezehrten Gesichtern der Frauen und Männer, die sich auf ihre ganz persönliche Leistungsschau vorbereiten, auf ihre Mission für den heutigen Tag: die 42 195 Meter zu laufen. Und zwar nicht einfach nur zu laufen, sondern sie *in Bestzeit* zu laufen, um sich zu vergleichen, zu messen, um damit vor anderen anzugeben.

So muss man überhaupt erst einmal drauf sein, nur weil dieser Herodot eine Beiläufigkeit ins Geschichtsbuch eingetragen hat, dergestalt nämlich, dass der griechische Bote Pheidippides 490 vor Christus in einem gemütlichen Zeitraum von zwei Tagen von Athen nach Sparta gelaufen ist, um Hilfe im Krieg gegen die Perser zu holen. 500 Jahre später hat man die Legende so dargestellt, dass ein Läufer sich nach dem Sieg der Athener in der Schlacht von Marathon auf den Weg nach Athen gemacht habe, knapp vierzig Kilometer und unter Aufbietung aller Kräfte, um dort die Botschaft *Wir haben gesiegt* zu verkünden – und nach der letzten Silbe tot zusammenzubrechen.

Schönes Ende, denkt Tobias Hetzmannseder.

Er wärmt sich auf. Der Sprecher sagt, alle Läufer sollen sich jetzt vorbereiten, gleich geht es los. Ein Knall ertönt. Tobias Hetzmannseder wird weggedrängt, Ellbogen bohren sich in seine Rippen, drängen ihn ab, ein menschlicher Schrank stößt ihn beinahe um, er stolpert, kann sich gerade noch fangen, und die anderen ziehen vor wie Pfeile. Schlechter Start. Na, das fängt ja glorreich an, denkt er. Der Zellophanmann wurde glatt wieder übersehen. Jetzt läuft auch er los. Es ist ein atemberaubendes Ambiente: Menschen johlen, wünschen ihren Verwandten einen tollen Lauf, yeah, du schaffst es, Jackie, komm, los, vorwärts, gemma! Für Tobias Hetzmannseder hebt niemand ein selbst gebasteltes Schild, auf dem *Go, Tobi, go!* steht. Er ist allein hierhergekommen und wird allein von hier weggehen, irgendwann in fünf Stunden, hoffentlich nicht so tot wie der Athener.

Er setzt sich also bewusst in Bewegung, versucht seinen Rhythmus zu finden. Nicht zu schnell beginnen, hat ihm der junge Mann im Laufshop, wo er sich die blau-weiß-grünen Asics-GT-3000-Schuhe besorgt hat, geraten. Und nehmen Sie auf jeden Fall Größe 46, wenn nicht sogar noch eine halbe Nummer größer. Ja, die Laufschuhe müssen zwei Nummern größer sein, meinte der blonde Bursch, sonst kriegen Sie beim Marathon Probleme, der Fuß schwillt ja an, und dann sind die Zehen schnell blutig, wenn sie vorne anstoßen und immer wieder scheuern, direkt am rohen Fleisch. Fein, dachte Tobias Hetzmannseder, das hört sich heimelig an. Haben Sie auch Morphium, fragte er, vielleicht als Kaugummi oder als Powerriegel? Der Verkäufer fand das nicht lustig, schüttelte nur den Kopf und ging zum nächsten Kunden.

Jetzt folgen die Schuhe ihrer Bestimmung. Tobias Hetzmannseder inhaliert das Gefühl, das Sportler haben müssen, wenn sie an einem großen Wettbewerb teilnehmen, sagen wir: Olympia. Du fühlst jede Faser deines Körpers, spürst den Geist der Gesamtheit. Er läuft im Pulk, der sich langsam auflöst. Die sind aber flott, denkt er. Er probiert mitzuhalten, bremst sich allerdings wieder auf sein Tempo ab, weil er nicht mithalten kann.

Obwohl der Blick beim Laufen lateral schweift und je nach Strecke sehr Schönes bis Traumhaftes sieht, neigt Tobias dazu, während dieser monotonen Bewegung gleichzeitig auch das innere Auge zu öffnen. Anscheinend lösen sich da irgendwelche Blockaden und Dinge, ja ganze Sichtweisen werden frei. Der Blick nach innen ist kombiniert mit der inneren Stimme. Sie mischt sich manchmal ein, redet, flüstert, fantasiert. Während seine Beine laufen, laufen auch seine Gedanken auf Hochtouren. Sie erinnern an früher. Er wollte immer alles *erledigt* haben. Abgehakt. Am großen Plan durchgestrichen, danke, das war's, wir widmen uns dem nächsten Punkt. Erledigungen sind die entscheidenden Aufgaben im Leben von Tobias Hetzmannseder. Das heißt, er sieht die Herausforderungen als Notwendigkeit, sie *abzuarbeiten*. Noch dazu in einer gewissen Zeit. Tobias rechnet, die ersten drei Kilometer sind geschafft, das zeigt ein Hinweisschild, und seine Pulsar-Uhr zeigt, dass er siebzehn Minuten und zehn Sekunden unterwegs ist, das passt. Drei Kilometer von insgesamt 42,195. Das ist … ein Vierzehntel. Vierzehn mal siebzehn Minuten sind … 238 Minuten, also … vier Stunden. Er ist zu schnell. Wenn er so weitermacht, denkt er, geht er spätestens bei Kilometer dreißig ein wie ein Spitalspatient bei der Anästhesie. Schwester, das Propofol war ihm doch zu viel … Nur die Ruhe, schön langsam. Immer schön pomali. Zügig laufen, aber nicht hetzen. Sein Vater sagte immer, vom Hudeln kommen die kleinen Kinder. Nun, hier beim Marathon kommen die großen Schmerzen.

Obwohl – er wollte doch immer schnell sein. Schon als Kind, er wollte alles schneller machen als die anderen. Weitermachen, fertig machen. Damit das Ziel da ist und viel Zeit ist für … wofür auch immer. Freizeit oder Zeit, das nächste Vorhaben anzugehen, zum Vorausschauen, Vorausdenken, was kommen werde, was sein könnte. Als Kind malte er sich aus, wie es wohl sein werde, wenn er einmal groß ist, so ganz erwachsen. Bei einem Ausflug aufs Land sah er ein Paar in einem Auto, das sich innig küsste. Tobias Hetzmannseder machte sich Gedanken, wie das mit der Liebe sei. Sie war ein Mysterium, ein ganz großes Geheimnis. Dahinter musste sich etwas verbergen, ein Schatz womöglich. Könnte sein, dass das auch etwas mit dem Regenbogen zu tun hat, der manchmal aufzieht, wenn es aufklart. Die Liebe müsse er erkunden, entdecken, erobern, das war der Plan. Auch sie war etwas, das er irgendwann als erledigt betrachtet und abgehakt hat.

Kilometer neun. Geht ja, denkt er, während er sich umsieht. Wien ist so eine wunderbare Stadt. Die Ringstraße, die Innenstadt, das Burgtheater, die Oper, überall diese alte Substanz, diese massive Kultur, in Bauwerke gegossen und dargestellt für gut tausend Jahre. Das muss einmal wer nachmachen. Baumeister hätte er werden sollen, nicht Unsichtbarer in einer Magistratsabteilung für Statik und Gebäudekontrolle, die selbst so vage aufgebaut ist, dass man sich unweigerlich fragt, ob das Amt überhaupt existiert. Ein Bein vor das andere, hopp, hopp, erstaunlich, wie leicht das vorangeht. Wenn er das gewusst hätte, wäre er schon früher an den Start gegangen. Ist ja nicht so schwer, ein Klacks, zumindest bis jetzt. Überschätzt man den Marathon womöglich in seiner Gesamtheit? Wird schon ärger werden, denkt er, aber das gilt es zu bezwingen und ans Ziel zu kommen. Die Luft ist so herrlich beim Einatmen, sie füllt seine Lungen mit Sauerstoff. Ahhh. Durch die Nase einatmen, ausatmen. Die Beine rennen von selbst, wie bei einem Welpen.

Die Volkschule, überlegt er, war Pipifax. Lieb, nett, leicht. Vor allem die Lehrerin war ein Hammer, die Frau Lehrerin Hanni. Damals haben sie noch nicht gejault, die Lehrer, und sind auch nicht gleich wegen einer möglichen Stunde Mehrarbeit in den Hungerstreik gegangen, damals, so kommt es Tobias Hetzmannseder vor, haben sie sich noch viel mehr mit den Kindern beschäftigt als mit ihrer Gewerkschaft. Er kann sich ganz genau an den

Duft ihrer Haare erinnern. Die Lehrerin roch wie ein frischer Pfirsich und hatte auch so eine Gesichtsfarbe. Tobias erledigte seine Aufgaben immer sofort, immer gleich, um sie abzuhaken und spielen zu können. Zwar wusste er nachher nicht, was er spielen sollte, aber er hatte die Arbeit hinter sich. Erledigt.

Hier auf der Geraden zum Donaukanal, wo die bunten Graffiti von den Wänden lachen (jemand hat einen roten Frosch mit einem Joint gemalt und *Quaaak* daruntergeschrieben), da hat er noch viel Arbeit vor sich. Bei Kilometer sechzehn spürt er, wie sich das Seitenstechen einstellt, das ist gar nicht gut. Seitenstechen deutet auf falsche Atmung hin, wahrscheinlich hat er vor lauter Denken auf das Ausatmen vergessen. Tobias Hetzmannseder stellt sich das Stechen als Gesprächspartner vor, als Parteienverkehr mit einem Bürger, nennen wir ihn Josef, und arrangiert sich mit ihm. Josef, ich mach dir ein Angebot. Du lässt mich die nächsten drei Stunden in Ruhe, und ich verspreche dir, dass ich mich nachher um dein Anliegen kümmere, in Ordnung? Der Josef ziert sich ein bisschen, ist leicht bockig, willigt aber ein und setzt sich auf die Wartebank. Das Seitenstechen ist weg. Tobias Hetzmannseder läuft unbekümmert weiter, um sich dem nächsten Plan zu widmen: dem Ziehen im Rist, das bei Kilometer einundzwanzig einsetzt, kurz vor der Halbzeit. Zwei Stunden neunundzwanzig Minuten. Wenn er so weitermacht, geht sich die Gesamtzeit mit unter fünf Stunden aus. Das Problem ist nur, dass ab jetzt die Kräfte nachlassen. Er wird merkbar schwächer.

Im Gymnasium, denkt Tobias, während er maschinell weiterrennt, war er in der 1C. Er hielt das für ein deutliches Signal des Schicksals. Er war kein Kind, das man für die 1A vorgesehen hatte, sozusagen ein klasser Bursch, er war auch nicht für die 1B vorgesehen, was eine zweite Wahl bedeutet hätte, nein, er war ein 1C-Kind. Sein Sitznachbar Manfred machte sich solche Gedanken nicht, er überlegte sich, wie er dem Chemielehrer eine Brandbombe basteln könnte. Aber Tobias machte sich anscheinend immer schon merkwürdige Gedanken. Ihn interessierte die Tafel in der Klasse nicht so sehr, auf die der Mathematiklehrer irgendwelche Zahlen kritzelte, vielmehr das leere Vordach, das er sah, wenn er aus dem Fenster schaute. Manchmal malte er sich aus, dass darauf Schweine tanzten. Tobi?, fragte der Professor und riss ihn aus der Vordachszene, alles in Ordnung mit dir, schläfst du? Ich habe gefragt, was der kleinste gemeinsame Nenner ist. – Ein Salsa-Schwein?, sagte Tobias und musste sich zur Strafe ins Eck stellen. Die Kinder lachten.

Kilometer vierundzwanzig. Scheiße, das wird mühsam. Nicht dran denken. In einem Artikel über Marathonläufer hat Tobias gelesen, man müsse sich die Strecke in geistige Etappen aufteilen, dann ließe sich die Monsterdistanz leichter bewältigen. Sechs mal sieben Kilometer zum Beispiel. Hintereinander sei das leichter zu bewältigen als in einem riesigen Block. Das hat er vergessen. Jetzt bleiben noch achtzehn Kilometer und ein paar Zerquetschte, irgendwas bei zwei Stunden. Die Zeit ist eigentlich nicht so wichtig. Wichtig ist, dass man ins Ziel kommt. In der Schule hat er doch auch diese Dinge so gehalten. Planen, machen, abhaken. Wenn es eng wurde mit den Noten, wurde der Plan konkretisiert, Leistung war, was zählte. Latein lernen, Englisch schreiben, Französisch lesen, Bildnerische Erziehung verarschen, Turnen streichen, Physik schummeln und Deutsch lügen. Ja, ich habe *Die Angst des Tormanns beim Elfmeter* gelesen, freilich. Nein, ich kann das Hausübungsheft gerade nicht finden. Ja, ich werde es morgen nachbringen. Sie haben aber eine schöne Frisur, Frau Professor, ist die weiße Strähne neu? Ach so. Die Martina da vorne in der ersten Reihe könnte auch was von Ihrem Wissen gebrauchen, ihr Vater hat sie im Rausch gezeugt, wissen Sie? Ich weiß, Frau Professor, tut mir leid, ich entschuldige mich nachher bei dem Trampel. Aber jetzt zu Ihrer Frage, hat Ihnen persönlich der Handke gefallen, der Tormann, dieser gottverdammte Josef Bloch oder wie der heißt? Der Kafka schreibt doch viel besser, finden Sie nicht auch, *Der Prozeß*, *Das Schloß*, *Amerika* oder der Käfer namens Gregor in der *Verwandlung*, das sind Bücher, nicht?

Sein Leben rast an ihm vorbei wie der Gegenwind, Bilder, die sich auflösen und gegen andere ersetzt werden. Es sind Momentaufnahmen, Polaroids des Lebens. Ein lachendes Mädchen im Schulhof, sein erstes Moped, der Tanzkurs, der erste Kuss, die erste Freundin, ein Streit auf der Straße, das erste Mal, die Matura, das erste Auto, die Bilder wechseln sich immer schneller ab, Schatten an der Wand, ein zerbrochenes Bierglas, schwarzes Wasser, Blutstropfen, Schlangen und Dämonen, wie ein absurdes Daumenkino ohne Sinn und Zweck. Er kann sich noch genau erinnern, wie er damals immer vorausgeschaut hat: Was kommt als nächstes, was kommt dann und was kommt danach? Wenn das doch schon eingetreten wäre! Hoffen auf die Zukunft, der Dinge harrend, dass endlich etwas eintreten möge, etwas, das man sich so lange erhofft hat. Und wenn es dann da war – na ja, gut, okay. Man hat es vorausgesehen. Höchste Zeit, sich dem nächsten Plan zu widmen.

Die Schmerzen lassen sich nicht mehr so leicht wegschieben oder wegverhandeln. Zum Seitenstechen-Josef hat sich noch der Knöchel-Sepp, der Unterschenkel-Fritz, der Knie-Petzi, der Meniskus-Max, der Oberschenkel-Herbert, der Hüft-Hans, der Rücken-Robert, der Nacken-Helmut und, ganz modern, der Bandscheiben-Kevin dazugesellt. Mit all diesen Querulanten kann sich auch der beste Mediator nicht mehr einigen. Die Sadisten kommen daher mit ihren winzigen Bohrern und Nadeln und weiß glühenden Ahlen, fahren dir hier rein und dort rein und lachen dir ins Gesicht. Schweiß rinnt in Strömen, Tropfen fliegen seitlich weg oder perlen ab. Leute am Wegrand reichen ihm Wasserflaschen und Traubenzucker, komm schon, hoppauf, bravo. Schon erstaunlich, denkt er, aber jetzt beginnt die Tortur erst richtig. Schritt für Schritt, dem Ende zu, der Schmerz ist vor dem Ziel, und das Ziel ist noch weit, weit weg.

Tobias Hetzmannseder denkt an den Moment, als er das Studium hingeschmissen hat. Es war keine leichte Entscheidung, abzubrechen. Jetzt wäre vielleicht auch so ein guter Moment, alles abzubrechen, allerdings war es damals irgendwie logisch. Er wollte Baumeister werden, aber das hat nicht geklappt, also hat er als Makler Geld verdient, was Ende der Achtziger und Anfang der Neunziger mehr Geld und Möglichkeiten brachte. Schneller, noch eine Wohnung vermitteln, noch ein Haus, dann kann man sich das bessere Auto leisten, vielleicht einen Sportwagen. Tobias Hetzmannseder ist ein Freund der Geschwindigkeit, das sagt er sich im Laufschritt. Der Motor darf nicht absterben. Keinen Kolbenreiber, bitte nicht.

Die Frau, das Kind und das Reihenhaus in Gerasdorf ließen nicht lange auf sich warten. Silvia hat sich in sein Leben redigiert, auf einmal war sie schwanger: Schatz, ich muss dir etwas Schwerwiegendes sagen. Schnell der Kredit, umziehen an den Stadtrand von Wien, und dann kamen das gleißende Licht im Kreißsaal und der erste Schrei des Kindes. Mein Gott, du hast eine Tochter. Petra heißt sie. Tobias Hetzmannseder hat sich immer so lange auf etwas gefreut, und wenn es dann eingetreten ist, war das Gefühl auf seltsame Weise verschwunden und er innerlich leer. Worauf soll sich der Mensch freuen? Auf einen Lottosechser? Auf ein Glück, das sich endlich einstellen mag? Später einmal?

Laufen, du musst nur weiterlaufen. Alles wegschieben. Es ist nichts.

Er wollte immer schneller immer zufriedener werden. Dabei ist er innerlich verkümmert. Es war ihm einfach nicht mehr möglich, im Hier und Jetzt zu leben. Nur in einer idealisierten Vorstellung vom Übermorgen.

Laufen, komm.

Bald ist alles den Bach runtergegangen. Silvia hat die kleine Petra geschnappt und ist mit dem Yogalehrer nach Indien in einen Aschram gezogen.

Und weil sich sein erträumtes Glück partout nicht hat einstellen wollen, probierte er es mit Anita, die wiederum ein Problem hatte: das Trinken. Sie soff, ohne dass man es mitbekam, weil der Alkohol in ihrem Gesicht und auf ihrer Haut noch keine Spuren hinterließ. Ihre Wangen waren rosig, sie ging oft an die frische Luft, aber dass sie in der Früh schon den Gin in sich hineinschüttete, bemerkte Tobias Hetzmannseder erst nach einem Jahr.

Die Beziehung entglitt ihm dann auch recht schnell. Er dachte weiter, immer nach vorne. Tobias hatte es sich zum Ziel gesetzt, alles Glück dieser Welt in seiner Existenz zu komprimieren, aber sein Dasein als Zellophanmann ließ es nicht zu. Einmal, als er sich in den Spiegel schaute, glaubte er sogar selbst, durch sich hindurchsehen zu können wie durch einen Geist.

Kilometer fünfunddreißig, die magische Grenze. Ab hier, sagt man, wird es hässlich. Alles wird deutlich schlimmer, die Schmerzen, der stete Wunsch, aufzugeben, einfach stehenzubleiben. Lass es sein, es bringt doch nichts. Du hast nichts zu gewinnen, auch nichts zu verlieren. Es ist egal, was du tust, gleichviel, ob du dich vorwärts bewegst oder genau hier, auf dieser Parkbank, verharrst. Keuchen, schwitzen, weiter, denk ans Leben, aber da kommen keine Bilder. Alles liegt in ferner Zukunft. Fantastereien. Tobias Hetzmannseder vergleicht sich auf höchst seltsame Weise mit einem Raumschiff, das im Weltall angegriffen wird. An mehreren Stellen gibt es Einschläge, Laserblitze. Captain, Captain! Hüllenbruch auf Deck acht! Die Schutzschilde versagen! Der Warp-Kern kann jede Sekunde explodieren. Was sollen wir tun, Captain? Und er sagt: weiterrennen.

Hätte man ihm als Kind oder Jugendlicher eine Zeitmaschine in die Hand gegeben, er hätte sie immer ein Stück weitergedreht. Erst Stunden, dann Tage, später Jahre. Immer weiterdrehen und schauen, ob sich schon das Glück eingestellt hat. Wenn es dumm hergeht, dachte er sich, drehe ich so lange, bis ich im Sarg liege. Aber wie kann man wissen, wann man die Zeit nicht mehr weiterdrehen soll? Oder will? Vielleicht lag das Glück im Tod? Hat nicht Albert Camus so ein komisches Buch geschrieben, *Der glückliche Tod?* War es womöglich genau das? Existenzialistische Schwärze, ausgerichtet für die Ewigkeit? Die Beine funktionieren nicht mehr. Es sind Klumpen, die sich als Füße tarnen. Sie stecken in gel-gefederten Asics GT-3000, aber da federt nichts mehr. Die Sohlen knallen auf dem Beton auf, bamm, bamm, bamm. Kann man seine Gedanken vom Körper vielleicht ganz lösen und so Freiheit erlangen? Ist es das, was man unter Spiritualität versteht? Rennen und sterben? Laufend draufgehen? Die Luft wird knapp, Tobias Hetzmannseder japst. Atmen, ruhig atmen, weiter, immer geradeaus.

Lauter Parallelen. Zeichen und Symptome, Andeutungen und Falltüren, Rosen und Rasierklingen. Das Leben hat so viele Facetten, und es kostet Kraft, man muss sich so verdammt oft anstrengen, vorwärts zu kommen, wie beim Laufen. Mein Gott, vierzig Kilometer, denkt er, das ist der Limes zum Wahnsinn, jetzt noch ein paar Zerquetschte.

Hoppauf! Hoppauf! Ein Mädchen steht am Wegrand und feuert ihn an. Sie schaut aus wie Petra. Ist sie es wirklich?, denkt er. Das Gesicht, die blonden Zöpfe, das Kleid … Das Bild verschwimmt, Irrtum, es ist ein Bub. Hoppauf! Hoppauf!

Zwei Kilometer noch, vielleicht weniger. Elf Minuten irgendwas. Die Kurve. Hinauf zur Anhöhe, leichte Steigung, dann die nächste Biegung. Bis zur letzten Geraden, immer vorwärts. Ein Bein nach dem anderen, links, rechts, nicht nachlassen, links, rechts. Schritt für Schritt. Schweiß brennt in den Augen, wegwischen mit der linken Hand. Das weiße Shirt klebt am Oberkörper. Die Beine sind wie Betonklötze. Kaputte Kolben. Letzte Energiereserven aus leeren Batterien herausholen. Vergiss die Schmerzen, es ist nichts, es ist läppisch. Alles brennt, zieht, sticht. Die Muskeln schreien. Die Oberschenkel stehen in Flammen. Der ganze Körper eine Wunde, will aufgeben. Es geht nicht, es geht alles nicht mehr. Doch, es geht.

Weiter. Durst. Die Knie, mein Gott, es geht nimmer. Ende. Aus. Weiter, nicht dran denken, ablenken. Es ist alles nur Einbildung, nur im Kopf. Atmen: ein – und aus, ein – und aus. Weiterlaufen, Meter machen auf dem Asphalt. Dort vorne. Dort vorne ist das Ziel.

Der Zieleinlauf. Diese Stimmung! So viele Leute. Dort vorne. Es ist gar nicht mehr weit. Schaffen. Durch. Abhaken. Ein Gefühl der Leichtigkeit stellt sich ein. Tobias Hetzmannseder kann es gar nicht glauben, aber auf einmal sind alle Schmerzen weg, als hätte ihn Gott berührt und erlöst. Nichts tut weh, alles geht ganz leicht, die Beine schleifen nicht mehr über den Asphalt, sie bewegen sich von ganz allein, wie über ein Luftkissen.

Tobias Hetzmannseder hat eine Art übersinnliche Eingebung, gekoppelt mit einer Erkenntnis: Es geht nicht darum, ans Ziel zu kommen. In dieser Autowerbung haben sie es doch einmal so knackig zusammengefasst: Der Weg ist das Ziel. Der Weg. Das Ziel ist am Ende, dann ist es aus. Aber der Weg dorthin ist das Aufregende. Das ist seine Erkenntnis, hier und jetzt. Der Weg ist das Leben, das Wunderbare, das, was man daraus macht. Wenn man aufsteht in der Früh und den Tag gestaltet, seinen Tag. Wenn man nicht fremdbestimmt durch den Alltag taumelt, sondern bewusst lebt, bewusst atmet. Lebt! Im Hier und Jetzt.

Das Laufen ist die beste Schule fürs Leben, und meine Parabel, denkt Tobias. Er erkennt den Sinn, sieht ihn hier und jetzt genau vor sich. Er weiß, was es bedeutet, zu laufen, zu atmen, zu leben, einfach Mensch zu sein. Eine dreidimensionale Figur zu sein, kein zweidimensionales Abziehbild. Kein Zellophanmensch. Er weiß jetzt, dass er entscheiden kann, im Hier und Jetzt, sein Glück zu sehen, es zu erkennen, und genau aus dem Grund, weil er es so will, weil er sich dafür entscheidet, wird er langsamer.

Ein Kilometer noch. Dort vorne ist das Ziel.

Fünfhundert Meter, langsamer.

Er wird noch langsamer auf den letzten zweihundert Metern. Er sieht die Allee von Menschen, die den Läufern zujubeln, Bravo, Bravo, BRAVOOOOO!

Aber Tobias Hetzmannseder bleibt stehen. Er fühlt sich ganz leicht, könnte die paar Meter jetzt ganz locker, mit federnder Leichtigkeit schaffen, aber er bleibt stehen. Er setzt sich neben die Strecke, lässt die Läufer vorbeiziehen. Ein paar schauen ihn fragend an. Ob er sich verletzt habe, nein, nein, danke, mir geht's gut, ich bin glücklich.

Und so sitzt er da, eine Minute, fünf Minuten, eine Stunde und ist vollkommen zufrieden. So fühlt sich reines, pures Glück an, denkt er. Ich habe es verstanden. Es ist nicht das Ins-Ziel-Kommen. Es ist das Davor.

Lange nachdem der Zieleinlauf aufgeräumt wurde und die Putzmannschaften die Zettel und Laufergebnisse und Wasserflaschen weggekehrt haben, Stunden nachdem der letzte Läufer durchs Ziel gekommen ist, beobachtet eine alte Frau am Fenster, wie ein Mann dorthin geht, wo das Ziel des Wien-Marathons aufgebaut war. Er legt eine viereckige Plastikkarte auf den Boden, darauf steht die Nummer 14 672. Das Erstaunliche an dem Mann ist sein Lächeln. Er wirkt, als hätte ihn ein Engel umarmt. Ohne sich umzudrehen, geht er fort, langsam, aber doch auf eine Art bestimmt. Als kenne er den Weg, habe es aber nicht eilig.

Die alte Frau am Fenster schaut ihm nach. So einen Ausdruck auf einem Gesicht hat sie überhaupt noch nie gesehen.

Frieden.

Und hier sind wir bei der Hälfte angelangt. Tobias hat seinen Weg gefunden, ist bei sich angekommen. Der eine oder die andere läuft noch oder wandert noch, geht noch oder liest noch.

Es ist Halbzeit auf diesem Johannesweg.

Sie können sich gerne ausruhen oder ein bisschen zu mir setzen, wir müssen auch gar nicht reden miteinander. Das ist sowieso die schwierigere Übung: schweigen. Da wird einem schnell unwohl, insbesondere bei Menschen, die einem nicht so liegen. Mit denen kann man sich leichter unterhalten, als die Stille teilen. Das habe ich auch gelernt am Johannesweg: die Stille aushalten.

Wir sollten ein wenig in die Landschaft schauen: dort unten, das Tal im Sonnenschein. Das Grün, in das die Natur so viel Leben gesteckt hat. Jeder Baum, jeder Strauch, jede Wurzel, jedes Eichhörnchen, das verschreckt über die Äste huscht, jeder Grashalm, der sich im Wind biegt, aber wieder aufrichtet. Ich habe viel gelernt von der Natur, nicht nur Biologisches, Physikalisches, Chemisches. Wenn man sich in der Natur umschaut, gibt sie ungefragt Antworten. Der größte Therapeut, den wir haben, ist unser eigener Planet.

Danke, dass Sie mich bis hierher begleitet haben. Wenn Sie möchten, wandern wir auch das nächste Stück gemeinsam.

7.
Ein Bub namens Martin

»Ich bekomm bitte eine Blume. Eine Sonnenblume«, sagt Elisabeth.

»Gern, aber wenn Sie vorher kurz schauen wollen. Wir hätten heute auch diese wunderschönen Rosen im Angebot. Wenn Sie drei nehmen, bekommen Sie eine gratis dazu«, antwortet die Verkäuferin, ein Sonnenschein von einer Blumenhändlerin.

»Die sind wirklich schön, aber es muss eine Sonnenblume sein«, sagt Elisabeth.

Die Verkäuferin lächelt ein Ich-Verstehe, nimmt ein gelbes Prachtexemplar aus einer Vase und überreicht ihr die Sonnenblume wie einen Pokal. Elisabeth bezahlt, geht aus dem Laden, steigt in ihr Auto und starrt die Blume an. So eine stand auch damals im Krankenhaus auf dem Kästchen neben ihrem Bett. Elisabeth erinnert sich an die Vorfreude, mit der sie ins Spital gekommen war. Wie jede Mutter hatte sie gehofft und auch erwartet, dass ihr Kind gesund ist. Aber Martin kam zur Welt und gleich auf die Isolierstation.

Ihre Gedanken führen Elisabeth in die Vergangenheit: Man hat ihn mir nicht einmal gezeigt, denkt sie, sondern ihn einfach weggebracht. Dann habe ich gebetet. Bitte, lieber Gott, lass unseren Sohn am Leben. Lass unseren Kleinen nicht sterben. Lass ihn uns. Wenigstens eine Weile. Was immer es auch sein mag, ich will ihn pflegen. Ich werde es lernen. Gerne wollen wir alle notwendigen Opfer bringen. Bitte, bitte. Lass ihn nicht sterben. Ich will nie jammern, auch wenn er behindert sein wird und wir es schwer haben werden. Bitte lass ihn uns. Wir werden es schon schaffen. Bitte,

bitte. Ich habe gefleht und gebettelt. Aber niemand konnte mir sagen, was mit Martin los war. Er hatte Wunden am ganzen Körper. Es war schrecklich. Drei Monate lang lag er auf der Isolierstation. Ich werde nie vergessen, was uns der Primarius einmal gesagt hat: Das ist keine Krankheit, das ist eine Katastrophe. Das war … Dafür gibt es keine Worte. Aber gestorben ist er nicht, der Martin. Sechs bis acht Wochen hat man ihm nur gegeben. Aber die hat er überlebt. Nach fünf Monaten haben wir ihn mit nach Hause genommen. Auf eigenes Risiko. Kurz darauf hat die Katastrophe einen Namen bekommen. Epidermolysis bullosa, und noch ein paar andere Bezeichnungen. Schmetterlingskrankheit sagt man auch. All die schrecklichen Prognosen sind eingetroffen: die Wunden, die Blasen, die Verkrümmung, die Verkrüppelung und das Absterben der Extremitäten. Der Rollstuhl, der ab dem achten Lebensjahr notwendig war. Der Befall der inneren Schleimhäute, der Organe, der Augen, der Speiseröhre. Keine normale Nahrungsaufnahme, nicht einmal stillen konnte ich ihn. Keine Bewegung ohne Schmerzen. Kein Tag ohne Leid.

Ein Hupen holt Elisabeth zurück in die Gegenwart. Hinter ihr steht ein schwarzer Mercedes. Ein Herr um die fünfzig mit kurzen grauen Haaren und einem schicken Anzug kurbelt das Fenster hinunter und schreit: »Fahren Sie auch einmal weg?«

Ist ja gut, denkt Elisabeth, startet das Auto und fährt los. Manche Menschen sind so ignorant, so wie die Leute, die uns schief angeschaut und ausgeschlossen haben. Sie überlässt sich wieder ihren Gedanken und Erinnerungen: »Der Herrgott wird schon wissen, wofür er euch bestraft«, hat einmal eine Frau gesagt, die in den Kinderwagen geschaut und die vielen Verbände gesehen hatte. Oder der Chef: »Gebt den Kleinen in ein Heim, dann seid ihr wieder frei.« Wir waren die Familie mit dem Kind. Aber wir haben uns gegenseitig Kraft gegeben. Wir waren eine Einheit, ein eingespieltes Team, das für Martin immer alles getan hat. Wir haben gelernt, mit der Krankheit umzugehen. Ich habe meinen Sohn gefüttert. Als er vom Essen Blutblasen auf den Schleimhäuten bekommen hat, haben wir in der Klinik Astronautennahrung bekommen, direkt von der NASA. Mit gepolsterten Verbänden haben wir seine empfindlichen Knie, Ellbogen und Schultern geschützt. Jeden Tag haben wir die Verbände gewechselt. Alles haben wir ihm verkehrt herum angezogen, damit die Nähte nicht auf die überempfindliche Haut drücken. Wir haben alle Herausforderungen angenommen und bewältigt. Wir sind hineingewachsen. Natürlich war die ganze Situation alles andere als leicht, aber wir haben trotzdem gelacht und uns über Kleinigkeiten gefreut. Der Herrgott hat uns bestraft? Das sehen wir anders. Er hat uns eine Aufgabe geschenkt, einen kranken, behinderten Sohn, der von Anfang an und trotz der vielen Hindernisse eine unglaubliche Lebensfreude ausgestrahlt hat. Obwohl er natürlich gelitten hat. Aber er hat sein Schicksal akzeptiert und immer das Beste daraus gemacht. Sogar die Ärzte waren bei den Kontrollbesuchen in der Klinik jedes Mal erstaunt, weil Martin nicht nur lebenslustig war, sondern sich auch gut entwickelt hat. Trotz der Krankheit. Er hat zum Beispiel nie gelernt, wie man krabbelt. Die Phase musste er einfach überspringen. Der Druck an den Händen und den Knien wäre für ihn zu schmerzhaft gewesen. Aber er konnte gehen. Eine Zeit lang zumindest. Und er war so gescheit wie andere Kinder in seinem Alter. Vielleicht sogar gescheiter.

An einer roten Ampel bleibt Elisabeth stehen und schaut zu, wie eine Mutter ihren Sohn an der Hand über den Zebrastreifen zerrt. Die gehen wohl irgendwohin, wo der Kleine nicht hinwill, denkt sie und bemerkt, als sie den beiden nachschaut, dass der Bub eine Schultasche am Rücken trägt. Bilder tauchen vor Elisabeths geistigem Auge auf, werden zu einer Sequenz, zu einem Film, zur Realität: Martin ist gern zur Schule gegangen, erinnert sie sich. Auch wenn es schwierig war. Sehr schwierig sogar. Keine Schule wollte ihn aufnehmen, wegen der Verletzungsgefahr, und weil er natürlich immer wieder im Spital war. Wenn man so oft fehlt, kann man den ganzen Stoff nicht einfach aufholen. Aber wir haben Glück gehabt und damals den Direktor einer Sonderschule kennengelernt. Dort hat man ihn dann aufgenommen, auch wenn ich immer neben ihm sitzen und ihn beschützen musste. Das war die Bedingung. Vier Jahre lang habe ich das gemacht und bin sogar Vertragslehrerin geworden. Der Martin hatte Freude in der Schule und überhaupt am Leben. Er war ein fröhliches Kind, hat immer alles erduldet, nie rebelliert. Er hat sich nie gefragt, warum ausgerechnet er leiden muss. »Der liebe Gott will mich so«, hat er gesagt. Und zwar zu einer Zeit, als Finger- und Zehennägel schon abgefallen waren. Als sich die Handgelenke gekrümmt haben und die Finger zusammengewachsen waren. Später ist das auch mit den Beinen passiert. Er war immer so tapfer, unser Martin. Wenn ich die Verbände gewechselt habe, hat er natürlich Schmerzen gehabt. Es ging gar nicht ohne, da konnte ich noch so vorsichtig sein. Aber er hat sich jedes Mal bei mir bedankt und gesagt: »Mama, das hast du gut gemacht.« Martin hat sein Leben hingenommen, wie es war. Aber mein Mann und ich mussten zuschauen, wie unser Kind dauernd in einen Becher spuckt, weil es zu schmerzhaft war, den eigenen Speichel zu schlucken. Weil Martin Blasen und Hautfetzen im Rachen hatte. Dann ist er da gesessen mit seinen vielen Verbänden, mit Ringen unter den Augen und Blut vorm Mund. Das war nicht leicht für uns, überhaupt nicht. Außerdem hatte er auch immer wieder Krämpfe. Manchmal haben wir das selbst hinbekommen. Oft mussten wir deshalb ins Krankenhaus fahren. Dort hat man uns gekannt. Ein Anruf hat gereicht, und schon ist ein Bett für Martin bereit gestanden. Dass er sein Leben trotz allem genossen hat, kann man sich wahrscheinlich nicht vorstellen. Aber so war's, immer schon, obwohl er so viel Zeit in der Klinik verbracht hat.

Elisabeth findet einen freien Parkplatz, stellt das Auto ab, nimmt die Sonnenblume vom Beifahrersitz und steigt aus. Eine Bekannte, die zufällig auf der anderen Straßenseite geht, winkt ihr aus der Ferne zu. Die Menschen hier sind so nett, überlegt Elisabeth und begibt sich noch einmal auf eine Gedankenreise: Gut, dass wir damals hierhergezogen sind. Mit Martin im vierten Stock ohne Lift zu wohnen, war einfach zu schwierig. In diesem Dorf gibt es eine Schule, die ihn damals aufgenommen hat. Es war nur logisch, dass wir hier ein behindertengerechtes Haus gebaut haben. Aber dass wir auch so akzeptiert wurden, war schon eine Überraschung. Eine sehr schöne. Die Lehrer, die Schüler, die Eltern, Martin war für sie ein normaler Junge, auch wenn man ihm seine Krankheit angesehen hat und er nicht viel tun konnte, weil sie immer fortgeschritten ist. Weil seine Finger und Zehen irgendwann total verkrümmt, verkümmert und zusammengewachsen waren. Es hat mehr als zweiundzwanzig Operationen gebraucht, um die Finger immer wieder zu trennen. Nach einiger Zeit sind sie dann doch wieder zusammengewachsen. Aber alle haben immer den Menschen gesehen, nicht die Krankheit. Deshalb hatten wir hier viele schöne Jahre. Was bestimmt auch an Martins Einstellung lag. Er hätte ja auch ständig deprimiert sein können. Er hätte sich verstecken können. Er hätte nur teilnahmslos herumsitzen können. Aber stattdessen hat er alle beeindruckt mit seiner Art und mit dem, was er geschafft hat. Zuerst hat er die Matura gemacht, eine Fernmatura. Schritt für Schritt hat er alle notwendigen Prüfungen abgelegt und bestanden. Er hat vor Freude im Rollstuhl getanzt und sich dabei neue Wunden zugezogen. Aber das war ihm egal. Das war eine große Leistung. Eine Privatlehrerin hat ihn außerdem im Zeichnen ausgebildet. Martin hat sehr gern gezeichnet und gemalt. Er hat sogar Ausstellungen gemacht, Bilder verkauft, Weihnachtskarten gezeichnet und bei der Illustration des Pfarrblattes geholfen, freiwillig und trotz der Krankheit. Trotz der Schmerzen. Trotz der zusammengewachsenen Finger. Jede Mutter sagt von ihrem Kind, dass es ganz besonders ist. Jeder Elternteil ist stolz auf seinen Nachwuchs, und ich bin da auch voreingenommen. Aber das, was unser Martin geleistet hat, ist unglaublich. Da hat er sich die Maturareise wirklich verdient. Auch wenn die nicht so war wie für andere Schüler, sondern besser. Zumindest für Martin. Nach Russland sind wir geflogen. Das war sein sehnlichster Wunsch, und wir waren froh, dass wir ihm den erfüllen konnten. Und dort, in Moskau, hat sich wieder einmal gezeigt, wie Menschen sein können, im Bolschoj-Theater. Das werde ich nie vergessen. Diese Kartenkontrolleurin, die uns den Weg versperrt, mit dem Zeigefinger gewedelt und nur ein Wort gesagt hat: »Njet.« Alle haben uns angestarrt, wir sind komplett fassungslos dagestanden und haben nicht gewusst, was wir tun sollen. Wir waren so enttäuscht. Zweimal hatte es schon geklingelt. Gleich würde die Vorstellung losgehen. Dann kam plötzlich diese dicke Babuschka, schnappte sich den Rollstuhl und schob unseren Martin an allen Sitzreihen vorbei. Er bekam einen Platz in der ersten Reihe, und wir saßen gleich daneben. Dann ging es los, das Folklore-Ballett. Körper wirbelten über das Parkett, Akkordeons kreischten aus allen Registern virtuose Akkorde zu Trepak und Kasatschok. Leben erfüllte den ganzen Saal, und wir waren dabei, mittendrin. Alles war für einen Moment vergessen. Die Krankheit hatte eine Pause eingelegt. Wir fühlten uns groß, stark und gesund. Applaus.

Elisabeth spaziert den Weg entlang, den sie beinahe jeden Tag geht. Aber der heutige ist ein besonderer. Ein Tag, der nur einmal im Jahr ist. Einer, an dem sie sehr nachdenklich ist. An dem sie sich zum Beispiel auch an die erste Hauttransplantation erinnert: Wir waren alle aufgeregt und voller Hoffnung. Zitternd, weinend und betend saßen wir im Wartezimmer vor dem Operationssaal, während die Ärzte Martins Finger getrennt, gestreckt und von allen Verwachsungen befreit haben. Dann haben sie sie mit seiner Haut vom Oberschenkel überzogen. »Mama, Papa, schaut's einmal«, hat er gesagt und uns voller Stolz seinen Gips gezeigt. Als man ihm den abgenommen hat, kam eine kleine Kinderhand zum Vorschein. Wund und voller Narben, aber mit einzelnen Fingern. Auch die linke Hand hat man operiert. Fünf Monate hat das gehalten, dann sind die Finger langsam zusammengewachsen. Nach einem Jahr waren die Hände wieder gekrümmt und in einem Kokon wildwuchernder Haut versteckt. Also hat man wieder operiert. Jedes Jahr seitdem. Später nur noch die rechte Hand, und dann hat man überhaupt nur noch den Daumen befreit, damit Martin wenigstens einen Bleistift halten konnte. Alles hat man versucht. Mit der eigenen Haut hat man es probiert. Immer wieder. Dann sogar mit Schweinehaut. Martin hat es mit Humor genommen und sich selbst als Borstentier gezeichnet. Aber beim ersten Verbandswechsel sind dann doch wieder nur Wunden zum Vorschein gekommen. Martin hat wirklich viel mitgemacht. Er konnte kein Hemd aufknöpfen, keinen Wasserhahn aufdrehen. Er konnte sich nicht selbst anziehen, nicht alleine auf die Toilette gehen. Er konnte vieles nicht. Vieles, was für Gleichaltrige ganz normal war, wie Führerschein, Disco oder Mädchen. Aber wir haben immer versucht, sein Leben so normal und spannend wie möglich zu gestalten. Auch wenn unsere Unternehmungen vielleicht manchmal etwas gewagt waren. Wir sind über den Bodensee gesegelt und mit dem Motorboot über die Adria gefahren. Wir waren mit Martin sogar auf einem Gletscher. Wir haben viele Burgen in Österreich besucht. Mit einem Materialaufzug hat man Martin auf die Burgruine Finkenstein zu einem Pop-Konzert gebracht. Wir waren in Rom und haben uns die Katakomben angeschaut. Bis wir mit dem Rollstuhl in einem engen Gang steckengeblieben sind und umkehren mussten. Wir haben den Petersdom gesehen, haben unseren Sohn über Hunderte Stufen getragen. Wir haben das Leben gelebt, und wir haben es genossen.

An einem Wasserhahn bleibt Elisabeth stehen, hält eine Gießkanne darunter und dreht ihn auf. Das Plätschern erinnert sie an eine Fahrt ins Krankenhaus: Es war in der Nacht, und es hat stark geregnet. Martin ist es immer schlechter gegangen. Er hatte innere Blutungen, starke Nierenschmerzen und eine Lungenentzündung. Die Ärzte haben gesagt, dass schon der Transport ein hohes Risiko sei. Doch Martin war vor Schmerzen apathisch. Mein Mann und ich haben nicht mehr gewusst, was wir tun sollen, deshalb haben wir uns entschlossen, selbst in die Klinik zu fahren. Dort hat man schon auf uns gewartet. Blutkonserven, Glukose und Nährlösungen waren vorbereitet. Martin ist schließlich eingeschlafen, mein Mann und ich sind wieder nach Hause gefahren. In der Nacht haben wir kein Auge zugetan. Am nächsten Tag hat dann das Telefon geklingelt. Meine Hand hat gezittert, als ich den Hörer abnahm. »Ihr Sohn hat die Nacht überlebt«, sagte der Arzt. Diese Erleichterung. Aber es dauerte noch Wochen, bis es Martin wieder besser ging. Damals war er noch Schüler, verbrachte aber mehr Zeit im Krankenhaus als im Klassenzimmer oder zu Hause. Die Ärzte kämpften um sein Leben und konnten ihn schließlich nach Hause schicken. Als ich das Entlassungsformular durchlas, brach ich in Tränen aus. Der Arzt hatte *Gebessert entlassen* angekreuzt. Die anderen Optionen waren *Geheilt entlassen* und *Verstorben.*

Elisabeth spürt sie jetzt noch, die Erleichterung von damals. Und dann die neue Hoffnung. Sie schaut zu, wie sich ihre Gießkanne füllt, ihre Gedanken kreisen weiter: Ein Freund der Familie hat uns erzählt, dass es in London Spezialisten gäbe, die Erfahrung mit Martins Krankheit hätten. Für die Untersuchungen und den Aufenthalt müsste man aber selbst aufkommen. Der Betrag war enorm. Doch der Freund hatte schon eine Hilfsaktion über die regionale Zeitung in die Wege geleitet. So viel Hilfsbereitschaft. Jeden Tag hat uns der Postler Dutzende Briefe gebracht. Von fremden Menschen, von Schulklassen, von Pfarren. In allen war Geld. Auch die Krankenkasse hat schließlich einen Teil übernommen, und wir sind nach London geflogen. In der Nacht davor hatte ich diesen Traum. Ich konnte sehen, wie unser Martin ohne Hilfe geht. Er hat schon überlegt, wem er seinen Rollstuhl schenken soll.

Die Gießkanne läuft ein bisschen über. Elisabeth tritt einen Schritt zurück, um nicht in der Lacke zu stehen. Ihre Zeitreise im Kopf geht weiter: Die Experten haben uns gesagt, sie hätten eine Selbsthilfegruppe mit hundert Betroffenen zu betreuen. Dabei hatten wir gedacht, Martin wäre das einzige Schmetterlingskind im ganzen NATO-Raum. Aber einen Patienten wie ihn hatten sie dann doch noch nie gesehen. Sie waren sichtlich erschrocken, wir waren sehr enttäuscht. Die Hoffnung ist immer kleiner geworden, und während diese Spezialisten unseren Martin untersucht haben, ist sie komplett verschwunden. Ich hab nur gehört, wie er vor Schmerzen schreit. Irgendwann hat er gesagt: »Mama, ich will hier nicht behandelt werden.« Ich konnte ihn nur zu gut verstehen. Als wir nach Hause gekommen sind, war alles beim Alten. Das war im Dezember. Advent. Martin hat noch Weihnachtskarten gemalt und verkauft, seine Post geschrieben, Überraschungspäckchen verschickt und sein Taschengeld dem Roten Kreuz gespendet. Es war ein langer und dunkler Winter damals. Und dann …

»Hallo Mama«, sagt eine Stimme hinter Elisabeth. Sie erschrickt und dreht sich um.

»Hallo Barbara, schön, dass du gekommen bist.«

»Natürlich, ist ja sein Geburtstag.«

Elisabeth hat Tränen in den Augen und nimmt ihre Tochter in die Arme. Die liebevolle Geste dreht die Zeit zurück: Barbara ist vier Jahre nach Martin auf die Welt gekommen. Gesund. Es war ein unbeschreibliches Glücksgefühl. Nach drei Tagen konnte ich mit ihr nach Hause gehen. »Mein Gott, mein Gott, was hast du mir da Liebes mitgebracht«, hat Martin gerufen, als er seine Schwester zum ersten Mal sah. Er verliebte sich sofort in sie. Die Kleine hat von Anfang an gewusst, wie sie mit ihrem kranken Bruder umgehen muss. Sie hat gewusst, wie sie ihn berühren darf, wann sie Rücksicht nehmen muss, und wann sie ihn fordern kann. Die beiden haben gelacht, gestritten und wieder gelacht. Wie das bei Geschwistern eben so ist. Barbara war mit auf Reisen und auch in London dabei. Sie musste viel mit ertragen und einige Opfer bringen. Auch an die Blicke musste sie sich gewöhnen. Daran, dass alle ihre Familie anstarrten. Sie hat zu spüren bekommen, wie es ist, ausgeschlossen zu werden. Sie hat aber auch erfahren, dass es Menschen gibt, die Martin einfach akzeptiert haben, wie er war. Barbara war damals in einer Pfadfindergruppe. PTA, kurz für: Pfadfinder trotz allem. Martin war ihr Schriftführer. Plötzlich gab es Grillabende, die auch für ihn lustig waren, obwohl er natürlich nichts essen konnte. Es gab Konzerte, Kino- und Theaterbesuche. Es gab Freunde. Es gab Normalität. Barbara hat Martins Leben bereichert und umgekehrt. Sie ist Therapeutin geworden.

Mutter und Tochter sind am Ziel angekommen und bleiben stehen. Elisabeth beugt sich vor. »Alles Gute zum Geburtstag, mein Sohn. Wir vermissen dich.« Dann legt sie die Sonnenblume, Martins Lieblingsblume, auf sein Grab und gießt die Pflanzen, die sie vor ein paar Wochen eingesetzt hat.

»Happy birthday, Bruderherz«, sagt Barbara. Mit 25 Jahren ist Martin im Kreis seiner Lieben gestorben.

Als man Elisabeths Familie vor seinem Tod einmal eingeladen hatte, bei einem Kongress über pränatale Diagnostik ihre Geschichte zu erzählen und ihre Situation zu schildern, hat Martin damals bestimmt, dass sie da nicht hingehen. Elisabeth hat sich die Diskussion im Radio angehört, schaltete aber bald entsetzt ab. Für Eltern sei es unerträglich, ein behindertes Kind zu haben, hat da jemand gesagt. Außerdem ging es um die Frage, ob man einem Menschen ein Leben mit Behinderung überhaupt zumuten kann.

»Kann man sehr wohl«, hatte Martin damals gesagt, »mein Leben ist erfüllter und glücklicher als das Leben vieler Nichtbehinderter, glaubt mir.«

Als ich diese Geschichte erfahren habe – sie hat sich genau so zugetragen –, war ich sprachlos. Der Brief, den mir Martins Mutter geschrieben hat, hat mich zu Tränen gerührt. Von Martin können wir mehr lernen, als man mit tausend Lebensregeln auszudrücken vermag. Stärke, Mut und unbeugsamen Willen. Das Ganze im Zusammenspiel mit Würde, Gefühl und Menschlichkeit. Hut ab vor dem Burschen, Hut ab.

Ich möchte Ihnen die Zeilen von Martins Mutter an mich nicht vorenthalten. Lesen Sie selbst.

Herrn
Dr. Johannes Neuhofer

Wiener Straße 57
4020 Linz

Innebraz, 1.1.2014

Sehr geehrter Herr Dr. Neuhofer,

Ihr Buch *Johannesweg* habe ich zu Weihnachten bekommen, verschlungen und gleich wieder von vorne zu lesen begonnen. Jetzt, beim zweiten Mal, versuche ich noch intensiver, Ihre Anregungen und Weisheiten zu kapieren, zu akzeptieren und zu übernehmen, bevor ich mich dann auf den *Johannesweg* machen werde ...

Mit großer Wahrscheinlichkeit haben Sie während Ihres Studiums in Innsbruck in den 70er-Jahren einen kleinen Buben, damals etwa 10-jährig, kennengelernt, der extrem stark an Epidermolysis bullosa litt. Das war unser Sohn Martin. Er wurde viele Jahre lang in Innsbruck betreut: von Herrn Prof. Dr. Fritsch, OA Dr. Hintner, Prof. Dr. Anderl von der Plastischen Chirurgie, und vielleicht waren Sie sogar bei einer seiner 22 Operationen, Transplantationen etc. dabei ...

Unser Martin ist 1991 gestorben. Dann standen wir, seine Eltern und Schwester, da, mit hängenden Schultern und Armen, weil wir keinen Rollstuhl mehr zu schieben hatten, und kein Fuzerl Lebensfreude war mehr da, nur Trauer und Vermissen und Selbstmitleid. Dann hat uns unsere Tochter auf den Jakobsweg geschickt. Dreimal sind mein Mann und ich die spanischen jeweils tausend Kilometer am Stück gegangen: beim ersten Mal stumpf wie die Rindviecher; die zweiten 1000 km störrisch wie Trampeltiere, und beim dritten Mal endlich annähernd wie Menschen, schließlich wie Pilger.

Dann habe ich in Granada einen Intensivkurs Spanisch gemacht. In Kastilien eine Ausbildung zur *hospitalera voluntaria*, und seither arbeite ich jedes Jahr freiwillig in einer spanischen Herberge als Herbergsmutter. In diesen Einsätzen habe ich schon viele Wunden versorgen dürfen, physische und psychische, und viele extreme Lebenswege gehört.

Und jetzt hat mir meine Familie Ihr *Johannesweg*-Buch geschenkt. Offenbar, um mir wieder heimischen Boden unter den Füßen zu bereiten. Ich freue mich darauf, mit Ihren Tipps im Gepäck *»Spurrinnen«* im Mühlviertel zu folgen!

Mit herzlichen Grüßen und Dank für Ihr großartiges Buch,
Elisabeth Ebenberger

8.
Der silberne Schlüssel

Der Maschinist, Paul Schreyer heißt er, ist ein Mann von bitterstillem Gemüt. Er arbeitet in einer Fabrik und erzeugt Bolzen.

Paul Schreyer ist davon überzeugt, dass er vom Leben eine passive Rolle zugeteilt bekommen hat. Das Neue, das Große, die Veränderung an sich sei anderen Menschen vorbehalten, denen da oben, und die Dinge seien eben so, wie sie sind. Sein Vater, dessen Vater davor und auch schon der Urgroßvater zu Beginn hatten diese Maxime ausgerufen: Die Dinge sind so, wie sie sind. Bub, du brauchst nicht blöd daherreden oder glauben, du könntest etwas ändern, das nicht zu ändern ist. Man kann keine Kerze durch eine Stahlwand bohren, hatte der Vater gesagt. Die Dinge sind so, wie sie sind. Das heißt, man müsse die Gegebenheiten hinnehmen. Alles annehmen, auch Ohrfeigen oder Masern.

Dass Paul Schreyer so heißt, ist eigentlich schon Kontrast genug. Bei jemandem mit so ruhigem Wesen wirkt das fast wie Hohn. So als würde man einen Veganer Hans Wurst nennen oder einen Choleriker Fritz Gleichmut. Paul Schreyer ist vor drei Tagen dreißig geworden, und auch diesen runden Geburtstag hat er eher still akzeptiert, als gebührend gefeiert. Wozu auch? Vor allem, mit wem auch? Die Menschen, um die sich sein Leben dreht, sind sein Sohn Clemens, seine Frau Annabell, und das war's auch schon. Mit den Nachbarn in der Wohnsiedlung von St. Pölten haben die Schreyers so gut wie keinen Kontakt. In der Fabrik redet man kaum, und wenn, dann nur Bedeutungsloses. Freunde hat Paul, wenn er so recht überlegt, keine, bloß Leute, die man grüßt oder hin und wieder trifft, um zu besprechen, was und wen sie nicht mögen. Die

Dinge sind, wie sie sind. Als Paul Schreyer vor drei Tagen die Kerze auf seiner Geburtstagstorte ausblies – selbst das klappte erst beim zweiten Mal, als wär eine Stahlwand dazwischen –, da dachte er wieder wie zur Bestätigung: Jemand, der tagein, tagaus Bolzen erzeugt, ist nicht dazu berufen, mehr zu bewegen als die Maschine, die er bedient.

Jetzt zum Beispiel steht er wieder an der schweren Bolzenschneidemaschine und hantiert an dem Koloss herum. Die ganze Szenerie hat etwas Martialisches. In der Halle kreischt das Metall, es regnet Funken, und insgesamt sind es vierzig Arbeiter in blauen Overalls mit gelben Helmen und durchsichtigen Schutzbrillen. Sie beginnen um sechs Uhr dreißig in der Früh, schleifen, bohren, löten, stemmen, fräsen, schrauben, tragen, schieben und verpacken. Zu Mittag trotten alle in einem geradezu unheimlichen Gleichschritt in die Kantine, nehmen Nahrung auf, stopfen dicke Bissen in ihre Schlunde, kauen, schlucken, schneiden weiter, bis die Teller leer sind, und schieben sie angewidert beiseite. Manche rauchen dann oder träumen einen traumlosen Tagtraum, indem sie in eine Ecke starren, in der sie nichts sehen, und machen nach der Mittagspause weiter, arbeiten Schicht für Schicht, verdienen ihren kargen Lohn im Akkord, schuften, bis der Abend sie erlöst. Die Dinge sind so, wie sie sind. Auch kleine Zahnräder müssen sich bewegen, die kleinen sogar schneller. Paul Schreyer weiß das nur zu gut.

»Franz«, sagt er zu seinem Arbeitskollegen, der neben ihm an der Maschine steht und einen Metallbolzen in eine Passform legt, »glaubst du an Veränderung?«

»Wie jetzt Veränderung? Bist ang'soffn, Pauli?«

»Nein, nein, echt. Vielleicht könnten wir ein paar Sachen verbessern, hier in der Fabrik, oder draußen, so im Großen und Ganzen, was weiß ich.«

Franz kratzt sich mit öligen Fingern am Kinn. »Wozu soll das gut sein?«

»Na, ich mein ja nur«, sagt Paul Schreyer, »war vielleicht eh keine so gute Idee. Ich hab da nur so ein Buch gelesen, über einen Weg, so eine Art Pilgergeschichte, da war das auch irgendwie Thema. Egal, vergiss es.«

Franz schüttelt den Kopf und macht sich wieder an die Arbeit. Der Vorarbeiter mit dem fast unnatürlich langen und schmalen Pferdegesicht, Gottfried Kaltz, hat schon komisch geschaut, fokussierter Argwohn. Außertourliche Gespräche sieht er nicht gerne. Kaltz geht es darum, *die Dinge am Laufen zu halten*. Jeder Stopp kostet Geld. Jede Bewegung bringt Geld. Das heißt, es ist unerlässlich, den *Workflow* einzuhalten. Alle Handbewegungen, die hier passieren, wurden schon millionenfach gemacht. Die Routine hat den Vorteil, dass man nicht mehr nachdenken muss, weil alle Abläufe *automatisiert* sind und die Dinge so sind, wie sie sind. Es geht um die Bolzen, nichts anderes. Schleifen, bohren, löten, stemmen, fräsen, schrauben, tragen, schieben und verpacken für die Lieferung. Metall schreit, Funken regnen. Dieser Mittwoch vergeht wie jeder andere Tag, ohne Belang.

Aber der Donnerstag hat es in sich. Dabei ist es erst kurz nach fünf. Draußen ist es noch dunkel, aber in der Gemeindebauwohnung im Block F, Haus 23, Tür 9 herrscht Bewegung, negative Energie. Beim Frühstück mit Annabell und Clemens kommt es zu einer Auseinandersetzung, die unüblich drastisch ist für die Schreyers, die doch sonst als Dreiergruppe eher das Phlegma verkörpern. Die Nationalratswahlen stehen an, die Zeitungen sind seit Wochen voll von dem Thema. Rechtspartei, Linkspartei, Arbeiterpartei, liberale Partei, semiliberale Partei, neue Partei, Listen eben. Seltsamerweise werden kaum Inhalte transportiert, bloß Gesichter, die in Worthülsen sprechen, als wäre ihr Gedanke in einen Kokon gehüllt und dürfte nicht heraus. Sie reden viel und sagen nichts. Wir brauchen mehr Arbeitsplätze – sicher. Wir wollen mehr Sicherheit. Wir plädieren für die

Zukunft. Stumm werden die Herrschaften nur, wenn Schweinereien aufgedeckt werden, Kalamitäten in den eigenen Reihen. Und jetzt diskutieren Paul und Annabell über die Sinnhaftigkeit individueller Entscheidungen. Konkret geht es darum, ob man wählen geht.

»Ich muss mich heute um den Clemens kümmern, meine Schwester kann nicht. Er hat eine heiße Stirn, schau, greif ihn an, ich glaub, er bekommt Fieber. Oder er hat's schon. Außerdem sollt ich bald im Supermarkt sein, heute ist lange Schicht. Die Bernadette ist krank, und ich hätte einspringen sollen. Ich hab denen gesagt, dass der Kleine krank ist, und jetzt hat wer anderer den Dienst übernommen. Überall zu wenig Leute, ein Wahnsinn, sag ich dir. Alle sind irgendwie am Limit, kommt mir vor. Wählen kannst du auch gehen, oder das nächste Mal. Es ändert eh nix, hier oder dort ein Kreuz zu machen. Ich find, Wahlen sind unwichtig.«

»Ich glaub's nicht. Das ist genau die falsche Einstellung«, sagt Paul Schreyer und wird für seine Verhältnisse erstaunlich laut, noch dazu am Frühstückstisch um fünf Uhr morgens. »Deine Wurschtigkeit, allem gegenüber. Alles bedeutet nichts. Nichts bedeutet etwas. Du! Du!« Paul greift sich mit dem Zeigefinger an die Stirn und deutet ihr einen Vogel. »Wahlen sind sehr wohl *wichtig*. Kapierst du das nicht? Sie sind die Grundlage, quasi der, der … was weiß ich, der … Teppich für eine Demokratie. Viele Menschen sind schon gestorben, weißt du, in ihrem Kampf für die Freiheit.«

Annabell errötet. »Und du meinst also allen Ernstes, dass eine Stimme ausschlaggebend ist, ob wir morgen oder nächstes Jahr hundert Euro mehr in der Haushaltskasse haben? Ob wir im Sommer eine Woche nach Italien fahren oder nicht? Ob unser Sohn in eine vernünftige Schule geht, ha? Das macht deine gottverdammte Stimme?!« Annabell verdreht die Augen, als unterhielte sie sich mit einem bockigen Kind. Dabei sitzt Clemens nur stumm am Frühstückstisch und schaut sich seine Eltern an wie einen Kinofilm, in dem nur zwei Leute mitspielen und der gerade seinen Höhepunkt erreicht hat: den Konflikt.

Paul Schreyer versucht, sich zu beruhigen: »Schatz, tut mir leid, stimmt schon. Eine Stimme mag vielleicht nicht alles entscheiden, nur ein … was weiß ich … ein Chor aus vielen Stimmen. Aber wenn jeder so denkt, gibt es keinen Chor. Es wär doch gut, was zu machen, nicht?«

»Na, jetzt singen wir sogar schon was zu den Wahlen, wun-derbar! Ich sag dir eines, mein Lieber, niemand von uns kann was machen. Niemand von uns kann was bewegen. Niemand von uns hat eine Bedeutung. Wie sagen du und deine ganze verkorkste Familie so schön? Die Dinge sind so, wie sie sind. Und sie bleiben auch so, wie sie sind. Die da oben richten sich's, wie sie's brauchen. Nichts, nichts ändert sich, wenn du dein Scheißkreuzerl auf einem Scheißzettel in einer Scheißwahlkabine machst, verstehst du nicht? Ein Präsident kann vielleicht was ändern, oder ein Minister. Aber sicher kein Lagerarbeiter und eine Supermarktkassiererin, die in einem Gemeindebau in St. Pölten wohnen und ein krankes Kind daheim haben.« Sie nimmt ihren Teller und schießt ihn wie ein Frisbee so gegen die Wand, dass er in tausend Stücke zerspringt.

Clemens weint. Paul will die Raserei seiner Frau stoppen, aber sie windet sich aus seinem Griff und rennt aus dem Zimmer. Warum sie so überreagiert hat, ist ihm schleierhaft. Zu seinem Sohn sagt er: »Mami ist, glaub ich, nicht so gut drauf.« Er küsst Clemens auf die Stirn. »Ich muss jetzt gehen, mein Großer, arbeiten, und vorher wählen. Später einmal wirst du wissen, dass deine Mama unrecht hat. Auch Ameisen bauen Hügel.«

Der Zweijährige spricht ihm nach. »Au Ameithn auen Übel.«

»Genau.«

Paul Schreyer marschiert mit einem gewissen Gefühl der Unruhe in die Fabrik. Er hat das Glück, zu Fuß zur Arbeit gehen zu können. Ein Auto braucht er nicht, er wüsste auch nicht wirklich, für welche Marke er sich entscheiden, und vor allem, von welchem Geld er es bezahlen sollte. Es regnet, passend zu seinem Gemüt. Himmelstränen im Morgengrauen. Paul kann sich nicht genau erinnern, wann sie das letzte Mal gestritten haben, und noch dazu wegen eines so nichtssagenden Themas. Mein Gott, dann soll sie halt nicht wählen gehen, die Beste. Ist ja noch lange kein Grund, so auszuzucken.

»Mein Gott«, denkt Gottfried Kaltz, »wie sehr ich dich doch hasse, du mieses Schwein.«

Als Paul die Fabrikhalle betritt, wirft ihm der Vorarbeiter einen Blick zu, der jemanden den Bart abrasieren könnte. Kaltz hasst Paul Schreyer wegen Annabell. Er hat sich immer schon gefragt, wie so ein Verlierer zu so einer wunderschönen Frau kommen konnte. Kaltz selbst hat diesem schwarzhaarigen Porzellanwesen seinerzeit den Hof gemacht, allerdings ohne Erfolg. Vor zwei Jahren hat sie sich für den Trottel entschieden, na dann, viel Spaß im Leben. Und jetzt kommt der Scheißkerl schon wieder zu spät zur Arbeit. Vier Minuten.

»Komm gleich her, Schreyer, du Vogel«, sagt er und winkt Paul zu sich.

»Ja, Herr Kaltz?«

»Siehst du den Schlüssel dort oben auf der Wand?«, fragt der Vorarbeiter.

»Natürlich, Herr Kaltz. Der silberne.«

»Ja, der silberne Schlüssel, der dort drüben groß an der Wand hängt. Der für den Mitarbeiter des Monats. Die Auszeichnung, die der beste Arbeiter hier im Werk Monat für Monat erhält, symbolisch. Den Schlüssel zum Erfolg. Glaubst du«, Kaltz macht eine bedächtige Pause und atmet tief ein, wie um sich zu beruhigen oder bei einem autogenen Training, »glaubst also du, dass man einer Figur wie dir diesen Schlüssel überreichen wird?«

Paul wartet, und bevor er etwas sagen kann, schreit der Vorarbeiter ihm direkt ins Gesicht. »NEIN!« Paul zuckt zusammen, und Kaltz brüllt weiter: *»Einem Idioten, der vier Minuten zu spät zur Arbeit kommt, wird man den silbernen Schlüssel direkt in den Arsch schieben. Und jetzt mach dich an die Arbeit, Schreyer. Sonst überleg ich mir noch ein paar Sonderschichten für dich, los! Los! Looos!«*

Während der Litanei hat sich Gottfried Kaltz' Pferdegesicht noch um ein paar Zentimeter in die Länge gedehnt. Er zählt zu diesem besonderen Schlag Menschen, denen Gefühle wie Herzlichkeit oder altruistische Lebenseinstellungen vollkommen fremd sind. Was er gut kann, und das mit gewisser Hingebung, ist Leute zu schikanieren. Kaltz ist beliebt beim Konsortium, das dieses Lager betreibt, ältere Herren in feinen Anzügen, die sich ihre Maßschuhe nicht schmutzig machen wollen, dafür ist der Vorarbeiter da. Er soll die Peitsche schwingen und kann nach eigenem Ermessen auch das Zuckerbrot weglassen. Solange das Werk läuft, darf man sich mit gewerkschaftlichen Gefühlsduseleien nicht aufhalten. Ich werde mein Bestes tun, hatte er den grauhaarigen Granden gesagt, damals, als sie das Werk aufsperrten, und wozu die Fließbandproduktion wirklich diente, nun ja, darüber schwieg man sich geflissentlich aus. Kaltz hatte sein Kuvert eingesteckt und beide Augen zugedrückt.

Jetzt reißt er sie auf. Paul Schreyer, diese miese Sau, erdreistet sich doch tatsächlich, seinem Befehl nicht Folge zu leisten. Er – Paul Schreyer – hat das letzte Looos noch immer im Ohr, und warum er nicht looosgegangen ist, um seinen Dienst an der Bolzenmaschine anzutreten, ist ihm im Moment auch nicht ganz klar. Der Krug geht so lange zum Wasser, bis er bricht, hat sein Vater immer gesagt. Und die Dinge sind eben so, wie sie sind. Das hat er ja auch immer gesagt. Paul selbst ergänzt die Phrasendrescherei um eine weitere: Man kann sich nicht alles gefallen lassen.

Deshalb holt er aus.

Aber nicht mit der Faust, stattdessen nimmt er seinen ganzen Mut zusammen. Die Männer in der Halle, alle Männer, haben ihre

Arbeit eingestellt und warten, was jetzt passiert. Paul ist schon fast auf dem Weg zu seinem Platz gewesen, hat aber innegehalten. Jetzt holt er Luft und räuspert sich.

»So nicht«, sagt er. »So nicht. Sie können mich verwarnen, Herr Vorarbeiter, Sie können mich bestrafen, Sie können mir kündigen, freilich, aber eines, Herr Vorarbeiter, eines dürfen Sie nie wieder tun: mich einen Idioten nennen.«

In der Halle herrscht eine Spannung wie kurz vor einem Gewitter. Kurz bevor die Blitze zucken und der Donner grollt. Buchen sollst du suchen, und Eichen sollst du weichen. In diesem Fall steht Paul Schreyer in einem Eichenwald, und das Gewitter tobt.

Bevor Kaltz auch nur ein Wort sagen kann – er ist völlig fassungslos, dass dieser Wurm ihm widerspricht, der Typ hat sie ja nicht alle –, redet Paul schon weiter.

»Sie sehen nicht, was sich hier tut. Diese Männer hier« – er deutet in die Runde – »all diese Männer, Ihre Mitarbeiter, oder besser gesagt Arbeiter, weil viel arbeiten Sie ja nicht mit« – drüben prustet jemand los – »diese guten Männer hier in der Halle tun alles dafür, damit die Dinge laufen. Sie würden sogar noch mehr geben, wenn man sie ließe. Aber Sie, Herr Vorarbeiter, lassen sie nicht. Sie sind zu engstirnig und zu verbohrt, um diese Männer auch nur ein klein wenig zu motivieren. Hier, der Kurt, schauen Sie ihn an. Er hat vorgeschlagen, den Schneideprozess bei den Bolzen dort ins Eck hinüber zu verlagern, das würde seinen Arbeitsprozess und auch den vom Martin« – er deutet nach links zu einem vierschrötigen Mann – »um dreißig Sekunden verkürzen. Auf einen Tag gerechnet, sind das neun Minuten. Niemand hat Kurt zugehört. Er soll weitermachen, hat es geheißen. Arbeiten und nicht denken. Ihre Worte, Herr Vorarbeiter. Vielen Männern geht es so, dass sie vielleicht Verbesserungsvorschläge hätten, aber man hört ihnen nicht einmal zu. Das ist wie in der Politik, kommt mir vor. Da machen Leute Vorschläge, die dann nicht umgesetzt werden, weil sie sich streiten, oder weil die Vorschläge irgendwann nicht mehr gemacht werden, wenn sie ohnehin für sinnlos erachtet werden. Aber viele hier wüssten, wie's besser geht, glauben Sie mir. Natürlich, wir sind kleine Leute, geboren, um zu arbeiten, stimmt, aber das ist in Ordnung so. Heute in der Früh habe ich mit meiner Frau diskutiert, was den Sinn von Wahlen angeht, und wissen Sie was, Herr Vorarbeiter, wir alle hier sind Bürger mit Rechten, freie Menschen, keine Sklaven oder Roboter. Und sicher keine Idioten.«

Hinten klatscht jemand langsam in die Hände.

»Merken Sie sich das, Herr Vorarbeiter. Idioten würden diese idiotischen Handgriffe hier vielleicht ungefragt tun, einen nach dem anderen, aber Sie haben es hier mit Menschen zu tun, vierzig guten Leuten, die ihre Arbeit verdammt ernst nehmen, weil sie daheim ihre Kinder ernähren müssen und die Miete für ihre Wohnungen zu bezahlen haben. Sie alle sind der Grund, warum sich Leute wie Sie alle zehn Finger abschlecken können, dass diese Männer hier für Sie arbeiten.«

Zwei weitere beginnen zu applaudieren.

»Wir sind keine Schindmähren, wir sind Menschen. Behandeln Sie uns auch wie welche. Lassen Sie die Leute Vorschläge machen, sie meinen's nur gut. Und sie kennen ihr Geschäft, jeden Handgriff. Wenn alle hier zusammenhalten, und wenn auch Sie zu diesen Leuten stehen, kann man stolz sein auf etwas, nämlich etwas geschaffen zu haben im Rahmen einer Gemeinschaft. Man hat ein Ziel vor Augen gehabt, und gemeinsam wird es erreicht. So geht das, Herr Vorarbeiter, so und nicht anders. Und wie mein Großvater schon gesagt hat: Auch Ameisen bauen Hügel.«

Drei, vier, zehn klatschen. Der Beifall brandet an wie eine Welle. Zwanzig, dreißig, alle vierzig Männer applaudieren. Kaltz ist puterrot im Gesicht. Er dreht sich kommentarlos um, stampft in sein Büro und knallt die Türe zu. Paul Schreyer fühlt zum ersten Mal in seinem Leben, dass er aus der Bedeutungslosigkeit herausgelugt hat, wie ein kleiner Vogel aus dem Nest. Er fühlt sich auch so: frei wie ein Vogel. Selbst wenn ihn das jetzt den Job gekostet hat, manche Dinge sind es einfach wert. Paul weiß jetzt, dass auch kleine Leute etwas bewegen können, jeder kann etwas verändern. Er muss nur an sein Tun glauben, und daran, dass es nichts bringt, nichts zu tun. Es geht darum, den Kopf nicht hängen zu lassen.

Sondern ihn zu erheben.

Und das macht Paul. In seinem Innersten wurde ein Licht angeknipst. Er spricht mit den Arbeitern, die ihm einer nach dem anderem auf die Schulter klopfen, gut gemacht, Kumpel, bumm, was du dich traust, pfau, dem hast du's aber ordentlich reingesagt, war eh schon höchste Zeit, und alle Achtung, Pauli. Sie überlegen, wie man die Abläufe im Werk tatsächlich geschickter gestalten könnte. Hermann, sie nennen ihn Zahnstocher, weil er so dünn ist, holt ein überdimensionales Papier im A1-Format, darauf notiert er alle Schritte der Produktion, und jeder ist angehalten, etwas zu sagen, und sei es noch so dämlich.

»Gott ist eine Frau«, sagt Ferdinand, der sonst nie spricht, und alle lachen.

Dann machen sie sich an die Arbeit. Fräsen. Drehen. Rundschleifen. Planfräsen, Walzfräsen, Formfräsen. Paul Schreyer hört sich alles an und nickt, während sie nach und nach den Riesenzettel vollkritzeln. Dort ein Pfeil, hier wieder was durchstreichen, und rechts wird was abgehakt. »Wenn wir die Maschinen vier, fünf und sechs genau so umstellen«, resümiert Paul, »und alles neu gruppieren, sparen wir jede Menge Handgriffe, aber auch die Zeit, die wir hin und hergehen.« Er zeigt vor zur Wand, auf der der silberne Schlüssel auf einem Gestänge hängt. »Wenn wir in der Richtung weitermachen, verleihen sie jedem von uns so ein Riesending für den Arbeiter des Monats, nicht?«

Außerdem ernennen sie Paul zum Sprecher der Arbeiter. »Wieso ich?«, fragt er.

»Uns ist sonst niemand eingefallen«, sagt Ferdinand, und wieder lachen alle.

Ja, an diesem Donnerstag hat sich einiges getan. Der Geist der Veränderung scheint alle durchdrungen zu haben. Mit diesem wunderbaren Gefühl werkt Paul bis Feierabend. »Lassen wir's gut sein für heute«, sagt er zu den anderen. Dann schlüpft er aus seinem blauen Arbeitsoverall, nimmt den gelben Helm und die durchsichtige Schutzbrille ab und macht sich auf den Weg zum Wahllokal, das sich in einer Schule gleich ums Eck befindet, und dort fällt er seine Entscheidung. Das geringste Übel, aber immerhin: Stabilität. Er hat eine Wahl getroffen, eine Entscheidung gefällt. Darauf kommt es an, denkt Paul. Selbst wenn sich Entscheidungen im Nachhinein als falsch oder nicht ideal herausstellen – immerhin hat er sie getroffen. Schon seltsam, früher hätte er sich nie zu solchen Überlegungen hinreißen lassen. Heute ist er der Meinung, dass es genau das ist, was den Menschen ausmacht: die Möglichkeit der Entscheidung.

Daheim würdigt ihn Annabell keines Blickes. Sie hat das Abendessen stumm auf den Tisch gestellt. Karottenlasagne. Sogar eingefleischte Vegetarier würden dabei die Nase rümpfen. Das Mahl sieht aus, als hätte sich eine sehr kleine Pippi Langstrumpf auf einen Teller gestellt und selbst in die Luft gesprengt. Paul hütet sich, auch nur ein Wort zu sagen, geschweige denn einen Scherz über das Essen zu machen. Er fragt, wie es Clemens geht. Annabell sagt, er habe Fieber und liege im Bett. Das war auch schon der ganze Tratsch beim Abendessen. Nachdem Annabell den letzten Bissen auf die Gabel geschoben hat, wirft sie so nebenbei ein: »Wie war's denn heute, dein Wählen?«

Paul weiß nicht, wie er mit dem feindseligen Ton umgehen soll. »Ganz normal«, sagt er.

Annabell lässt nicht locker. »Und wie war's in der Arbeit, auch ganz normal?«

»Na ja, wie man's nimmt. Wir haben ein paar Sachen überlegt, wie man die Dinge besser angehen kann und so.«

»Ach ja«, sagt Annabell. »Sonst war nichts?«

»Nein, was soll gewesen sein? Warum fragst du so komisch?«

»Aus dem einfachen Grund, weil mich dein Vorarbeiter angerufen hat. Gottfried Kaltz, der mit dem hübschen Pferdegesicht. Er hat gesagt, er wird dich rauswerfen, fristlos. Kündigen und tschüss. Aufwiegelei oder was weiß ich. Jedenfalls, du kannst dir deine Papiere holen und sollst schauen, wo du in Zukunft das Geld für deine Familie herkriegst. Dann hat er eine kurze Pause gemacht und ein Aber rausgepresst. Aber – es gibt da noch eine andere Möglichkeit. Ich soll mit ihm ausgehen, und vielleicht überlegt er sich die Sache dann noch einmal. Das heißt, ich soll mit dem Dreckschwein ins Bett gehen, oder? Ist es das, was du willst? Du schaust so überrascht? Hat er dir das Angebot nicht gemacht, ha? Beine breitmachen und Job behalten? Vielleicht gefällst du ihm ja nicht so gut wie ich. Und jetzt sag mir eines, mein lieber Ehemann. Weil doch in deinen Augen jeder eine Wahl hat, nicht? Wie soll ich mich deiner Meinung nach in dieser Sache entscheiden?«

Paul bringt kein Wort heraus. Er muss erst verarbeiten, was Annabell da gesagt hat. Diese miese Sau hat doch tatsächlich seine Frau, bei ihm daheim, angerufen, um sie zu erpressen. Nicht genug, dass er die Leute in der Fabrik schikaniert, nein, er hat es nicht verkraftet, dass ihn Annabell damals nicht erhört hat. Paul überlegt, ob er ihn umbringen soll, erwürgen vielleicht. Mit bloßen Händen den Hals umfassen und zudrücken, bis zum Ende. Er könnte ihm auch diese Pferdevisage einschlagen, mit einem Schraubenschlüssel, dem Siebzehner. Dummerweise würde er dann seinen Sohn frühestens wiedersehen, wenn er aus der Schule raus und schon fast erwachsen ist. »Komm, Schatz, setz dich her, es wird alles gut.«

Paul erzählt Annabell, was heute im Werk vorgefallen ist. Der Streit, wie die Leute hinter ihm gestanden sind. Am Ende fällt sie ihm um den Hals, beide vergießen Tränen, entschuldigen sich für ihre dumme Art. Paul geht ins Kinderzimmer und fährt Clemens durch die Haare, seine Stirn ist ganz heiß. »Träum was Schönes«, sagt er zu seinem Sohn.

Er selbst bleibt traumlos in dieser Nacht, weil er kein Auge zumachen kann. Die Wut rast wie ein Schlangengift durch seine Adern. Paul malt sich aus, was er mit Kaltz alles machen will. Zumindest würde er ihn zur Rede stellen. Gleich morgen, noch bevor der erste Bolzen über das Band läuft, da wird er ihm an die Gurgel gehen.

Am Freitag geht Paul wie auf Schienen Richtung Arbeit. Ein Zugwagen, der seine Endstation kennt: Kaltz' Büro. Dass es wieder oder noch immer regnet und für September unüblich kalt ist, stört Paul Schreyer nicht. Innerlich kocht er. Ohne nach links oder rechts zu schauen, geht er durch das Tor, die lange Gerade vor zur Rohrproduktionshalle, weiter zur Elektrotechnik, vor zur Bolzenmanufaktur. Rein, den Gang links, die Treppe rauf, rechts bis zu dem Türschild, auf dem *Gottfried Kaltz* und darunter *Vorarbeiter* steht. Paul reißt die Tür auf, schießt in das Zimmer. Aber da ist niemand. Kein Pferdegesicht. Niemand wiehert. Paul schaut sich in dem Raum um, überall liegen Akten, Papiere, Stapel mit Fotos.

Bilder von Panzern.

Werbeaufnahmen von Raketenwerfern.

Dass der Typ nicht ganz dicht ist, weiß Paul, aber so nicht dicht? Kriegsspielzeug für paramilitärische feuchte Träume? Paul nimmt die oberste Akte vom Schreibtisch, öffnet sie, und darin liegt eine Bestellung plus Lieferschein mit dem Verweis: Syrien. Eine andere Lieferung ist offenbar nach Afghanistan gegangen. Die nächste in den Irak. Und je mehr Paul in den Unterlagen blättert, desto klarer wird ihm, wozu die Bolzen, die Rohre und all die anderen Einzelteile gut sind, wenn man sie einmal zusammengebaut hat. Sein Arbeitgeber produziert Waffen, schweres Kriegsgerät. Dafür reißen sich alle hier den Arsch auf und schuften für ihren Hungerlohn. Dass Panzer nach Syrien verfrachtet werden können. Ein

Werk am Rande von St. Pölten? Wie soll das gehen? Paul kann es nicht glauben, und genau in dem Moment hört er einen Schrei.

Ein Mann schreit wie am Spieß.

Unten in der Werkshalle ist etwas passiert.

Paul rennt los.

Als Paul den Arbeitsbereich um die Maschinen betritt, weiß er, bevor er es sieht, dass da etwas mit Kaltz ist. Er brüllt in einem fort, anscheinend hat sich seine Hand in der Bolzenschneidemaschine verkeilt. Ohne zu zögern, rennt Paul hin und erkennt die Lage. Der Vorarbeiter muss in die Vorrichtung gegriffen haben, während die Maschine automatisch angelaufen ist. Wenn Paul nichts tut, zermalmt es Kaltz gleich die rechte Hand.

Kaltz schaut ihn an, sein Gesicht ist schweißnass. »Bitte, Mann, hilf mir, schnell!«

Paul sieht den Ausdruck des bevorstehenden Schmerzes und steht schon wieder vor einer Entscheidung. Soll er den Mann, der seine Frau zwingen wollte, mit ihm ins Bett zu gehen, aus der Notlage retten, ja oder nein?

Wenn Paul wegsieht, verliert Kaltz nicht nur die Hand, sondern wahrscheinlich den ganzen Unterarm. Wenn Paul eingreift, wird der Typ, so wie er gestrickt ist, gewiss nicht aufhören, sich an Pauls Frau ranzumachen. Kaltz ist keiner, der sich für einen Gefallen bedankt, und sei er noch so groß, das passt nicht in sein schmales Weltbild. Das alles spielt sich in Zehntelsekunden ab, während der Vorarbeiter verzweifelt versucht, seine Hand aus der Maschine zu ziehen. Keine Chance. Er sieht schon im Geiste, was gleich passieren wird. Wenn die Zahnräder in sich greifen, dann werden die Finger plattgedrückt, gleich darauf der Handballen herausgeschnitten und das ganze Gelenk, Kaltz schreit, weil er nichts tun kann, als zuzuschauen, wie ihn die Maschine zum Krüppel macht, während diese Sau zusieht und sich freut, dass –

Not-Aus. Der rote Knopf. Paul hat ihn gedrückt und die Maschine gestoppt. Wie in den Filmen, wenn sie eine Bombe entschärfen, drei, zwei, eins ... es war tatsächlich in der letztmöglichen Sekunde. Eine Sekunde später, und Kaltz hätte diesen Winter nur mehr einen Handschuh gebraucht.

Die ersten Arbeiter kommen in die Produktionshalle. »Was is'n hier los?«, fragt Franz. »War da wieder ein Wickel?«

Kaltz schüttelt den Kopf. »Nein, alles okay. Alles gut. Er hat mich gerettet. Paul Schreyer hat mich gerettet. Ich wollte die Maschine kontrollieren, hab blöderweise zu tief hineingegriffen, da ist sie losgegangen, und meine Hand war drinnen. Hab sie nicht rausbekommen. Wenn er nicht gekommen wäre ...«

Paul zuckt mit den Schultern. Er sieht, was die anderen denken. Wäre dem Vorarbeiter doch irgendwie recht geschehen. Ein kleiner Unfall, mein Gott, kann passieren. Selber schuld. Dass Paul eingegriffen hat, spricht für ihn. Sie murmeln vor sich hin, Worte wie *Heldentat*, ein, zwei Männer nicken anerkennend.

»Sparen Sie sich das Gesülze, Kaltz, sagen Sie einfach die Wahrheit, sagen Sie den Leuten, was hier wirklich geschieht«, unterbricht Paul, »erzählen Sie ihnen das mit den ... Lieferungen ins Ausland, wofür wir hier stehen und Bolzen anfertigen. Das hat nie jemand so richtig ausgesprochen, nicht? Hilfsgüter kann man's nicht wirklich nennen, oder, Herr Vorarbeiter?«

Die Pause dauert unnatürlich lange, mehr als zehn Sekunden. Es ist eine Situation wie am Schluss eines Westerns, wenn Held und Bösewicht einander in die Augen schauen und warten, wer als Erster zieht.

»Er hat recht«, sagt Gottfried Kaltz. »Das Konsortium, für das ich, er, für das ihr alle arbeitet, lebt vom Geschäft mit Panzern. Und zwar nicht mit solchen, die für Rettungseinsätze gedacht sind, sondern für Einsätze in der Wüste. Syrien, Afghanistan, irgendwo schwelt immer ein Brand. Der Krieg ist das lukrativste Geschäft überhaupt.«

Kaltz geht hinüber zur Wand und nimmt den silbernen Schlüssel herunter, der für den Mitarbeiter des Monats gedacht ist. Der

Schlüssel ist schwer, fast einen Meter lang. Normalerweise überreichen ihn zwei Leute. Kaltz trägt ihn zur Hauptmaschine, die drüben automatisch ihre Arbeit aufgenommen hat. Er wirft ihn zwischen die Zahnräder, die den Schlüssel zu fressen scheinen, es knirscht fürchterlich laut, Metall schrammt an Metall, es hört sich an, als würde die Maschine fauchen und protestieren, was da gerade mit ihr geschieht. Sie kämpft, verbeißt sich in den Schlüssel, aber es hilft nichts. Die Maschine wird langsamer, langsamer und steht … still.

Paul nickt Kaltz zu, dann den Männern, mit denen er vier Jahre zusammengearbeitet hat, Tag für Tag. Sie alle ziehen jetzt ihre Overalls aus, nehmen Schutzbrillen und Helme ab, machen sich auf den Weg nach Hause. Paul weiß: Daheim warten eine Frau und ein krankes Kind auf ihn. Es hat aufgehört zu regnen. Auf dem Heimweg hat er einen Gedanken, es ist bloß ein Satz: Auch Ameisen bauen Hügel.

Immer diese Entscheidungen, nicht wahr? Soll ich so machen oder so? Und warum ist das nicht so passiert? Als Arzt stehe ich manchmal auch vor dem Problem, dass man nicht immer und sofort sagen kann, ob etwas so oder anders ist, und wenn ich dieses oder jenes mache, wird's wieder gut. Freilich, in den meisten Fällen weiß ich schon, was zu tun ist. Aber eben nicht immer. Die Haut sagt einem viel mehr, als man glaubt. In privaten Fragen weiß ich – wie jeder andere – auch nicht mehr. Ich bin der Ansicht, dass man Dinge verändern kann und sie auch verändern sollte, wenn es nötig ist. Der Weg zum Glück ist keine Gerade, er führt nicht über eine Ebene.

Viele jammern ohne einen echten Grund. Das Wetter, die Politik, das Leben … Regnet es – mein Gott, dieses Sauwetter. Scheint die

Sonne – puh, is mir heiß. Bei der Politik fühlen sie sich genauso berufen mitzureden wie beim Fußball. Jeder ist für sich der beste Teamtrainer. Und am Leben finden sie selten etwas Lebenswertes, höchstens das Warten auf das Ende. So nicht! Jeder Einzelne kann Großes bewegen. Nur weil er oder sie kein König oder keine Präsidentin ist, heißt das noch lange nicht, dass man den Kopf für immer eingezogen tragen soll. Meinem Sohn Johannes sag ich immer: Sei neugierig und wachsam, lebe dein Leben, schau nicht ins Narrenkastl und lass dich nicht von anderen vom Weg abbringen.

Ich hab ihn gefragt: Was würdest du ändern, wenn du einen Tag alles machen könntest? Ich würd schauen, hat er gemeint, dass sich die Menschen vertragen. Und dann würd ich Gratiseis für alle hergeben, Erdbeer und Vanille.

Wahrscheinlich wär die Welt dann ein bisschen cooler drauf.

9.
Neulich im Paradies

»Hallo, du mich verstehen?«, fragt der ältere Mann mit dem grauen Hut und den Brillengläsern, die aussehen, als wären sie Aschenbecher. Marcus schaut nur verwundert. »Du hier nix Füße auf Bank geben. Sonst schmutzig. Du müssen Füße auf Boden stellen.« Er sagt noch einmal, wohin Marcus seine Füße tun soll, ganz langsam. »Auf Booodeeen.« Er zeigt mit dem Finger drauf, wie eine Flugbegleiterin auf die Notausgänge. »Kapisch, Neger?«

Marcus hat gelernt, mit solchen Menschen umzugehen. Als er noch ein Kind war, hat er gar nicht gewusst, dass Neger ein Schimpfwort ist. Schon im Kindergarten haben sie ihn so genannt. Später hat er es sich einfach gefallen lassen. Er wusste nicht, was er antworten sollte, und hat gedacht: Vielleicht haben sie ja recht. Vielleicht gehöre ich nicht hierher. Vielleicht sind manche Menschen gleicher als andere. Er war zu verunsichert und hatte zu großen Respekt, um sich zu wehren. Aber mittlerweile hat Marcus gelernt zu kontern oder, wie man in Wien sagt, goschert zu sein. Er sagt: »Herst, lern Deutsch, Depperter!«

Der ältere Herr schaut drein, als hätte ihm gerade ein brennender Dornbusch geantwortet. Mit offenem Mund sitzt er auf der Parkbank. Nach fünf Sekunden der Fassungslosigkeit und ein paar dahergestammelten Ähms sagt er schließlich: »Ach so, kannst eh unsere Sprache, nix für ungut, gell, Neger.«

»Passt schon«, antwortet Marcus, steht auf und geht. Nur nicht noch eine Diskussion, denkt er sich. Natürlich: Ich hätte ihm jetzt sagen können, dass ich ein Wiener bin, geboren im Wilhelminenspital im 16. Bezirk, vor 25 Jahren. Dass ich in dieser Stadt meine ersten Schritte gemacht und mein erstes Wort gesprochen hab. Dass ich Teddy sagen wollte, mir aber nur Heddy über die Lippen gekommen ist. Ich hätte erwähnen können, dass wir dann in den zweiten Bezirk gezogen sind, wo ich in den Kindergarten gegangen bin und in die Schule. Dass ich maturiert hab und jetzt studiere, Medizin, dass ich schon bald ein Arzt bin. Und dass ich dann allen Menschen helfen werde, wurscht, woher sie kommen, welche Hautfarbe oder politische Einstellung sie haben oder welchen Gott sie anbeten. Auch wenn sie mich Neger nennen. Den Alten kann ich das eigentlich nicht übel nehmen. Die sind halt in einer Zeit aufgewachsen, als das ein ganz normales Wort war. Da hat man auch noch Zigeuner sagen dürfen. Und die leben immer noch in dieser Zeit. Heute wird man schon komisch angeschaut, wenn man einen Mohr im Hemd bestellt. Eh verständlich eigentlich. Aber mir wär's ja wurscht. Sollen sie mich halt Neger nennen. Solange sie es nicht böse meinen und nicht mit mir reden, als wär ich ein Vollidiot oder ein Mensch zweiter Klasse. Oder ein Mensch schwarzer Klasse. Es sind ja die, die gar nicht betroffen sind, die sich darüber am meisten aufregen. Die lauten Gutmenschen, die radikalen Randgruppenversteher. Die Pseudo-Philanthropen, die glauben, dass sie immer ganz lieb zu uns Schwarzen sein müssen. Oder zu allen Ausländern. Nur weil wir Ausländer sind. Als ob das nicht rassistisch wär. Als gäbe es keine Schwarzen, die Idioten sind. Aber was mich viel mehr stört, sind die Vorurteile. Und ich wette, dass ich gleich wieder eins zu hören bekomm. Von der Frau Pokorny, jessas. Ich muss nur ums Eck gehen und drei … zwei … eins …

»Na, hast wieder ein paar Drogen verkauft?«, fragt die blonde, alleinstehende, arbeitslose Mutter einer Friseurin. Die Mittvierzigerin verbringt den ganzen Tag im Bademantel. Sie sitzt entweder vorm Fernseher, den sie so laut aufdreht, dass die ganze Nachbarschaft mithören kann, oder sie steht mit einem Tschick am Fenster und schaut, wer sich im Hof herumtreibt. Des Negerg'sindel mim Gift.

»Grüß Gott, Frau Pokorny. Natürlich. Wenn Ihre Tochter nicht so viel kaufen würd, könnten wir uns nicht einmal was zu essen leisten.«

»Du G'frast!«

»Na, na, wer wird denn gleich unhöflich werden?«

Marcus geht unter Frau Pokornys Fenster vorbei. Sie schreit ihm noch einige Schimpfwörter auf Wienerisch hinterher, aber er dreht sich nicht einmal um. Sich von ihr provozieren zu lassen, wäre für ihn so etwas wie eine Niederlage. Also geht er durch das Stiegenhaus hinauf in den dritten Stock und sperrt die Tür zur Wohnung auf, in der er mit seinen Eltern lebt. Es duftet nach Schnitzel. Amara, Marcus' Mutter, hat gekocht. Sie arbeitet als Kellnerin in einem Wiener Gasthof. Dort ist sie der Renner. Tafelspitz mit Semmelkren, serviert von einer Nigerianerin im Dirndl, das ist schon etwas Besonderes. Auch wenn nicht jeder Gast begeistert ist. Aber wenn sich einer beim Chef darüber beschwert, dass er von einer Afrikanerin, die übrigens fließend Deutsch spricht, bedient wird, antwortet der: »Diese Frau ist meine fleißigste Mitarbeiterin. Und es gibt nur einen Unterschied zwischen ihr und Ihnen: Menschen wie Sie sind hier nicht willkommen. Auf Wiederschauen.«

»Hallo, alle miteinander«, sagt Marcus, als er ins Wohnzimmer kommt. »Hallo«, ruft Amara aus der Küche. Tayo, Marcus' Vater, legt die Zeitung beiseite, steht vom Esstisch auf und nimmt seinen Sohn in den Arm.

»Na, wie war dein Tag?«, fragt er.

»Ich war auf der Uni, war ganz interessant. Im Park hat mich einer Neger genannt, und die Frau Pokorny hat gefragt, ob ich Drogen verkauft hab. Das Übliche. Was liest du denn da?«

»Einen Artikel über den Johannesweg, einen Pilgerweg in Oberösterreich. Schaut schön aus dort. Vielleicht machen wir einmal einen Ausflug.«

»Klingt gut, da bin ich dabei.«

»Aber jetzt erzähl einmal. Was war da los im Park?«

»Ich will gar nicht drüber reden. Das war ein alter Mann, der offensichtlich gedacht hat, dass Neger kein Schimpfwort ist.«

»Ist eh keines. Da geht's eher um das, was dahinter steht. Ja, damit müssen wir hier leben. Aber alles ist besser als ein Leben in Nigeria. Wären wir damals dort geblieben, wärst du nie geboren worden. Und wir wären längst tot.«

Tayo lehnt sich zurück und starrt nachdenklich auf den Tisch. Schreckliche Bilder tauchen vor seinem geistigen Auge auf. Ein brennendes Haus. Tote Menschen. Schüsse. Amara, die vor Erschöpfung zusammenbricht. Ein Boot im Sturm. Marcus reißt ihn aus seinen Gedanken.

»Was meinst du damit? Was ist los?«, fragt er.

»Wir haben dir nie erzählt, warum wir nach Österreich gekommen sind.« Tayo blickt auf und seinem Sohn tief in die Augen.

»Müssen wir das unbedingt jetzt beim Essen besprechen?«, fragt Amara, die aus der Küche kommt und gekonnt zwei Teller auf dem linken Arm balanciert, während sie einen dritten in der rechten Hand hält. Es gibt paniertes Schnitzel mit Petersilerdäpfeln und Salat.

»Ich würde die Geschichte gerne hören«, sagt Marcus.

»Es war vor 31 Jahren. Ich war am Heimweg von der Arbeit und hab gesehen, wie Rauch dort aufsteigt, wo wir gewohnt haben. Ich hab so sehr gehofft, dass es nicht unser Haus ist. Aber je näher ich gekommen bin, desto kleiner wurde die Hoffnung. Jemand hatte es angezündet. Vor dem Haus lagen meine Mutter und mein Bruder. Deine Mutter hat versucht, sie vom Feuer wegzuziehen, und ich rannte zu ihr hin, um ihr dabei zu helfen. Aber es war zu spät. Sie waren schon tot.«

»Jemand hat sie umgebracht? Als ich noch ein Kind war, hast du mir erzählt, dass deine Familie im Himmel ist. Ich hatte ja keine Ahnung.«

»Na ja, zumindest hat jemand das Haus in Brand gesteckt. Und deshalb sind sie gestorben. Also ja, man könnte sagen, dass jemand sie umgebracht hat. Jedenfalls sind deine Mutter und ich noch lange vor dem Haus am Boden gesessen, neben deiner Oma und deinem Onkel, und haben zugeschaut, wie es bis auf die Grundmauern niederbrannte. Und da hab ich mir geschworen, dass das nicht noch einmal passiert. Mir war klar, dass wir hier nicht überleben werden und dass wir in Nigeria ganz bestimmt keine Familie gründen werden.«

»Also seid ihr nach Österreich gekommen.«

»So schnell ist das nicht gegangen. Wir konnten nicht einfach in ein Flugzeug steigen und nach Wien fliegen. Wir hatten kein Geld und keine Papiere. Die waren nur noch Asche. Aber wir wollten unbedingt weg. Weg von den inneren Unruhen, wie es in den Nachrichten immer heißt. Und weg von Krieg, Armut und Hunger. Also haben wir die paar Sachen gepackt, die wir noch retten konnten, und machten uns auf den Weg. Wir wollten nach Libyen. Du kannst dir gar nicht vorstellen, wie anstrengend und gefährlich es war, dorthin zu kommen.« Tayo legt eine kurze Pause ein. »Jedenfalls haben wir es irgendwie geschafft. Eigentlich wollten wir bleiben. Aber damals kämpfte Libyen gerade gegen den Tschad.«

»Und was habt ihr dann gemacht?«

»Wir wollten irgendwohin, wo es keine politischen Konflikte gibt, keine Diktatoren, keine Aufstände, keine Gewalt. Irgendwohin, wo es ruhig ist, wo man nicht ständig um sein Leben fürchten muss und Geld verdienen und eine Familie gründen kann. Irgendwohin, wo die Menschen glücklich sind.«

»Da war Österreich eine gute Wahl.«

»Ja, aber nach Österreich muss man erst einmal kommen. Dazu muss man zuerst nach Italien. Mit dem Boot. Und das ist ziemlich gefährlich. Du hast bestimmt schon gehört, dass dabei immer wieder Menschen sterben.«

Eine Träne rinnt über Amaras Wange.

»Ist schon gut, mein Schatz«, tröstet sie Tayo und streichelt ihre Schulter.

»Ja, das hab ich gehört. Das war doch gerade erst in den Medien«, antwortet Marcus.

»Genau. Wir hatten Glück und haben Gott gedankt, als wir endlich europäischen Boden unter den Füßen hatten. Wir haben gedacht, dass wir hier bleiben könnten, aber das ist natürlich alles nicht so einfach ohne Papiere. Da findet man niemanden, der einem einen Job gibt. Und selbst wenn wir einen Pass gehabt hätten: Es gab so viele arbeitslose Italiener, da hätten die uns trotzdem nicht angestellt. Jedenfalls sind wir dann irgendwann nach Österreich gekommen. Zum Glück ist die Einreise ohne Papiere für Flüchtlinge nicht illegal. Also haben wir einen Asylantrag gestellt. Ich lass den bürokratischen Teil aus. Nur so viel: Auch hier hatten wir Glück, und der Antrag wurde irgendwann bewilligt. Ich kann dir gar nicht sagen, was das für ein Gefühl war.«

»Ich kann's mir vorstellen.«

»Glaub mir, mein Sohn, das kannst du nicht. Nach Gewalt, Krieg und Angst, nach dem ganzen Grauen, das wir erlebt und auch täglich gesehen haben, durften wir endlich unsere neue Heimat erkunden. Nur, dass wir damals noch nicht wussten, dass wir hierbleiben werden. Erst als wir gesehen haben, in welchem Land wir gelandet waren, haben wir uns dafür entschieden. Hier gibt es befestigte Straßen, Häuser, die nicht jeden Moment in sich zusammenfallen können, die Prachtbauten aus der Kaiserzeit, wir waren überwältigt. Leute, die sich nicht verstecken und auch nicht durch die Gegend schießen, sondern fröhlich pfeifend durch den Park spazieren oder in aller Ruhe ein Bier im Schanigarten trinken. Kinder, die nicht hungern müssen. Für uns war es das Paradies. Auch wenn man uns komisch angeschaut hat, war für uns ganz klar, dass wir hierbleiben wollen. Für immer.«

Stille. Marcus hat die Geschichte gerade zum ersten Mal gehört und muss sie erst verarbeiten. Die drei essen ihr Schnitzel, ohne dabei auch nur ein Wort zu sprechen.

»Ich muss wieder los«, sagt Tayo, der in Wien als Taxifahrer arbeitet und seine Mittagspausen, so oft es geht, zu Hause verbringt. »Alles klar, mein Sohn?«

»Ja ja, ich … ich weiß auch nicht. Ich hab schon gewusst, dass ihr es nicht leicht hattet. Aber das … Ich muss erst einmal …«

»Deine Gedanken ordnen?«

»Genau. Ich helf Mama noch beim Abwaschen, dann dreh ich eine Runde mit dem Rad.«

»Ist gut, lass uns später noch darüber reden. Und denk immer daran: Die Vergangenheit kann man nicht ändern. Und ich will sie auch gar nicht ändern. Denn jetzt geht es uns gut. Nur das ist wichtig. Also, ich wünsch euch einen schönen Tag, meine Lieben. Wir sehen uns am Abend. Bye!«

Als Marcus und seine Mutter den Tisch abräumen, fragt er: »War es wirklich so, wie Papa erzählt hat?«

»Ja, es war … na ja … es war zumindest nicht besser.«

»Also noch schlimmer?«

»Sagen wir einmal so: Er hat das eine oder andere Detail ausgelassen. Die ganze Geschichte belastet uns noch immer. Und wir haben beide wahrscheinlich einiges verdrängt.«

»Ich … ich … ich helf dir später, okay? Ich muss raus.«

»Ja, aber sei vorsichtig!«

Marcus geht aus der Wohnung und durch das Stiegenhaus in den Hof, wo Frau Pokorny schon wieder am Fenster wartet und ihm »Kiffer!« hinterherschreit. Oder war es doch Kaffer? Aber Marcus reagiert gar nicht. Ihm gehen zu viele Gedanken durch den Kopf. Wenn die wüsste, was meine Eltern durchgemacht haben, dann würde sie nicht so reden, denkt er, schnappt sich sein Rad und fährt los. Obwohl, na ja, vermutlich würde das keinen Unterschied machen. Nicht einmal ich kann mir vorstellen, was sie erlebt haben. Wie soll dann erst sie das kapieren? Aber vielleicht würden die Menschen trotzdem anders reagieren. Die Teenies, die mich Scheißneger genannt haben. Die, die mich angespuckt, geschlagen und getreten haben, nur weil ich anders ausschaue. Geh dorthin zurück, wo du hergekommen bist, haben sie gesagt. Wohin denn? Dorthin, wo ich geboren bin? Soll ich mir jetzt eine Wohnung in Ottakring suchen? Deppen. Die denken, ich wäre kein Österreicher, nur weil ich schwarz bin, weil meine Eltern aus Nigeria kommen. Als hätten sie keine Wurzeln im Ausland. Pokorny. Klingt für mich nicht gerade österreichisch.

Ich würde gern wissen, ob sie nicht auch abhauen würden. Wie wäre es wohl, wenn es andersherum wäre? Wenn Österreich ein Land wäre, in dem es so viel Gewalt, Armut und Hunger gibt. Und wenn Nigeria für sie das Paradies wäre. Sie würden auch flüchten. Ganz bestimmt. Und dann wären sie die Neger. Ob die Einheimischen mit ihnen dann auch so umgehen würden? Vielleicht. Vielleicht auch nicht. Wer weiß das schon. Ich weiß nur, dass ich nicht so wäre. Menschen aus anderen Ländern sind eine Bereicherung. Man kann so viel von anderen Kulturen lernen. Die österreichische ist ja auch nur ein Mischmasch aus verschiedenen Kulturen. Und sowieso hat jeder die Chance verdient, aus seinem Leben das Beste zu machen. Und wenn man in seiner Heimat nicht das Leben führen kann, das man gerne führen würde, muss man sein Glück eben woanders suchen. Das ist doch ganz normal. Dazu braucht es noch nicht einmal einen Krieg.

Aus Deutschland kommen die jungen Leute nach Wien, um zu studieren. Sie kommen also nur her, weil die Bedingungen für sie hier besser sind. Ich als Medizinstudent weiß das nur zu gut. Aber das ist doch auch ihr gutes Recht. Trotzdem sind sie viel angesehener, auch wenn man sie als Piefke bezeichnet. Aber ein Deutscher scheint hier mehr wert zu sein als ein Flüchtling. Wurscht, woher der kommt, Afrika, Türkei … Und warum? Weil die Deutschen deutsch sprechen? Weil sie weiß sind? Ein Mensch ist doch ein Mensch. Egal, woher er kommt oder was er tut, ob er jetzt ein

Taxifahrer oder ein Gehirnchirurg ist. Natürlich gibt es Ausländer, die kriminell sind. Aber das sind doch nicht alle. Man sollte sich einmal fragen, was dahintersteckt. Manche sind eben einfach kriminell, Gauner durch und durch. So wie Österreicher auch. Auch sie überfallen Supermärkte, rauben Menschen aus und töten sie sogar. Einige Ausländer müssen vielleicht sogar etwas tun, das illegal ist. Die, die keinen Job haben, weil niemand sie anstellen will, auf die zu Hause eine hungrige Familie wartet. Die machen vielleicht einmal etwas, was nicht richtig ist, um Geld zu verdienen. Vielleicht stehlen sie. Aber das tun Österreicher auch. In besseren Kreisen kann man sich's dann richten und nennt es Lobbyismus. Ehemalige Minister packeln mit ehemaligen Parteikasperln und streifen Millionen ein, während andere acht Jahre ins Gefängnis wandern, weil sie einfach dumm sind oder unendlich verzweifelt. Dazu kommt noch, dass sich die meisten Ausländer hier nicht willkommen fühlen. Ich kann das verstehen. Passt euch an, sagen alle. Integriert euch! Dann helft ihnen doch dabei. Ach, egal. Ändern wird sich da eh nix. Fakt ist: Man kann nichts dafür, wo man geboren wird. Ich hab Glück gehabt, wie viele Österreicher auch. In Nigeria sterben die Leute. Aber nicht so wie hier in Wien. Dort gibt es keine schöne Leich'.

Marcus ist eine Runde durch den Prater gefahren. Zur Donau und wieder zurück. Und drei … zwei … eins …, denkt er, als er um die Ecke in den Hof biegt. Aber Frau Pokorny steht nicht am Fenster. Marcus ist für einen Moment erleichtert. Dann bemerkt er, dass der Fernseher nicht läuft. Das Fenster steht weit offen. So ruhig war es in der Wohnung noch nie. Wenn die Pokorny nicht zu Hause ist, macht sie das Fenster immer zu, überlegt er. Er tritt näher und sieht Rauch von ihrem Aschenbecher aufsteigen. Vielleicht ist sie nur auf der Toilette. Oder sie holt sich etwas zu trinken. Aber das ist untypisch für sie. Wenn sie raucht, will sie auch, dass das ganze Nikotin in ihre Lungen wandert. Sie hat ja nichts zu verschenken.

»Ähm … Frau Pokorny?«, sagt Marcus. Nichts tut sich. Es ist ruhig, zu ruhig.

»Frau Pokorny.« Marcus' Stimme wird lauter. »Frau Pokorny!«

Niemand reagiert. Kein Geräusch ist zu hören. Marcus läutet an ihrer Tür. Keine Reaktion. Nichts. Er versucht, sie zu öffnen, aber sie ist abgeschlossen. Also rennt er wieder in den Innenhof.

»Frau Pokorny!«, ruft er noch einmal, so laut er kann.

Ein Mann im Unterhemd schaut aus dem ersten Stock auf Marcus herab.

»Was schreist denn so, Bimbo?«

»Haben Sie die Frau Pokorny gesehen?«

»Ja, die hat gerade noch eine geraucht da am Fenster.«

In dieser Sekunde gehen Marcus einige Fragen durch den Kopf. Was soll ich machen? Soll ich durchs Fenster klettern? Was, wenn mich jemand sieht und glaubt, ich will einbrechen? Was, wenn alles okay ist, und die Pokorny auf einmal vor mir steht? Soll ich abhauen? Aber wenn ihr was passiert ist?

Er entscheidet sich dafür, nicht einfach wegzugehen. Stattdessen nimmt er Anlauf, stemmt seinen rechten Fuß gegen die Wand, hält sich am Fensterbrett fest und zieht sich nach oben.

»Was machst denn da? Bist deppat?«, fragt der Mann im Unterhemd.

»Rufen Sie sofort die Rettung!«, schreit Marcus.

»Geht mich ja nix an«, sagt der Herr aus dem ersten Stock.

»Blöder Arsch«, murmelt Marcus. »Frau Pokorny, verstehen Sie mich?«

Sie liegt auf dem Boden vor dem Fenster, schaut ihn an und versucht etwas zu sagen. Aber Marcus versteht sie nicht. Eine Seite ihres Mundes hängt herab.

»Spüren Sie das?«, fragt Marcus und berührt ihren linken Arm. Frau Pokorny reagiert nicht. Marcus holt sein Handy aus der Hosentasche, wählt 144 und schaltet den Lautsprecher an. »Alles wird gut«, sagt er.

»Rotes Kreuz Notrufstelle, was ist passiert?«

»Hier spricht Marcus Okoye, ich habe hier eine Frau mit Verdacht auf Schlaganfall. Ich bin angehender Arzt und helfe ihr, aber bitte beeilen Sie sich!«

Marcus gibt der Rettung die Adresse und Informationen zum Zustand von Frau Pokorny durch.

»Die Patientin hat einen herabhängenden Mundwinkel und spürt ihren linken Arm vermutlich nicht. Außerdem kann sie nicht sprechen und nicht aufstehen. Sie kann meinen Anweisungen nicht folgen. Alles wird gut, Frau Pokorny, machen Sie sich keine Sorgen, ich kümmere mich um Sie. Ich mach Ihnen jetzt die Bluse auf, damit Sie Luft bekommen … Ich bin gleich wieder da, ich hole nur ein Kissen.« Marcus rennt ins Wohnzimmer, schnappt sich einen Polster von der Couch und schiebt ihn Frau Pokorny unter den Rücken. Die versucht, sich zu bewegen und etwas zu sagen. Sie wird panisch.

»Bleiben Sie ruhig, Frau Pokorny. Die Rettung ist gleich da.« Plötzlich wird sie bewusstlos.

Marcus überprüft ihren Puls und die Atmung, er entfernt den Polster und bringt sie in die stabile Seitenlage.

»Puls ist schwach, Atmung auch.«

»Der Notarzt ist gleich bei Ihnen.«

Marcus hört das Folgetonhorn und sieht einen Moment später an den Wänden des Zimmers das Blaulicht blitzen. Er läuft zur Tür und öffnet sie. Der Notarzt und die Sanitäter stürmen herein. »In der Küche!«, ruft ihnen Marcus hinterher. Man hängt Frau Pokorny an einen Tropf, verabreicht ihr intravenös Medikamente. Als sie wieder zu sich kommt, geht alles ganz schnell. Man legt sie auf eine Bahre, trägt sie aus der Wohnung und die paar Stufen hinunter in den Hof zum Rettungsauto. Die Sanitäter schieben sie hinein. Bevor der Notarzt einsteigt, dreht er sich zu Marcus um. »Gut gemacht, Kollege«, sagt er und schließt die Tür. Und weg sind sie. Marcus schaut ihnen nach, bis sie um die Ecke gebogen sind. Als er sich umdreht, bemerkt er die vielen Menschen, die aus ihren Fenstern schauen. Jemand klatscht. Und dann applaudieren alle. Bis auf den Mann im Unterhemd. Der dreht sich nur genervt um.

»Entschuldigung, die Frau Pokorny ist gestern mit Verdacht auf Schlaganfall eingeliefert worden. Wie geht's ihr? Wo ist sie?«

»Frau Pokorny ... Frau Pokorny ... ach, da ist sie. Zimmer 26. Den Gang hinunter und dann rechts.«

In Krankenhäusern fühlt sich Marcus eigentlich wohl. Immerhin will er bald selbst in einem arbeiten. Es fasziniert ihn, was hier passiert. Krankheiten werden bekämpft und Leben gerettet. Manche schaffen es nicht, und das ist bitter. Aber das Gesicht eines Menschen, dem man geholfen hat, der Dank, den man ihm in den Augen ansieht, noch bevor er etwas sagt, wiegt das Tragische wieder auf. Nur heute ist das irgendwie anders. Denn Marcus ist hier, um Frau Pokorny zu besuchen. Die Frau voller Vorurteile. Die Frau, die ihn bei jeder Gelegenheit beleidigt und diskriminiert. Die Frau, deren Leben er gerettet hat. Er geht langsam den Gang hinunter. Wie wird sie wohl reagieren? Was wird sie sagen? Kann sie überhaupt sprechen? Wie geht's ihr wohl? Er steht vor der Tür und atmet noch einmal tief durch. Dann drückt er die Schnalle hinunter und öffnet sie ganz vorsichtig. Als Erstes sieht er einen Arzt mit Glatze und Brille. Er macht die Tür weiter auf. Da steht Stefanie Pokorny, die haarschneidende Tochter, am Bett ihrer Mutter, eine blonde, etwas mollige und durchaus hübsche Frau mit einer pinken, künstlichen Strähne in den Haaren. Er macht einen Schritt ins Zimmer, schließt die Tür hinter sich und schaut ums Eck. Da liegt sie, die Frau Nachbarin, und schläft.

Der Doktor schaut Marcus an. »Und wer sind Sie?«

»Marcus, was tust du denn hier?«, fragt Stefanie.

»Wie geht's ihr?«

»Na ja ...«, der Arzt schaut Stefanie an. Sie nickt. »Also: den

Umständen entsprechend gut. Sie wird vielleicht nicht mehr ganz die Alte, und es wird sie viel Zeit und Kraft kosten, um wieder ein halbwegs normales Leben führen zu können. Aber sie lebt. Die Erstversorgung war optimal«, erklärt der Arzt.

»Danke«, antwortet Marcus. Stefanie schaut ihn geschockt an.

»Du warst das? Du hast sie gerettet?« Stefanie weint und fällt ihm um den Hals. Ein seltsames Gefühl. Denn sie ist eigentlich genau wie ihre Mutter. Sie zeigt es nur nicht so offen.

»Schon gut. Das hätte jeder gemacht. Und ich als angehender Arzt …«

»Ah, ein Kollege«, unterbricht ihn der Doktor.

»Ohne dich wäre meine Mutter jetzt tot. Ich wäre nach Hause gekommen und hätte sie gefunden. Ich will mir gar nicht vorstellen …«

»Musst du auch nicht. Es ist ja noch einmal alles gut gegangen«, sagt Marcus und nimmt Stefanie wieder in den Arm. In dem Moment stöhnt Frau Pokorny auf und öffnet die Augen. Alle schauen sie gespannt an. Aber sie fixiert nur Marcus. Ihr Blick sagt alles. Genau deshalb wollte er immer Arzt werden.

Hier haben Sie's schwarz auf weiß. Die Toleranz ist kein Allgemeingut. Toleranz ist gut, aber nicht gegenüber den Intoleranten – laut Wilhelm Busch. Ich rede hier nicht von der falsch verstandenen Toleranz, jener, die den Leuten vorschreibt, dass man heute jedes Wort gendern muss, damit sich keine Frau diskriminiert fühlt, und dieser ganzen schrecklichen Political Correctness, die den Menschen das Kettenhemd der Korrektheit umlegen will, nein, das hat in meinen Augen nichts mit dem hehren Motiv der Toleranz zu tun. Auch hat sie wenig damit zu tun, ein Wort wie Neger zu verteufeln. Heming-

way hat immer »Neger« geschrieben, soll man ihn heute umschreiben, weil ein paar selbsternannte Sprachpolizisten meinen, das brächte Gleichförmigkeit in die Gesellschaft, generelle Akzeptanz? Und dieses Theater rund um die Eröffnung der Wiener Festwochen. Das Stück Die Neger *von Jean Genet wollten sie aufführen, na mehr haben sie nicht gebraucht. Skandal! Dabei heißt das Stück ganz einfach so. Es heißt* Die Neger *und nicht »Die Maximalpigmentierten«.*

Wie weit geht diese verrückte Gutmacherei von Verblendeten? Sollen wir Goethes Faust *umbenennen, damit die Kinder nicht irgendwann an einen Boxkampf denken und brutale Gefühle kriegen?*

Toleranz ist für mich, einfach niemanden auszugrenzen, bloß weil er anderer Meinung, Gesinnung oder Überzeugung ist.

Toleranz ist keine Frage des Asylrechts oder ein bloßes Akzeptieren einer Hautfarbe. Sie ist die Waage zwischen Vernunft und Herzensbildung.

10.
Die Befragung

»Und warum, glauben Sie, sind Sie hier, Saskia?«

»Ich weiß nicht, wegen der Geschichte mit der Rasierklinge?«

»Auch. Die Situation ist, um es vorsichtig auszudrücken, ernst.«

»Ich kann mir denken, worauf das Ganze abzielt, Herr Professor. Sie wollen meinen Geisteszustand prüfen, mich testen wie eine Laborratte und in meinen Gedanken herumstochern. Ich halte das für maßlos übertrieben. Lassen Sie mich einfach gehen. Ich bin auch ein ganz braves Mädchen.«

»Sie sind eine kluge Frau, Saskia. Warum tun Sie so etwas?«

»Was tue ich?«

»Sich die Pulsadern aufschneiden. Was haben Sie sich dabei gedacht?«

»Wenig. Ich habe recherchiert, für meine Arbeit. Es war empirisch.«

»Ach. Wird Ihr neues Buch wieder so trist? So etwas wie *Mein Selbstmord – Anleitung zum Aufhören*? Ist es das, was Ihnen vorschwebt, Saskia? Sehnen Sie sich nach dem Ende, lyrisch besungen oder im gebauschten Prosa-Kleid? Es kommt mir vor, als würden Sie bloß das Dunkle in der Welt sehen. Warum, meinen Sie, ist das so? Warum ist die Finsternis in Ihrem Fokus?«

»Gefallen Ihnen meine Bücher nicht, Herr Professor?«

»Ich habe erst eines gelesen, und das war sehr aufschlussreich. Erstaunlich endgültig in seiner Anmutung, aber auch ungesund, speziell für ungeübte Leser, unmöglich konstruiert, untauglich für die Masse. Saskia, ich weiß nicht, was ich mit Ihnen tun soll.«

»Haben Sie Wünsche? Schauen Sie, Sie dürfen auch …«

»Bitte hören Sie auf. Dieses Gespräch ist kein Scherz. Wir sitzen hier in diesem zugegebenermaßen recht nüchtern eingerichteten Raum, um die Wahrheit herauszufinden. Es geht darum, einzuschätzen, ob Sie eine Gefahr für sich oder die Allgemeinheit darstellen, und wie der weitere Verbleib Ihrer Person in Bezug auf diese Einrichtung zu bewerten ist. Wir müssen diese Dinge ganz exakt evaluieren, und es darf am Ende kein Zweifel übrig bleiben, nicht einmal der Hauch einer Möglichkeit. Das ärztliche Urteil, mein Attest, ist entscheidend, ob Sie hier herausspazieren, als freie Frau, oder in den Block F zurückkehren.«

»F wie Fegefeuer. Haben Sie einen Vornamen, Herr Professor, heißen Sie Luzifer?«

»Ich möchte Sie bitten, sich auf das Gespräch zu konzentrieren.«

»Aber Sie reden mich ja auch mit meinem Vornamen an.«

»Wäre es Ihnen lieber, wenn ich Sie als Frau von Wannemacher anspräche, Saskia?«

»Sie dürfen mich auch Biene Maja nennen, wenn Sie sich gut dabei fühlen, Herr Professor. Was haben wir zu besprechen? Das Leben? Steuersenkung für alle? Posttraumatische Stresssymptome? Klimaschutz? Weltfrieden? Besondere Sexualpraktiken? Meine eigentümliche Kindheit? Den Literaturnobelpreis? Wonach ist Ihnen denn gerade?«

»Vielleicht können wir uns für den Anfang darauf einigen, dass ich hier die Fragen stelle und Sie antworten, einverstanden?«

»Gut, ich bin schon still. Geht es jetzt los? Oh, pardon, das war eine Frage.«

»Saskia, welcher Tag ist heute?«

»Puh. Sie sind mir einer. Mittwoch? Nein? Freitag? Nein. Sonntag? Nicht dass Sie glauben, ich befände mich in einem Bereich, wo Zeit keine Bedeutung mehr hat, es ist nur so, dass mich Ihre Mitarbeiter hier an ein Spitalsbett gefesselt haben. Vierpunktfixierung hat es der feiste Pfleger genannt und bis über beide

Speckwangen gegrinst, ja, zwei Punkte oben bei den Handgelenken festbinden und zwei Punkte unten bei den Fußgelenken anschnallen macht, voilà, Vierpunktfixierung, und ich bin dagelegen wie ein X auf Trip. Dann haben sie mir irgendwelche Mittel injiziert, Schlafmittel, Beruhigungsmittel, immer wieder Spritzen in die Venen gejagt, Verzerrte-Wahrnehmungs-Mittel, Muntermachermittel, was weiß ich. Das müssten Sie doch am besten wissen, Herr Professor. Ich meine, angenommen, es entführt Sie jemand und pumpt Sie mit Drogen voll – wüssten Sie dann auch, ob Dienstag, der achte April des Jahres 2014 ist?«

»Stimmt. Sie ... wissen das Datum also doch. Oder wollen Sie unsere Unterredung hier ins Lächerliche ziehen? Ich sage es Ihnen noch einmal, Saskia, wenn wir hier nicht auf einen grünen Zweig kommen, gibt es für Sie keinen Baum mehr.«

»Schreiben sollte man Sie nicht lassen, Herr Professor, Ihre Bilder sind schief, und Sie reden in Floskeln. Nur weil Sie einen weißen Mantel, dazu diese lächerliche Fliege und vielleicht auch noch einen Gottkomplex mit sich herumtragen, heißt das noch lange nicht, dass Sie über mich urteilen können, wie's Ihnen beliebt.«

»Oh doch, meine Liebe, das kann ich, und das werde ich auch. Für Sie steht sehr viel auf dem Spiel. Ich werde Ihnen sieben Fragen stellen, die Sie zu beantworten haben. Sieben Fragen, verstehen Sie? Wenn Sie sie nicht oder nicht ausreichend beantworten können, bleiben Sie hier bei uns in dieser Einrichtung, bis wir den nächsten Termin für Ihre Anhörung festsetzen. Das kann in einem Jahr oder in drei Jahren oder meinethalben auch in neun Jahren sein. Diese Termine haben keine Dringlichkeit, jedenfalls nicht für uns. Das heißt, wir zwei sind nun im Brennpunkt der Geschichte, die uns die nächste halbe Stunde verbinden und beschäftigen wird. Wir widmen uns besser gleich den sieben Fragen. Die Sitzung wird ab ... jetzt aufgezeichnet ... sehen Sie den roten Punkt dort? Kamera läuft. Aktenzeichen 177563 IV, Patientin Saskia von

Wannemacher, vierundvierzig Jahre, Beruf Schriftstellerin, ist das korrekt? Ja, fein, Wohnhaft Wien-Wieden, Familienstand ledig, Verdacht auf paranoide Schizophrenie. Die Patientin wurde nach einem wiederholten Suizidversuch in die psychiatrische Privatklinik Sonnhof bei Mauer-Öhling eingeliefert. Mithin beginnt unsere analytische Heptalogie. Bitte passen Sie gut auf. Erste Frage: Wie geht es Ihnen heute?«

»Ich habe ein Problem mit der Definition *heute*. Verstehen Sie mich nicht falsch, Herr Professor, ich meine das genau so, wie ich es sage. Das Heute ist nicht mein Freund, und ich glaube, das Heute kann mich auch nicht besonders gut leiden. Im Heute steckt der ewige Drang der Erledigung, alles soll heute noch gemacht werden, sehen wir uns heute noch, warum ist das bis heute noch nicht passiert, heute ist der Tag der Entscheidung usw. Heute ist das Ergebnis von gestern und die Basis für morgen. Aber was ist, wenn wir das Heute aus dieser Gleichung nehmen, hält sie dann immer noch stand, die Zeitrechnung von heute? Ich bin mir nicht sicher, was Sie von mir wissen wollen, Herr Professor, ich kann Ihnen nur mitteilen, dass es mir gut geht, hervorragend geradezu, ich bin, wie man heute zu sagen pflegt, in meiner Mitte, wobei natürlich auch hier die Ränder zu nennen wären, die Ränder neben der Mitte, die Extreme, das Äußerste, das Abseits, dort, wo die Risse sind. Mein dritter Exmann hat einmal zu mir gesagt, Schatz, diesen Sommer hast du ein wenig zugelegt um die Mitte, das hat mich, obwohl ich damals tatsächlich rund war, wirklich unrund gemacht. Wissen Sie, Herr Professor, ich bin mit meiner Erscheinung selten einverstanden, was daran liegt, dass ich grundsätzlich mit sehr wenig einverstanden bin, und eben schon gar nicht mit meinem Spiegelbild. Meine Welt ist im Laufe der Jahre enger geworden, ebenso wie mein Lieblingskleid, das kleine rote von Yves Saint Laurent. Manche Menschen behaupten, ich sei nervös, aber ist es nicht eher so, dass die ganze Welt um drei Stufen nervöser geworden ist? Pardon, das war eine Frage, ich weiß, Fragen stellen nur Sie. Jedenfalls, in unserer hypernervösen Zappelwelt hat sich, weil Sie wissen wollten, wie es mir *heute* geht, in mir ein Ort der Stille gebildet, ich nenne diesen Ort meine Schwarze Kammer. In diese Kammer kann ich mich zurückziehen und durchatmen, das Licht dimmen und die Lautstärke zurückdrehen. Ich setze mich an meinen Jugendstil-Tisch, auf dem eine Vase steht, und rieche an den Lilien und Dahlien und Chrysanthemen, während die Welt da draußen, die Welt mit ihren Ebenen und Metaebenen, langsam, aber sicher überschnappt. Alles ist so laut geworden, so furchtbar laut, so toxisch. Vergiftet von der Gier. Sie werden *heute* noch viel Pathos von mir hören, Herr Professor, weil es an der Zeit ist, Wucht in die Worte zu bringen. Als Schriftstellerin hat man mir vorgeworfen, nicht zuletzt auch Sie, dass ich zu düstere Geschichten zu Papier bringe, also bitte, jetzt werden wir uns einmal ansehen, was diese Welt an Hübschem zu bieten hat. Die Menschen? Bitte, hören Sie mir doch auf, die Menschen sind eine Rasse von Raubtieren. Sie wollen sich nicht einigen, und nur die wenigsten verstehen das. Es ist, als würde man Sandvipern ersuchen, höflich miteinander umzugehen, oder Krokodile bitten, diesen Blutklumpen Fleisch nicht zu zerfetzen, sondern der Allgemeinheit zu stiften, den anderen Krokodilen, denen, die's nötiger brauchen, aber wissen Sie was, Herr Professor? Sie tun's trotzdem. Die Schlangen und die Krokodile und die Menschen tun's trotzdem. Und das ist der springende Punkt. Das ist der Grund, warum der Frohsinn und die rosarote Blickdichte aus meinen Büchern geronnen sind, bevor sie geschrieben werden konnten. Kurzum: Die Welt ist schlecht, und Sie, Herr Professor, werden das auch nicht ändern, indem Sie die Menschen mit einer Vierpunktfixierung ans Bett der Vernunft schnallen und mit Stromschlägen behandeln. Am Ende holen sich alle den blutigen Fleischklumpen. Die Zivilisation ist nur eine dünne Haut, die ganz leicht reißt. Und dann kommen die wilden Tiere ans Tageslicht. Man kann sie schon hören und manchmal auch sehen, die Geparde, die Bussarde, die Löwen, die Skorpione und die Hornissen. Es dauert nicht mehr lange, bis sich die Welt neu ordnet.«

»Zweite Frage: Wie sehen Sie Ihre geistige Entwicklung?«

»Ganz passabel. Ich bin ein Kind meiner Generation, so wie jeder Mensch ein Kind seiner Generation ist. Und jedes Kind meint, seine Generation sei die wahre, die gute, die echte. Ich bin ein Kind der Siebziger mit direkter Weichenstellung in die Achtziger, jene bunte Ära, als wir vom Überfluss gekostet haben, vom Honig der Verschwendung. Die geistige Entwicklung war nicht sonderlich gewichtig, vielleicht manchmal nur ein paar Gramm schwer, und wer meint, er sei frei von Schuld, der werfe den ersten Stein. Verstehen Sie, Herr Professor, die Realität ist so unglaublich fragil, und wäre die Realität eine Zweiflerin, würde sie sich längst selbst infrage stellen. Schauen Sie sich die Quantenphysik an, zum Beispiel die Heisenberg'sche Unschärferelation. Sie besagt im Groben, dass der Ausgang eines Versuchs schon allein dadurch geändert wird, dass der Betrachter *draufschaut*. Das heißt, die Tatsache der Einflussnahme auf etwas bedingt die Veränderung. Actio est reactio. Indem Sie auf mich schauen, verändern Sie mein Tun – und ich Ihres. Alles bewegt sich, und es bewegt sich in Wellen. Gedanken sind auch nur elektrische Schaltungen, die sich wellenförmig verbreiten. Sie kennen sicher diese Wünsche ans Universum. Was ist das Universum?, mögen Sie fragen. Vektoren in einem unendlichen Raum, hat mir jemand verraten. Und angenommen, ich wünsche mir ganz fest, dass Sie mich verstehen, dann ist die Chance größer, dass mein Wunsch in Erfüllung geht. Es ist aber wichtig, zu begreifen, dass nicht alle Wünsche in Erfüllung gehen *können*. Können Sie mir folgen? Pardon, wieder eine Frage, ich weiß. Jedenfalls, die geistige Entwicklung setzt ein Verstehen voraus und den Willen zur Veränderung. In der Veränderung liegt schon ein Funke Zukunft. Menschen schrecken sich so leicht vor dem Ungewissen, ich auch. Begegne deinen Dämonen, hat einmal ein Hautarzt zu mir gesagt, während ich auf so einer komischen Wanderung durchs Mühlviertel war, und ich sage Ihnen, Dämonen säumen meinen Weg, sie sind überall, und sie flüstern meinen Namen, Saskia, Saskia, Saskia, ihre Fratzen wabern in der Dunkelheit, ihre Augen bluten, und ihre Reißzähne schnappen nach mir. Aber da ist immer noch das Wort. Ja, das Wort. Das Wort ist mein Schwert, mit dem ich die Dämonen enthaupte. Ich hoffe, Sie können mir folgen, Herr Professor, Sie schauen ein wenig skeptisch, das macht nichts. Meine Gedanken sind wie Knäuel, ich kann die Fäden nur schwer auseinanderhalten, geschweige denn ordnen. Was es braucht, und da bin ich mir ganz sicher, ist menschliche und spirituelle Tiefe. In einer Welt voll oberflächlicher Lustbarkeit, sucht der Blinde mit seinem weißen Stock nach Halt. Ehrfurcht und Dankbarkeit sollten uns leiten, doch geblieben sind Wahnwitz und Raffgier. Jeder ist sich selbst der Nächste, und im Ich sieht der Mensch die Erfüllung. Das Ich ist sein Filmplakat. Wir präsentieren: Ich. Die größte Geschichte der Menschheit. Und wenn wir schon dabei sind: Ich würde gerne von hier verschwinden, will heißen: Ich. Will. Hier. Raus.«

»Machen Sie sich keine Hoffnungen, Saskia, dafür ist es noch zu früh. Dritte Frage: Wie definieren Sie Ihren Platz in der Welt?«

»Ich vermute, Sie wollen mich reinlegen, aber ich lasse mich von Ihnen nicht aufs Glatteis führen, auch wenn das Eis unter meinen Füßen schon knackt und in einer gezackten Linie aufbricht. Ich sehe meinen Platz im Aufbau. Leben ist Bauen, man schafft Formen aus dem Nichts, Bedeutung aus der Isolation. Als Schriftstellerin kommt zum generellen Aufbau natürlich der Satzbau. Es hat alles damit zu tun. Erst war da nichts, und auf einmal steht da ein Satz. Manchmal habe ich das Gefühl, mir sagt jemand die Worte, und die Finger fangen die Buchstaben ein. Das Schreiben hält mich zusammen, es ist der Klebstoff zwischen zwei Welten. Ich halte es für möglich, dass einem Dinge zur Verfügung gestellt werden, die sich dann, sagen wir, in Form von Ideen ihren

Weg suchen und sich in weiterer Folge als Taten manifestieren. Fragen Sie mich nicht, wie das geht oder wie man das hervorruft oder wie sich das verbreitet, anscheinend über Strings, schwingende Härchen im Mikrokosmos, im subatomaren Bereich. Irgendjemand hat einmal das Feuer entdeckt, und auf einmal wussten es alle. Das ist wie bei den Ratten, kollektives Bewusstsein. Komisch, wenn's das gäbe, so ein allgemeines Archiv, müssten eigentlich weniger Idioten über den Planeten spazieren, aber vielleicht entzieht sich manch einem Dolm der direkte Draht zur Erkenntnis, oder vielleicht ist es auch nur ein rotes Telefon, das läutet, wenn die Pershings in Stellung sind und der Krieg droht. Dabei ginge alles so einfach. Manchmal höre ich, wie der Mistral weht, ich höre seinen Gesang, sein melodisches Pfeifen. Ich stelle mir vor, wie ich am Strand stehe und den Mond bestaune und das Silberlicht der Sterne. Wenn ich im Nachtwind stehe, fühle ich die Gesamtheit, wie alles konstruiert ist, so fantastisch. Meinen Platz in der Welt, um zu Ihrer Frage zurückzukommen, sehe ich darin, den Menschen ein paar Worte zu schenken, Worte, die sie im Idealfall nachdenklich machen oder nachdenken lassen, welchen Platz man ihnen in der Welt zugewiesen hat. In diesem Theaterstück gibt es nämlich, im Gegensatz zu dem, was viele glauben, keine freie Platzwahl. Die Sitze sind zugeteilt, und wer sich zu sehr ärgert, dass er nicht erste Reihe Mitte sitzt oder oben am Balkon, sondern vielleicht nur links im hinteren Drittel, der verpasst das Stück. Was nicht heißen will, dass sich jeder mit seinem Los zufriedengeben soll. Ich habe einmal gelesen: Der Schlüssel zum gesunden Altern liegt im Alltag. Schön und gut, finde ich hübsch, aber der Alltag sollte nun mal nicht so sein, dass man in einer Anstalt sitzt, in einer Zwangsjacke, und mit den Händen am Rücken gegen eine gepolsterte Wand starrt. Manchmal kommt mir vor, als säße nicht ich hier drinnen, sondern jeder x-beliebige Mensch, der die Perspektive verloren hat, den Blick nach vorne, weil man sich selbst die Augen verbindet oder aussticht. Bisweilen beschleicht mich so ein Gefühl, dass es an mir liegt, den Leuten die Augen zu öffnen. Dabei stehe ich einem Regiment von Geblendeten gegenüber. Sie, Herr Professor, wirken, als bräuchten Sie Brillen. Ich kenne einen guten Optiker in der Gumpendorfer Straße, falls Sie ... jedenfalls, ich rechne es mir nicht als Verdienst an, den Dingen Konturen zu verleihen. Nehmen wir die Arroganz zum Beispiel. Sie wird als falsch verstandene Würde zur Schau gestellt. Dabei ist die Arroganz bloß ein Zeichen für Unsicherheit. Kann ich ein Glas Wasser bekommen, das wäre sehr freundlich. Diese Überlegungen trocknen einem den Mund aus, und wie es scheint, haben Sie auch nicht vor, die Show vorzeitig abzubrechen. Wie lange läuft eigentlich das Band in der Kamera? Falls Sie Reserve-Akkus benötigen für die Aufzeichnung dieses Gesprächs, einfach sagen, ich kenne eine guten Techniker, Josef heißt er, ein Riese von einem Mann, steht ständig unter Strom, er lebt in Graz, seine ganze Familie ist ein einziger Schaltkreis.«

»Vierte Frage: Welche Erwartungen haben Sie vom Leben?«

»Moment, gleich hab ich's, ich muss erst den Gedanken zu fassen kriegen, er schwebt noch dort oben, ist zum Greifen nah ... ja, jetzt hab ich ihn erwischt. Vom Leben erwarte ich, dass es mich nicht langweilt. Dummerweise führt diese Erwartungshaltung direkt zu mir, weil nicht das Leben mich gestaltet, sondern umgekehrt: ich es. Weil ich immer noch Entscheidungen treffen, immer noch Korrekturen vornehmen kann. Um bei unserem Bild vom Theater zu bleiben: Selbst wenn jemand nicht so tolle Sitzplätze hat, kann er immer noch das Stück *umschreiben*. Das wissen die wenigsten. Man kann eingreifen, ja. Man kann Szenen ändern, gewiss. Man kann Dialoge kürzen, verlängern, vom Ton her völlig anders klingen lassen. Unser Dialog, Herr Professor, ist ein Kunstwerk dekorativer Zerstörung. Alles zielt auf ein Ende ab, das es vielleicht gar nicht gibt, oder das völlig anders ist, als Sie es erwarten, Herr Professor. Immer diese Erwartungen und Hoffnungen. Sie sehen in mir eine Verrückte, gut, soll sein, meine anderen Persönlichkeiten und ich werden Sie in dem Glauben bestärken. Was wir vom Leben erwarten, ist ein Happy End, aber das Ende wird nicht happy sein, am Ende wird der letzte Atemzug sein, ein Aushauchen, ein finales Seufzen, das nie klingen darf wie ein Bedauern. Bis dahin ist's doch noch ein weiter Weg, ein Canossagang, wie viele meinen. Vielleicht ist mir deshalb die Rasierklinge dazwischengerutscht, ich gebe zu, es war keine so gute Idee. Das wollen Sie doch von mir hören, nicht wahr? Dabei sind wir doch –«

»Fünfte Frage: Was ist Ihr sehnlichster Wunsch?«

»Moment, ich war noch nicht fertig mit meinen Ausführungen. Was ich mir wünsche, was ich mir verdammt noch mal wünsche … Glück? Pardon, keine Frage, ich weiß. Zuerst sagt man Gesundheit, denn das ist die Voraussetzung. Erst wer ein Leiden hat, scheint's mir, klappt den Katalog mit den großen Wünschen auf. Gesunde Menschen wünschen sich für mein Dafürhalten insgeheim doch immer nur Geld. Sie sehnen sich nach abgegriffenem Papier oder dass ihr Kontoauszug keine rote, sondern eine schwarze Zahl mit möglichst viel Nullen hintendran darstellt. Aber genau dieser Wunsch macht sie zu Gefangenen ihrer eigenen Gier. Alle wollen am großen Topf sitzen und hineinlangen und die großen Brocken herausholen, die fetten Stücke. Minister, Bankiers, Ärzte, Anwälte, Spekulanten, sie alle kriegen den Rand nicht voll, niemand versucht, Gerechtigkeit herzustellen, weil das System darauf ausgerichtet ist, die Ungerechtigkeit zu erhalten. Hören Sie mir auf mit dem schönen Gedanken des Kommunismus, mit dem realen Sozialismus, mit dem Kapitalismus, zeigen Sie mir ein System, das gnädig ist, das wirklich menschlich ist, ich kenne keins. Am ehesten, freilich, noch die Demokratie, und gerade wir leben auf der Insel der Seligen, aber so ein Tsunami kommt schnell und schwappt alles weg. In leisen Minuten habe ich den Eindruck, dass das ganze Leben womöglich wirklich nur eine Prüfung ist, oder ein Versuch, dessentwegen wir unter Beobachtung stehen. Als Kind habe ich früher einmal ein Yps-Heft bekommen, Sie kennen das sicher noch, diese Hefte mit den Gimmicks, den kleinen Wundergeschenken drinnen, und einmal waren da Urzeitkrebse als Gimmick dabei. Die Urzeitkrebse musste man in ein Wasserglas geben und füttern und hegen. Man konnte ihre Entwicklung beobachten. Meine sind eingegangen. Jahre später gab es dann die elektronische Variante zu kaufen, das Tamagotchi. Ein virtuelles Plüschtier, das man hegen und pflegen musste, mit dem man sich beschäftigen konnte. Meines war bald tot. Ich vermute, dass das an meiner fehlenden Empathie liegt, dem Wunsch, sich *nicht* in Dinge hineinzufühlen, wie man neuerdings so gern sagt. Man muss sich hier hineinspüren und dort hineinspüren. Letztens habe ich mich in den Daumen gebissen, um mich bis in die Fingerspitzen hineinzufühlen, das war sehr intensiv. Und weil Sie mich so direkt gefragt haben, mein sehnlichster Wunsch ist es, Glück zu empfinden, wie alle Menschen, vermute ich, etwas zu spüren, die Intensität des Augenblicks. Wenn man die Fühler ausstreckt und einen das Leben an allen Nervenenden berührt, das ist Sein.«

»Sechste Frage: Glauben Sie an das Gute im Menschen?«

»Nur an ungeraden Tagen. Irgendwie vermute ich schon, dass sich der Mensch in seiner drollig-destruktiven Wesenheit bessern kann. Ich werde diesen absurden Gedanken in eines meiner nächsten Bücher einfließen lassen. Das nächste soll heißen: *Vielleicht im nächsten Leben.* Ich schätze, das wird Sie wieder stutzig machen, Herr Professor, ich weiß. Es gibt jedenfalls das Gute. Schauen Sie sich den neuen Papst an, der bricht alte verkrustete Strukturen auf, dass es nur so staubt. Er ist auf der ganzen Welt beliebt, weil er etwas bewegt. Weil er sich was traut, und weil er den Menschen wieder Hoffnung gibt. Helden heften sich das Gute nicht immer an die Brust. Ich denke, es beginnt schon im Kleinen. Ein Keim muss gesät sein, etwas, das sprießen kann, sonst wächst da nichts. Vielleicht sollte man die Hoffnung doch noch nicht aufgeben. Es ist nie zu spät.«

»Siebte Frage: Glauben Sie, dass diese Befragung hier und jetzt überhaupt stattfindet?«

»Nein. Ich rechne ehrlich gesagt nicht damit, freigelassen zu werden. Ich erkenne Ihre Autorität auch nicht an, Herr Professor. Man hat mich zeit meines Lebens der Insubordination bezichtigt, ich sei nicht fähig, mich unterzuordnen, da wird schon was dran sein. Ich kann mich noch genau erinnern, wie sie mich unterjochen wollten, etwa in einem früheren Leben, aber ich bin meinem Glauben treu geblieben, nie von meiner Linie abgewichen. Der Glaube ist wie rotglühender Stahl. Jeder hämmert sich seinen Glauben auf dem Amboss der Hoffnung zurecht, und irgendwann, wenn er Form angenommen hat, wird man unbezwingbar. Ich glaube an die Macht der Bestimmung. Ich entsage der Fadesse. Ich gebe alles, auch wenn es nicht genug ist. Alles fügt sich, alles wird eins. Soll ich Ihnen die Geschichte von dem blauen Schaukelpferd erzählen, das einem Schnitzer in die Hände gefallen ist? Es war einmal ein blaues Schaukelpferd, das fiel einem Schnitzer in die Hände, und er schnitzte so lange daran, bis da nur mehr blaue Späne lagen. Nett, nicht? Oder die Geschichte von dem Jäger, der seinen Sohn erschossen hat, weil er ihn für ein Wollschwein hielt? Geht ein Jäger in den Wald und knallt – Bamm! – einfach ein Kind ab, und ehe er sich's versieht, kommt er drauf, dass sein kleiner Ferdinand doch nicht daheim geblieben ist, sondern mit einer Kugel aus Papas Jagdgewehr im Busch liegt. Oder die Geschichte von dem Flugzeug, in dem eine Kofferbombe explodiert, weil dieser gottverdammte Ahmed unbedingt zu seinen 99 Jungfrauen wollte und Dschihad schrie; die vom Hochgeschwindigkeitszug, der entgleist, weil der Typ im ersten Waggon, der Zugführer, einfach einen schlechten Tag hat und seine Scheidung nicht verkraftet; oder die vom Raketenwissenschaftler, der etwas ganz Neues entwickelt hat, das sie ihm noch in derselben Nacht aus der Hand nehmen und zur Geheimsache erklären? Oder die Geschichte von der Frau, die verrückte Sachen erzählt und verrückte Sachen schreibt und krampfhaft versucht, ihr Leben auf die Reihe zu kriegen und alles unter einen Hut zu bringen und den Druckkochtopf irgendwie nicht explodieren zu lassen? Vielleicht ist es mir, uns zu gut gegangen, vielleicht war der Schnitt in die Ader auch eine Zäsur, womöglich ein Neubeginn. Ich sehe einen Berg, und ich sehe das Licht, das durch die Wolken bricht, wie Lanzen aus flüssigem Gold. Ich fließe von oben den Berg herab, ich bin das Wasser, das sich seinen Weg sucht. Ich bin ein Bach aus schwarzer Milch. Ich sehne mich nach Geborgenheit, wie jeder Mensch. Und manchmal hören die Dinge einfach auf, wie der Pulsschlag, wenn das Herz aussetzt. Ba-bam, ba-bam. Ba-«

(Saskia sinkt in sich zusammen, schließt die Augen. Der Professor schließt ihre Akte. Ende der Befragung.)

»Bra-vo! Braaa-vo!« Der Regisseur klatscht völlig verzückt. »Ausge-zeichnet, Chérie. Was für eine Vorstellung! Sa-gen-haft!«

Saskia öffnet die Augen, lacht und dreht sich zu dem bärtigen Mann, der als einziger Mensch in dem leeren Theatersaal sitzt, ganz vorne in der ersten Reihe, und noch immer applaudiert: »Bravissimo. Warst super heute, Honey, hast den Text einfach so rausgelassen, stimmt's oder hab ich recht? Sehr viel Wahrheit im Ausdruck und im Kontext, im Metatext sowieso, aber hallo. Man hätte fast glauben können, du bist wirklich durchgeknallt. Oder immens wissend. Du bist ein Feuerwerk, furios verrückt, vom Anfang bis zum Ende. Deine beste Vorstellung überhaupt.«

Der Regisseur überschlägt sich mit Komplimenten, die Generalprobe im Akademietheater ist perfekt gelaufen. Die Dramaturgie stimmt bis ins Letzte, alles hat gepasst, jede Nuance in der Darstellung von Saskias Rolle.

Helga Kronsteiner wird als Saskia von Wannemacher brillieren, morgen bei der Premiere von *Die Befragung*.

Die Kritiken zu dem Stück waren im Vorfeld zögerlich, aber

jetzt hat Helga alle Zweifel beseitigt, zumindest für sich. Ihr Kollege Wolfgang Schlick, der den Professor darstellt, streift den Arztkittel ab, nickt anerkennend und verabschiedet sich mit einem metrosexuellen Winken. Helga kichert. Die Hauptdarstellerin und der bärtige Regisseur verlassen den Festsaal durch eine Tür neben der Bühne. Es ist leise im Theater. Man hört nur hin und wieder ein Schieben und das Ächzen von Holz. Die Bühnenarbeiter räumen den Tisch und die zwei Stühle weg. Sie nehmen das Befragungszimmer auseinander und tragen die knochenweißen Wände aus Pappmaché davon.

Was bleibt, ist die leere Bühne. Jemand dreht das Licht ab.

Eine seltsame Geschichte, ich weiß. Aber mal ehrlich: Was ist normal? Sind wir nicht alle ein bisschen Saskia? Früher hat man die Narren vor die Könige treten lassen, um, als Lustspiel getarnt, Kritik in Form von Satire zu üben. Dabei war in jeder Geschichte ein Körnchen Wahrheit. Oder ein ganzen Weizenfeld an Wissen.

In diesem Stück schickt sich die Wahrheit an, durchgedreht zu sein. Oder hat die verrückte Saskia am Ende in manch einem ihrer Gedankenfetzen doch recht? Ist sie … normaler als andere? Wer weiß das schon. Und was hätten eigentlich Sie auf die seltsamen sieben Fragen geantwortet? Insbesondere auf diese: Wo sehen Sie Ihren Platz im Leben? Erste Reihe Mitte?

11.
Post von Fritz

Der Briefträger Fritz Sedlacek hat die schlechte Angewohnheit, die Post, die er überbringen soll, vorher zu lesen.

Natürlich weiß er, dass es unrecht ist, in der Privatsphäre von Menschen zu wühlen, ja, per Strafe verboten, aber Fritz Sedlacek kann nicht anders. Etwas in ihm zwingt ihn, das zu tun. Nicht bloße Neugier, sondern eine Art Trieb, ein tief verwurzeltes Verlangen. Er muss alles öffnen, um Bescheid zu wissen, um sein Rayon im Auge zu behalten. Um hinter die Geheimnisse der Leute zu kommen. Manchmal bedient er sich eines probaten Mittels, der Zensur. Das heißt, er sortiert Briefe nach ganz bestimmten Kriterien aus und entscheidet spontan, wer was bekommt.

Begonnen hat das Stierln in fremder Post mit simplen Ansichtskarten. Strandmotiv, Sonne, Griechenland, einmal kurz umdrehen, schnell schauen, was da los ist, und dort stand in krakeliger Schrift: *Liebe Hanni, schöne Grüße aus Lesbos, Deine Schmusi-Susi.* Auf der nächsten Postkarte ein Stierkampf-Motiv, Matador mit rotem Tuch: *Lieber Horst, es wäre so super, wenn du jetzt hier mit uns in Madrid auf die Pauke hauen könntest, olé! Magdalena & Moritz.* Oder eine blanke Karte aus der Strafvollzugsanstalt Graz-Karlau: *Liebe Tante, mach dir keine Sorgen, ich bin nächstes Jahr wieder da, Dein Philipp.* Mit der Zeit hat sich Fritz Sedlaceks Interesse auf alle möglichen Postwurfsendungen ausgeweitet: Briefe. Einschreiber. Pakete. Eilsendungen. Im Postverkehr, das wusste der Briefträger, steckt Leben. Schon als Bub hatte er Briefmarken gesammelt. Jetzt sammelt er Inhalte.

Voriges Jahr im Frühling hat er beschlossen, sich zur Abwechslung einmal intensiver mit sich selbst zu beschäftigen. Ein Bekannter erzählte etwas von einem Pilgerweg in Oberösterreich, und Fritz Sedlacek nahm sich ein paar Tage Urlaub. Er ging diesen, wie hieß er doch gleich, Josef… nein … *Johannesweg*, genau, um zu Einkehr und Zufriedenheit zu finden. Gefunden hat er Unruhe und Hühneraugen, mithin die Gewissheit: Das Wandern ist was für die anderen. Irgendwie seltsam, seiner Frau Maria hat's offensichtlich besser gefallen, sie war, wie sie es ausdrückte, *sehr nah an der Natur*. Fritz Sedlacek dagegen war mit den Gedanken ganz woanders. Ihm fehlte das Gefühl von Papier in der Hand. Und gehen, sehr nah an der Natur sein, musste er auch von Berufes wegen. Warum man das jetzt pilgern nannte und im Mühlviertel für irgendeine abstruse Form der geistigen Reinigung machen sollte, war ihm schleierhaft. Die Werte und Glaubenssätze, die sich rund um den Weg spannen, mein Gott, sie schienen ganz hübsch zu sein, wenn auch etwas weltfremd. Fritz Sedlacek fühlte sich nicht berufen, ein anderer Mensch zu werden. Er war Postbote. Ein neugieriger Postbote, das schon.

Da ist es wieder, dieses Kribbeln, gerade eben. Er muss, wie er es für sich bezeichnet, *Einblick nehmen.*

Fritz Sedlacek sitzt lange nach Dienstschluss im Postamt, ganz allein, und geht körbeweise das Material durch. Er teilt Briefe im Halbkreis aus, mit lässigen Bewegungen, locker aus dem Handgelenk, wie ein Croupier oder geübter Kartenspieler beim Poker. Ein RSb-Schreiben, sprich Polizeistrafe, irgendwas mit Schnellfahren oder Falschparken, fad. Weiter, Magistrat Wien, Blabla, zum Vergessen. Werbesendungen von einem Supermarkt, billiges Papier. Rechnungen, Rechnungen, Rechnungen, wer soll das alles nur bezahlen. Ein Gutscheinheft für Billigweine, nein, danke. Ein Angebot für ein Zeitungsabo, lachhaft. Ah, hier was Handgeschriebenes, endlich. Ist ja selten geworden, so ein Brief. In Zeiten, in denen Menschen nur mehr E-Mails schicken und ihre Gefühle in Form von Pseudo-Piktogrammen (:-() kundtun, in Zeiten, in denen man die schriftliche Kommunikation auf ein Minimum reduziert hat (LOL), sich via SMS trennt (FCK U) und die 144 Zeichen bei Twitter schon als Textwüste empfindet, in diesen Zeiten des kognitiven Analphabetismus gewinnt so ein Brief wieder immens an Bedeutung, wie Fritz Sedlacek findet. Weil sich da jemand hingesetzt und eigenhändig ein paar Zeilen verfasst hat. Weil er den Brief in ein Kuvert gesteckt, es frankiert und in einen Briefkasten geworfen hat. So ein Brief erlebt viel, allein auf dem Weg vom Absender zum Adressaten.

Dieser Brief ist zerknautscht. Fritz Sedlacek kennt den Empfänger. Es handelt sich um einen Tischler, von dem er weiß, dass es Schwierigkeiten mit dem Sohn gibt, eigentlich immer schon gegeben hat, von klein auf Ärger, Schlägereien, Jugendamt, Polizei, Anzeigen, das volle Programm. Dem Vater, Arthur Feiersinger, war das fürchterlich unangenehm. Johnny, wie sich der junge Mann heute nennt, ist, wie man von Nachbarn so hört, ausgerissen, ausgezogen oder rausgeschmissen worden, jedenfalls seit Wochen weg. Es gab anscheinend Zerwürfnisse wegen einer Erbschaft: Riesenschreierei, Türen zugeknallt und Glas zerborsten.

Fritz Sedlacek hält den Brief über ein Gerät, das Wasserdampf erzeugt, eine Art Luftbefeuchter, entfremdet für besondere Zwecke: Das ist sein Dietrich, der alle Türen öffnet. Dampf. Wie Magie. Der Kleber auf dem Kuvert löst sich, voilà. Er faltet den Brief auseinander und liest:

> Hey, Arschgesicht, brauchst nicht glauben, dass du dich wieder rausreden kannst. Wird Zeit, dass Kohle rüberwächst. Jetzt wo Omas Vermögen bei dir in der Tasche ist. Ich hab Aussicht auf einen Job, kann bei was einsteigen, aber die wollen vorher sehen, dass ich Geld hab. Egal. Überweis mir was Fünfstelliges, sonst zeig ich dich an. Ich sag nur Kundenkonto zwei, alles klar? Lass die Mutter grüßen oder auch nicht, ich will euch beide nie mehr sehen. Besser für uns alle. Johnny

Fritz Sedlacek schüttelt den Kopf. Der rotzfreche Bursche kann doch nicht älter als siebzehn sein. Wilde Zustände sind das, traurig. In dem Moment kommt ihm eine Idee, die ihm ein Schmunzeln ins Gesicht zaubert. Was wäre, wenn … nein.

Obwohl … vielleicht sollte ich doch …

Er nimmt ein leeres Blatt Papier und versucht mit ähnlicher Schrift zu schreiben. Am Anfang bekommt er es nicht so richtig hin, aber dann wird das Schriftbild runder. Fritz Sedlacek tut sich leicht, anderer Leute Schrift zu kopieren. Vielleicht hätte er Graphologe oder Fälscher werden sollen, so sehr faszinieren ihn die Schleifen, die Kanten, die Schriftneigung und die Enden. Er probiert eine neue Version:

Hi, Dad, ich denke es geht Euch wie mir. Bin fassungslos. Und unglaublich traurig. Niemand weiß, wie es so weit kommen konnte. Dass die Dinge so aus dem Ruder laufen. Verkehrte Welt, irgendwie spielen alle verrückt, ich auch. In stillen Momenten denke ich an früher, an dich und an Mutter, wie wir noch eine Familie waren, unzertrennlich. Ja, es sind Fehler passiert, auf beiden Seiten. Vielleicht muss man das einmal schreiben, weil aussprechen trau ich's mich nicht. Ich glaube, es ist Zeit für einen Neubeginn, wir alle können das schaffen. Ich hab Aussicht auf einen Job, kann bei was einsteigen, die Gesellschafter wollen vorher Sicherheiten sehen. Egal. Geld ist nicht alles. Das kann ich euch auch persönlich erzählen. Ich schlage vor, dass wir uns am Sonntag treffen, im Schotten-Café, um 10 Uhr zum Frühstück. Das ist neutraler Boden, wie man so schön sagt. Lassen wir die Streitereien. Wenn es uns gelingt, alle Dinge normal zu bereden, können wir es vielleicht schaffen, wieder zueinander zu finden. Ich habe einmal gelesen, wenn man ganz fest an etwas glaubt oder sich etwas wünscht, dann geht das auch in Erfüllung. Lasst uns das probieren, einverstanden? Ich fange schon einmal damit an. Ich liebe euch doch. Euer Sohn Johnny

Schon besser. Das ist es. Die doppelte Existenz der Wahrheit. Der Brief kommt in den Zustellkorb, mal sehen, was daraus wird. Fritz Sedlacek kramt weiter, sortiert aus … Na, was haben wir denn hier? An eine Schuhfirma … ah, eine Bewerbung! Die junge Dame, die da schreibt, kennt er auch, Angelika heißt sie, ein liebes Mädel, tüchtig, brav, sehr hübsch, aber in Deutsch nicht unbedingt eine Koryphäe, wenn es darum geht, die Wörter aufs Papier zu bringen. Neben ihrem Lebenslauf hat sie eine Notiz beigelegt.

Sehr geährter Herr Dokter Starck, ich bin nicht sicher, ob Sie wen wie mich in ihna ihrer Firma brauchen. Wenn ja könnt ich vorbeischauen und hallo sagen. Ich kann gut telefonieren. Sie suchen ja VerkäuferInnen. Nur für Innen? Im Außendienst bin ich auch gut :-) Auf bald, Angelika Schuster

Fritz Sedlacek hadert kurz mit sich, braucht aber nicht lange, bis er sich entscheidet. Er belässt den Lebenslauf, wie er ist, spannt ein Blatt Papier in eine Schreibmaschine, die eher als Dekorationsstück in der Poststelle steht, und formuliert die Notiz neu.

Lieber Herr Doktor Starck, ich möchte nicht unhöflich und keinesfalls zu direkt erscheinen, aber ich bin sicher, dass Sie mich in Ihrem Unternehmen brauchen. Auch wenn ich erst 21 Jahre alt bin und noch nicht mit dem Lebenslauf einer Filialleiterin aufwarten kann: Ich zeichne mich durch Einsatz, Fleiß und Loyalität aus. Außerdem bin ich teamfähig und kann effizient arbeiten. Schuhe sind mein Leben, dafür reiße ich mir, pardon, einen Hax'n aus. Das möchte ich Ihnen beweisen. Da Sie gutes Verkaufspersonal suchen, ersuche ich Sie, mir eine Chance zu geben – bei einem persönlichen Vorstellungsgespräch. Mit besten Grüßen, Angelika Schuster

Passt. Neues Kuvert, Briefmarke. Kommt ebenso in den Zustellkorb. Fritz Sedlacek stöbert weiter und findet noch einen interessanten Brief, nämlich an seine Frau: Maria Sedlacek, wohnhaft in der Ungargasse 18 im dritten Wiener Gemeindebezirk. Absender: Patrick Edelbach aus Mödling. Merkwürdig.

Geliebte Maria,
bitte verzeih, wenn ich mich auf diesem Weg an dich wende. Meine Frau hat von uns erfahren und mich vor die Wahl gestellt. Ich entscheide mich für sie. Die Zeit mit uns war wundervoll, aber wir können uns nicht mehr sehen. Ich bedauere das sehr, es geht nicht anders. Ich wünsche dir für dein weiteres Leben alles Gute, hoffentlich wirst du mit deinem »Postler« doch noch irgendwann glücklich. Du bleibst immer in meinem Herzen, Dein Patrick

Fritz Sedlacek steht der Mund offen. Völlig fassungslos schüttelt er den Kopf.

Das gibt's doch nicht, denkt er, meine Frau … hat … einen … oder hat einen gehabt … Affäre … verschwitzte Bettlaken … Hotelzimmer … Ausreden … Lügen … Und dann so Sachen wie *Dein Postler*, was meint der Typ? *Du bleibst immer in meinem Herzen*, so ein Scheiß. So ein Riesenscheiß.

Fritz Sedlacek zerreißt den Brief, als würde er damit alles ungeschehen machen. Erst nach Minuten wird ihm bewusst, dass er unter Schock steht. Solche Sachen sieht man nur im Fernsehen oder hört sie höchstens im Bekanntenkreis. Also die Frau vom Pepi, die Maggie, hast schon g'hört? Ein Luder sondergleichen! Aber er ist ja auch nicht gerade der Inbegriff von Treue, oder? Na ja.

Dass ihm einmal so etwas passiert, hätte er in tausend Jahren nicht gedacht.

Patrick, Patrick, wer zum Teufel ist dieser Patrick Edelbach? Aus Mödling, was immer das zu bedeuten hat. Der Hurensohn, denkt der Postmann, hat's bei meiner Maria klingeln lassen, nicht nur zweimal, sondern immer wieder und sicher über Jahre. Na bravo.

Fritz Sedlacek sitzt mit gesenktem Kopf im Hauptpostamt und starrt gegen die Wand. Was er dort sieht, ist das Ende seiner Ehe.

Lange ringt er mit sich. Dann schreibt er einen neuen Brief an seine Frau. Die doppelte Existenz der Wahrheit zeigt sich auch hier. Vor allem gelingt es ihm vortrefflich, die Schrift zu kopieren.

> Geliebte Maria,
> bitte verzeih, wenn ich mich auf diesem Weg an dich wende. Meine Frau hat von uns erfahren und mich vor die Wahl gestellt. Ich entscheide mich für dich. Die Zeit mit uns ist so wundervoll, ich kann nicht mehr ohne dich sein. Es geht nicht anders. Ich möchte das alles in Ruhe mit dir besprechen. Bitte komm nächsten Montag ins Hilton, um 20 Uhr, ich reserviere uns ein Zimmer. Hoffentlich kannst du das alles deinem »Postler« klarmachen, vielleicht wird er es irgendwann verstehen. In freudiger Erwartung auf unser »Treffen«, Dein Patrick
> PS: Ich habe eine Überraschung für dich.

Fritz Sedlacek muss grinsen. Ja, das wird eine Überraschung, geliebte Maria, da bin ich mir hundertprozentig sicher.

Drei Tage später. Es ist Sonntag, kurz vor zehn, der Herbst haucht schon die Blätter von den Bäumen, manche schaukeln fast schwerelos in der Luft. Ein Windstoß wirbelt sie auf. Rostbraunes Laub weht durch die Straßen, durch den Stadtpark. Die Luft ist kühl, frisch, genau richtig für einen Spaziergang am Wochenende, wenn man nicht weiß, warum einem das Schicksal den Mittelfinger ins Gesicht hält. Haha, Fritz, deine Alte hält einem anderen die Stange.

Anmerken ließ er sich daheim nicht das Geringste, keine schnippische Bemerkung, keine hochgezogene Augenbraue. Maria hat sich in den drei Tagen auch nicht anders verhalten als sonst. Höflich, nett und wie eine neue Pfanne: leicht abwaschbar. Der Briefträger wird nicht schlau aus ihr. Wie lange mochte das tatsächlich schon gehen? Wie konnte sich ein Mensch nur so verstellen?

Um sich abzulenken und aus reiner Neugier macht Fritz Sedlacek einen Abstecher ins Schotten-Café. Als er die Tür öffnet und den großen Gästeraum betritt, sieht er, wie sich Arthur Feiersinger und sein Sohn Johnny umarmen. Die Mutter steht daneben, ihr schießen die Freudentränen waagrecht aus den Augen. Schau dir das an, denkt sich Fritz Sedlacek, der Slogan stimmt: Wenn's wirklich wichtig ist, dann lieber mit der Post.

Er tut so, als ginge ihn die Situation nichts an. Im Vorbeigehen belauscht er das Gespräch.

»Johnny, du, du …« Der Tischler ringt mit sich, kann vor Freude gar nicht sprechen. Da ist also eine Wiedervereinigung gelungen, die ganze Familie hat sich wieder lieb. »… dein Brief war so offen.«

»Na ja«, sagt Johnny, errötet und wundert sich insgeheim, dass sich sein Vater an der Anrede *Hey, Arschgesicht* überhaupt nicht gestoßen hat. Dass der Brief von jemandem umgeschrieben wurde, noch dazu von einem Postboten in mittleren Jahren und mit schütteren blonden Haaren, der gerade neben ihm steht und das Gespräch belauscht, das kann Johnny wirklich nicht wissen. Er ist der festen Überzeugung, nicht er habe die Eltern hierher eingeladen, sondern seine Eltern hätten ihm eine kurze Notiz zukommen lassen: dass er am Sonntag um 10 Uhr ins Schotten-Café kommen möge, für eine Aussprache und auch, um das Finanzielle zu regeln. Er dachte sich, warum nicht. Dass sich die Dinge jetzt auf einmal für beide Seiten zum Guten wenden, damit hat nun wirklich niemand gerechnet.

Der junge Mann schluckt, die Mutter schluchzt, der Vater wischt sich mit einem Taschentuch die Augen trocken, muss eine Allergie sein, sagt er, und alle drei nehmen in dem Café an einem Fenstertisch Platz. »Wir kriegen das wieder hin, Johnny«, sagt die Mutter, »wenn nicht wir, wer dann?«

»Was du geschrieben hast in dem Brief«, sagt der Vater.

»Ich weiß«, sagt der Sohn, »war vielleicht ein bisserl zu direkt.«

»Nein, nein, im Gegenteil, gut, dass du das angesprochen hast.«

»Ich wollte nur –«

»Aber sicher.«

»Vielleicht hab ich zu viel –«

»Nein, nein«, winkt der Vater ab, »es ist gut so, alles in Ordnung. Wir sind eine Familie. Wir schaffen alles. Du hast also einen Job in Aussicht, was ist es denn, erzähl.«

»Weißt du, Dad, ich kann da in eine kleine Computerfirma einsteigen. Die machen Apps und neue Kommunikationssysteme für Firmen, eine coole Truppe. Ich könnt mich beteiligen und wäre im Leading Board dabei. Die wissen auch, was ich vom Programmieren her so drauf hab, das wär die perfekte Ergänzung.«

»Was wär denn der Betrag, um den es da geht?«

»Na ja. Es sind zehntausend Euro. Ich weiß, das ist furchtbar viel Geld. Aber ich hab gedacht, wegen der Sache mit der Erbschaft, das von der Oma, und überhaupt, ich könnte mich da voll reinhauen und das Ganze mit aufbauen. Wir wären unsere eigenen Chefs. Wir könnten die Welt erobern. Die Apps und die ganzen Web-2.0-Sachen, wisst ihr, Internet, Facebook, das ist die Zukunft, und junge Leute, so Leute wie wir, sind zurzeit irre gefragt.«

Es entsteht eine kurze Pause.

»Du kriegst das Geld«, sagt der Vater, »unter einer Bedingung: Du kommst wieder zu uns, wir schauen, inwieweit das Zusammenleben als Familie funktioniert, und du versprichst uns, dass du die Matura fertigmachst. Deal?«

Johnnys Gesicht strahlt. »Deal!«

Fritz Sedlacek, der am Nebentisch sitzt, winkt den Kellner heran: »Ich nehme das Wiener Frühstück. Und bringen Sie mir ein Kipferl dazu und einen Cappuccino und einen frisch gepressten Orangensaft.«

Die Familie Feiersinger bemerkt die voluminöse Bestellung. »Na, Sie lassen sich's aber gutgehen«, sagt die Mutter.

»Ja, ich hab einen kleinen Erfolg zu feiern«, sagt Fritz Sedlacek.

»Kenn ich Sie nicht von wo?«, fragt der Vater.

»Vom Sehen vielleicht«, sagt Fritz Sedlacek, »ich bin der Briefträger.«

»Ach ja, genau«, sagt die Mutter. »So ohne Uniform hätt ich Sie jetzt gar nicht ...«

»Das geht vielen so«, sagt der Briefträger und hebt die Schultern, wie zur Entschuldigung. »Wie ich sehe, haben auch Sie etwas zu feiern.«

»Ja, und wie«, sagt Johnny.

»Ja«, sagt der Vater, »ein Wunder ist geschehen, für uns.«

»Dann will ich Sie nicht länger stören. Schönen Sonntag.«

Als Fritz Sedlacek nach Hause kommt, begrüßt ihn seine Frau wie immer mit einem Nicken. Hey, du. Ihm fällt erst jetzt auf, dass es ein Nicken ist, das man auch einem Haustier entgegenbringen würde, ein Registrieren der Anwesenheit. Jemand ist gekommen. Es ist nicht wichtig, wer, sondern nur die Feststellung, dass.

Mit ihren Gedanken ist sie bei Patrick Edelbach respektive bei der unteren Hälfte von Patrick Edelbach.

Maria wärmt irgendein Tiefkühlgericht in der Mikrowelle auf, schiebt zwei Teller auf den Tisch und sagt »Mahlzeit« mit einer Nüchternheit, wie andere »Umsatz«, »Effizienzcoaching« oder »Personalressourcen« sagen. An dir ist eine Managerin verloren gegangen, denkt er, Mahlzeit.

»Was hast du heute gemacht?«, fragt sie beiläufig. Es klingt wie: Noch Fragen zur Umstrukturierung?

»Nix Besonderes, ist ja erst Mittag. Ich war frühstücken, hab eine nette Familie getroffen, die Feiersingers. Er ist Tischler, sie haben eine Sohn, anscheinend haben sich die Schwierigkeiten, die da waren, wieder gelegt. Muss ein kleines Wunder passiert sein.«

»Apropos treffen und kleines Wunder«, sagt Maria. »Stell dir vor, morgen Abend muss ich zu einer Klausur bei uns in der Firma. Ein neues Beautyprodukt soll über unseren Strukturvertrieb laufen. Irgendwas mit Aloe Vera.«

»Aha«, sagt Fritz Sedlacek. »Neben den Lebensversicherungen gibt's also auch Cremen? Interessante Kombination.«

»Gell? Das heißt, ich komm dann morgen irgendwann spät, vielleicht gehen wir mit den Kollegen noch was trinken.«

»Mach nur, ich geh früh schlafen. Muss am nächsten Tag wieder die große Runde machen.«

Das Geschirr wird abgeräumt und wortlos in den Spüler gestellt. Sie ist mit den Gedanken wieder ganz woanders. Er auch.

Der Fernseher läuft, ohne dass jemand den Inhalt nacherzählen könnte, eine geschmacklose Kochsendung, eine Seifenoper, ein Film über blutjunge Vampire, eine Gerichtssendung, Werbeblöcke mit Slogans wie *So muss Technik.* Oder gleich im nächsten Spot *So schmeckt himmlisch.* So ein Scheißdreck, denkt Fritz Sedlacek und zappt weiter. Ein glatzköpfiger Mann, der ein Raumschiff kommandiert und gegen Wesen antritt, denen ein roter Strahl aus einem Auge fährt. Dann eine Folge von *Mein cooler Onkel Charlie.* Societyberichte über die Brüste von Rihanna und eine Reportage über ein deutsches Millionärsehepaar, das um 600 000 Euro eine Namenstagsparty in St. Barth schmeißen will, sich aber nach St. Kitts verirrt hat. Schafft es der Hubschrauberpilot rechtzeitig zurück? Gerade noch. Das Wetter? Teils, teils. Kann so oder so werden. Neblig, sonnig, kalt, warm, möglich ist alles, hängt von dem Tief ab, das hoch daherkommt. Die Nachrichten. Jemand hat den gesamten Antikorruptionsausschuss bestochen. Drohnen über dem Iran. Kultur, Premiere von einem Stück, das auf afghanischer Frauenliteratur basiert. Übersetzt heißt es *Der Schrei einer Fußsohle.* Dann kommt die Werbung: ein Inder im Weltraum, Mobilfunk ist allmächtig, Ziegel in einem Lagerhaus, Skispringer im Sommer. Lottozahlen. Es ist viertel neun. Ein alter Tatort, eine Doku über Erdmännchen, ein Formel-1-Rennen mit roten Autos und roten Bullen, bei dem Fritz Sedlacek die Augen zufallen wie Rollbalken.

Der Montag beginnt wie jeder andere in den vergangenen Wochen oder in der Vorstellung eines Mannes, der von seiner Frau hintergangen wurde: aschgrau, windig, diesig. Genau die Hintergrundfarbe, die man sich für einen Albtraum wünscht. Genau das richtige Layout. Fritz Sedlacek begibt sich auf seine Tour durch den Bezirk, bepackt mit seiner gelben Tasche, und während er die Briefe und Werbesendungen in die Briefkästen einer Wohnhausanlage gleiten lässt, genau da dreht er sich um und rennt eine Frau nieder.

Ihm ist's peinlich: »Das tut mit aber –«

Ihr ist's peinlich: »Sorry, ich war –«

Er schaut: »Frau Schuster?«

Sie schaut: »Ah, grüß Sie, Herr Sedlacek. Muss ja eine Eilsendung gewesen sein, so schnell, wie Sie unterwegs sind. Wie ein gelber Blitz.«

»Wie geht's Ihnen so?«

»Traumhaft. Stellen Sie sich vor, ich hab jetzt einen neuen Job. Bei der super Schuhkette, der neuen. Starck. Kennen Sie sicher aus der Werbung. *Da Schuh her!*«

»Ja, schon. Wie hat sich denn das ergeben?«

»Sie werden's nicht glauben. Die haben mich angerufen. Weil ich denen doch einen Brief geschickt hab. Also eher einen kurzen Lebenslauf und einen Wisch dazu. Hab mir nix erwartet. Und ehrlich gesagt, ist das Schreiben nicht so meine ganz große Stärke. Ich hab das innerlich schon abgehakt, und da rufen die an und sagen, Frau Schuster, wegen Ihrem Bewerbungsschreiben. Also der Herr Doktor Starck, der hat sich das angesehen, und er würde Sie gerne heute noch sehen. Bin ich natürlich dorthin gehirscht. Aufgeregt bis dorthinaus. Ganz cool bleiben, hab ich mir gesagt, locker, natürlich, so wie immer. Und dem Doktor Starck hat das getaugt. Natürlich hab ich schöne High Heels angehabt, man geht ja auch nicht ohne Haare zu einem Friseur, und dort hab ich dann ein bisserl geredet, er hat gesagt, die Bewerbung sei so kitzlig, so knackig formuliert gewesen, und ich sag ihm, wirklich? Und lustigerweise kann ich ihm alles über Schuhe erzählen, wie sie mich faszinieren, der Schnitt, der Absatz, das Leder, schlafen geh ich manchmal mit Schuhen, und er so: Super, weil nur wenn man sein Produkt liebt, kann man es gut verkaufen. Dann sagt er: So, Angelika, ich darf Sie doch Angelika nennen, oder? Und ich sag: Sicher, Herr Doktor Starck, darf ich Sie Chef nennen, und er lacht, und ich lach, und dann hat er mir die Stelle als Verkaufsleiterin in der Filiale Wien-Landstraße angeboten. Stellen Sie sich das vor, Herr Sedlacek, dort bin ich jetzt, mit 21 Jahren, Filialleiterin beim Starck-Schuh, ich hab g'laubt, mich haut's aus den Socken.«

Fritz Sedlacek überlegt, ob er ihr den wahren Grund verraten soll. Er entscheidet sich für ein Nein, dreht sich um und geht.

Im Hotel Hilton findet ein Kongress statt. Geschäftiges Treiben, sprechende Anzüge, schnatternde Kostüme. Flipcharts werden im Foyer herumgetragen wie Puppen. Laptops, Tablets, Charts, Schedules. Es geht ums Verkaufen: Sale Congress Vienna.

Eine Frau, die unter ihrem braunen Kunstpelzmantel nur Dessous trägt, roten BH, rotes Höschen und schwarze Strapse – sie war sich im Büro umziehen oder besser gesagt ausziehen –, diese Frau scharwenzelt in unfassbar hohen Stöckelschuhen zur Rezeption und erkundigt sich bei einem sehr schwulen … was steht auf dem Namensschild, ach ja, *Fred*, in welchem Zimmer Herr Edelbach wohnt, Herr Patrick Edelbach, der wohnt doch hier, nicht wahr?

»Moment, gnädige Frau«, sagt Fred in einer ziemlich affektierten Art, »ach ja, très bien, hier haben wir ja Ihren Monsieur Edelbauch, pardon, Edel*bach*. Zimmer 1217. Sollen wir den Herrn verständigen? Oh, oui, dort vorne ist der Lift, Sie kennen ja den Weg. Schönen Abend, Mademoiselle. Wenn Sie Hilfe benötigen, wählen Sie einfach die Neun.«

Die Frau sagt, dass Sie garantiert keine Hilfe benötigen wird, und Fred versucht sich in einer eleganten Pose, die nicht preisgeben soll, was er gerade denkt: Geschlechtsverkehr.

Die Frau im Kunstpelz – übrigens der einzige Pelz an ihrem Körper –, diese Kokette stöckelt Richtung Lift, schiebt ihr Becken hüftschwingend hinein und drückt die Zwölf. Der Anzugmann neben ihr versucht krampfhaft, den Blick von ihr fernzuhalten, aber anscheinend sind es die Pheromone, die die Frau versprüht wie ein Parfüm. Sensual Sex von Chanel Nr. 69, so was in der Art. Der Fahrstuhl setzt sich in Bewegung, der Anzugmann lockert die Krawatte, ihm ist heiß geworden. Die Frau schaut ihn an, wie man Küchenschaben ansieht, mit ostentativer Verachtung. Der Lift hält im neunten Stock, die Schabe steigt aus. Die Tür schließt sich, endlich geht's weiter. Die Frau ist, man muss es sagen, wie es ist, notgeil. Sie malt sich aus, was sie gleich mit ihrem Primaten anzustellen vorhat. Zimmer Nummer 1217 … dort vorne links. Klopfen, nichts. Erneut klopfen, wieder nichts. Was ist da los? Noch nicht da? Patrick? Er ist doch sonst nie zu spät. Eher zu früh dran, in allen Lebenslagen. Aber diese Ausdauer! Immer und immer wieder.

Ein Zimmermädchen kommt vorbei. »Entschuldigen Sie«, sagt die Frau im Kunstpelz. »Können Sie mir helfen? Die Keycard zu meinem Zimmer ist defekt. Vielleicht können Sie mir kurz helfen aufzusperren, ja?«

»Ja, machen auf, sofort«, sagt das Zimmermädchen, greift zum Universalschlüssel und steckt ihn ins elektronische Schloss, bis das rote Lämpchen zu einem grünen Lämpchen wird und die Tür mit einem Dreh am Knauf aufgeht.

Die Frau geht rein und ruft: »Juuu-hu.«

Keine Antwort.

Die Frau hört seltsame Geräusche und lugt ums Eck, da steht das Kingsize-Bett im gedimmten Licht, und in dem Bett wälzen sich zwei fast nackte Menschen. Die Frau will sich schon umdrehen und entschuldigen, dass sie im falschen Zimmer ist, da erkennt sie ihren Mann: Fritz. Auf ihm liegt eine sehr junge Frau. Unbekannt. Sie schaut aus wie ein Model. Und sie trägt Schuhe im Bett, Stöckelschuhe von Christian Louboutin, die mit der roten Sohle.

Ein Aufschrei ertönt, dann folgt wildes Gefuchtel mit den Händen und hässliche, sehr hässliche Worte, hauptsächlich auf Fortpflanzungsorgane gerichtet.

Fritz Sedlacek freut sich ungemein, dass sein Plan aufgegangen ist. Nachdem er sich mit der jungen Angelika auf der Straße unterhalten hatte und zum Gehen bereit gewesen war, hat er es sich anders überlegt. Es war wie eine Eingebung. Er hatte sich umgedreht und Angelika gesagt: »Wissen Sie was, in Wahrheit war das alles anders.« Er erzählte ihr von dem Brief, den er für sie verfasst hat, von den anderen Briefen, die er liest, auch von dem an seine Frau. Angelika war derart überrascht und ergriffen, dass sie ihm vorschlug, ihm zu helfen, es seiner Frau gehörig heimzuzahlen. Gleiches mit Gleichem vergelten. Sie könnten doch so tun, als würden sie in dem Hotelzimmer sein und miteinander schlafen. Genau so sieht das Ganze jetzt für Fritz' Frau aus, die im Kunstpelzmantel in dem Hotelzimmer steht und brüllt.

Fritz sagt kichernd: »Maria, reg dich nicht so auf. Es ist nicht so, wie du denkst.«

Die Frau fährt die Krallen aus und will ihm das Gesicht zerkratzen, da hören alle drei ein Geräusch an der Tür, ein Nesteln. Die Tür geht auf, und Patrick kommt herein. Marias Liebhaber war ebenfalls brieflich zu dem Tête-à-Tête dazugebeten worden, an dem jetzt vier Leute beteiligt sind. Die Dämme brechen. Eine Welle der Wut schwappt über das Schlafzimmer. Patrick stellt sich als Anwalt vor. Sagt, er will Fritz verklagen, ihm das letzte Hemd ausziehen, ihm alles wegnehmen. Die Scheidung von Maria werde Fritz ruinieren, und dann, am Ende, wenn er ganz auf dem Boden ist, werde Patrick herkommen und weiter auf ihn eintreten. Rechtlich gesehen, sei Maria ja fein raus, ganz klar im Vorteil, zudem sie ja schon die längste Zeit bei ihm in anwaltlicher Beratung ist.

Dem unbeteiligten Beobachter bietet sich folgende Szene: Fritz liegt mit der halbnackten Angelika im Bett, mit der er nicht geschlafen hat, sondern nur eine Show für seine untreue Maria aufführen wollte. Maria steht mit Patrick, ihrem Liebhaber, vor dem Bett, und beide keifen wie Kampfhunde.

Schon wieder geht die Tür auf.

Genau jetzt kommt Patricks Frau dazu: Jeanette, wuchtige Lippen, der Rest ist sehr schmal oder schönheitschirurgisch abgesaugt, schwarzes Lederkleid, Hochsteckfrisur. Sie wirkt, als hätte man sie virtuell so lange bearbeitet, bis sie im realen Leben absichtlich wie etwas Artifizielles hervorblitzt, etwas, das einem besonderen Grafikcomputer entsprungen ist, eine Jeanette-Figur wie Lara Croft, nur dreißig Jahre älter.

Ein Zimmer (Hilton). Zwei Männer (Fritz und Patrick). Drei Frauen (Maria, Angelika, Jeanette). Fünf Probleme: 1. Das Doppelleben von Maria und Patrick ist enttarnt. 2. Die Ehen von beiden Paaren sind beim Teufel. 3. Angelika ist noch immer fast nackt; sie schickt sich an, wieder Gewand überzustreifen, eigentlich schade, finden die Männer – Angelika ist das, was man gemeinhin eine Wucht nennt. 4. Patricks Ehefrau Jeanette macht Anstalten, ein Obstmesser zu holen, um ihrem Mann die Birne zu schälen, weil er sie in diese demütigende Situation gebracht hat (was ja gar nicht stimmt, es war Fritz). 5. Die Schreierei kreuz und quer macht es unmöglich, die Situation zu deeskalieren, im Nachbarzimmer hämmern sie schon gegen die Wand.

Solche Szenen spielen sich normalerweise in Filmen wie *Hangover* ab oder in Lovestorys, die dem unweigerlichen Höhepunkt zusteuern, dem Konflikt, und dann im Happy End gipfeln. Klamauk, bei dem du unweigerlich schmunzeln musst und dir denkst: Wirklich passieren kann das nie. Aber genau das passiert jetzt. Alles ist außer Kontrolle geraten wie bei einem beziehungstechnischen Reaktorunfall.

Während alle brüllen, schlüpft Angelika in ihr Stretchkleid, die Louboutins hat sie ja an, und zieht einen dünnen Mantel über, der wirkt, als hätte ihn der Schneider exklusiv für ihren Körper angefertigt.

Die Atmosphäre im Raum ist hasserfüllt. Maria hat rote Laseraugen wie diese Außerirdischen bei der Raumschiffserie im Fernsehen. Jeanette verpasst Patrick eine Ohrfeige, dass sein Schädel scheppert und die linke Wange violett anläuft. Die drei wissen nicht, was sie tun sollen. Irgendjemanden aus dem Fenster werfen, den Postler vielleicht und seine Synchronturnerin?

Fritz Sedlacek nimmt die junge Angelika bei der Hand, bedankt sich für ihre Unterstützung (»Super gemacht, Angie, besser geht's nicht!«) und verlässt mit ihr das Hotelzimmer. Im Gehen betätigt er den Feueralarm, und das Chaos bricht auch draußen los, auf dem Gang, im zwölften Stock, im ganzen Hotel.

Man hört Schritte, Aufregung, Menschen hetzen durch die Gänge, schnell, schnell, Feuer, irgendwo im Hilton brennt's!

»Dort hinten«, sagt Fritz Sedlacek und bedeutet dem Concierge, er möge weiterrennen. »Der Mann und die zwei Frauen. Irgendeine Sexgeschichte, die komplett schräg ist, pervers bis dorthinaus, irgendwas mit Kerzen, und dann hat etwas Feuer gefangen. Ich glaub, es waren die Gardinen. Holen Sie zur Sicherheit die Polizei, die Leute sind komplett durchgeknallt, drei Geisteskranke. Wahrscheinlich Pyromanen oder Pyramiden oder wie das heißt.«

Angelika kann sich das Lachen gerade noch verkneifen. Sie laufen. Der Lift ist blockiert. Dort, die Tür zum Stiegenhaus. Fritz Sedlacek zieht Angelika über die Stiegen zum Hauptausgang. Endlich sind sie draußen. Es ist ein aufregendes Gefühl, als würde man sein altes Leben verlassen und ein neues betreten. Wien bei Nacht, und alles ist offen. Das Schöne an Abenteuern ist, dass es so viele Möglichkeiten gibt, sie zu erleben, unendlich viele.

Auf der Straße wendet sich Fritz an Angelika. Er fragt, ob sie was vorhabe, und sie sagt ja, sie würde jetzt gern eine Eilsendung mit einer Frage aufgeben. Ob da jemand mit ihr was trinken gehen will? Sie ergänzt: »Wenn's wirklich wichtig ist, dann lieber mit dem Postler.«

Hand in Hand schlendern sie durch die Straßen. Ein Taxi hält an, Fritz Sedlacek winkt ab, nein, danke. Wir gehen lieber zu Fuß. Wohin, wissen sie nicht. »Vielleicht einmal dort nach vorne, dann schauen wir weiter«, sagt der Briefträger. Es ist Montag, 20.20 Uhr, und die Dinge stehen gut. Drei Feuerwehrautos rasen an ihnen vorbei, dahinter eine Funkstreife der Polizei, Blaulicht, Sirenen. Großeinsatz! Fritz und Angelika kriegen einen Lachkrampf. Während ihm die Tränen runterrinnen, sagt er, keuchend vor lauter Lachen: »Trari-trara … die Post war da.«

Die Geschichte ist nicht zum Nachahmen gedacht, bitte schön. Damit man mich hier keinesfalls missversteht. Das soll keine Aufforderung sein, fremde Post zu lesen (oder gar umzuschreiben) und einen Feueralarm im Hotel auszulösen. Es geht mir darum, dass ein Mensch, dieser Fritz, etwas Gutes gemacht hat. Er hat eine Familie zusammengebracht, er hat einer jungen Dame eine Karriere geebnet und sie dann als Freundin gewonnen. Die genaue Art ihrer Beziehung müssen die zwei noch mit sich selber ausmachen.

Fritz hat seinen Weg gefunden. Manchmal führt dieser aus einer Misere heraus, vor allem, wenn man bereit ist, etwas Gutes zu tun. Das kennt man doch aus eigener Erfahrung, nicht wahr?

Mir geht es darum, in dieser Welt, die immer mehr aus Regle-

ments zu bestehen scheint – alles will bis ins Letzte kontrolliert werden –, das Richtige für sich zu finden.

Manchmal braucht's ein wenig mehr Lockerheit. Gnade vor Recht. Hirn vor Regel.

Das gilt auch für meine zwölf Leitmotive, die als Vorschläge gedacht sind und nie als in Stein gemeißelte Gesetze.

Der Johannesweg ist keine Doktrin, er steht für eine bestimmte Geisteshaltung, eine gesunde Gesinnung, deren exakte Inhalte jeder für sich selbst bestimmen muss.

Und wenn's Probleme gibt: Suchen Sie rechtzeitig den Arzt Ihres Vertrauens auf.

12.
Ich bin jetzt am Johannesweg

Es war dasselbe Gesicht. Dieselben dunklen Haare mit dem Kastanienschimmer. Dieselben braunen Augen, als hätte sie ihr ein Reh vererbt. Dieselben hohen Backenknochen, wie von Sophia Loren gestohlen. Derselbe breite Mund. Alles an den beiden war gleich, bloß war es bei Jackie fünfundzwanzig Jahre her, dass sie so ausgesehen hatte. Die Haare waren immer noch dunkel, aber statt dem Kastanienschimmer blitzte jetzt ein bisschen Silbertanne durch. Die Augen waren immer noch braun, allerdings sahen sie ohne Brillen nur mehr die Hälfte, die eine mit der Weitsicht-, die andere mit der Kurzsichtbrille. Die Backenknochen waren immer noch hoch, nur fanden sich jetzt einige Krähenfüße darauf. Einzig der Mund war nicht noch breiter geworden. Hätte er noch mehr Platz in Jackies Gesicht beansprucht, könnte sie ohne Anstrengung an ihren Ohrläppchen kauen.

»Jetzt muss ich Sie doch ansprechen«, sagte Jackie, als sie die jüngere Frau beim Brunnen einholte. »Ich habe mir zwar geschworen, dass ich da allein durch muss, aber bei Ihnen mache ich eine Ausnahme.«

»Womit habe ich das verdient?«, fragte die Jüngere. Ein leises Glucksen in ihrem Tonfall nahm der Floskel die Schärfe.

»Moment«, sagte Jackie, und ließ sich das Wasser von Irxenmayrs Quelle in den Mund rinnen. Sie trank, wie es nur hartgesottene Biertrinker können, ohne den Schluckmechanismus zu bemühen. Dann richtete sie sich auf und sah der Jüngeren so ins Gesicht, wie das nur Kinder machen: lang und ungeniert. Die andere Frau hielt dem Blick stand. Als Jackie sich sattgesehen hatte, wischte sie sich die Hand an den Jeans ab und streckte sie zum Gruß aus. »Alexa«, sagte sie, »aber alle sagen Jackie zu mir.«

»Ist ja auch naheliegend«, sagte die Jüngere, ohne eine Miene zu verziehen.

Das auch noch, dachte Jackie. Derselbe Humor. Da steh tatsächlich ich vor mir, ich vor fünfundzwanzig Jahren. Sie fröstelte leicht.

»Ist Ihnen kalt?«, fragte die Jüngere, »das passt gar nicht zu Ihrem unverfrorenen Blick.« Wieder keine Bewegung in diesem Gesicht. »Übrigens, ich heiße Ella, und so sagen auch alle zu mir.« Sie schüttelte Jackies Hand. »Und?«, fragte sie dann.

»Was und?«

»Wieso mussten Sie mich ansprechen? Wo müssen Sie allein durch? Und warum machen Sie bei mir eine Ausnahme?«

»Sie vergessen wohl nie was.«

»Haben Sie eine Ahnung.«

»Wäre schön, wenn ich nur eine Ahnung hätte«, sagte Jackie. »Ich bin Fachmann. Die Nummer eins im Liegenlassen, Vergessen, Verlieren …«

»… Verschwitzen, Verbummeln, Verschlampen. Hab ich was vergessen?«

»Das fragen Sie mich?«

Die beiden schauten sich kurz an, und dann ging's los. Ellas unbewegliche Miene war beim Teufel, Jackie liefen die Tränen über die Backenknochen. Ein paar Wanderer blieben stehen und lachten mit, ohne zu wissen, worum es da überhaupt ging. Es dauerte, bis sich die zwei Frauen wieder eingekriegt hatten. Sie sammelten erst sich, dann ihre Sachen zusammen, schnallten sich die Rucksäcke um und machten sich wieder auf den Weg, diesmal gemeinsam.

»Jetzt im Ernst«, sagte Ella, hatte aber schon wieder ein gefährliches Glucksen im Unterton. Sie nahm sich zusammen. »Krieg ich meine Antworten? Und sagen Sie jetzt nicht, Sie haben vergessen, worauf.«

Jackie schüttelte den Kopf. »Ich musste Sie ansprechen, weil Sie eine jüngere Ausgabe von mir sind. Oder ich eine ältere Ausgabe von Ihnen. Was insofern erschreckend ist, weil ich gerade eine schwere Alterskrise hinter mir habe, deswegen bin ich überhaupt hier. Und da laufen ausgerechnet Sie mir über den Weg. Wäre ich wieder dreißig, könnten wir als Zwillinge durchgehen. Haben Sie nicht bemerkt, wie ähnlich wir uns sehen?«

»Nicht bös sein«, sagte Ella, »aber ich habe nicht einmal Sie bemerkt.«

»Obwohl wir uns jetzt schon zum dritten Mal begegnen? Das erste Mal sind Sie mir im Hotel aufgefallen. Sie wohnen doch auch im Hotel Lebensquell.«

Ella nickte.

»Dann haben Sie beim Nah & Frisch in Pierbach Wasser gekauft. Und jetzt treffen wir uns an der Irxenmayr-Quelle.«

»Wo soll man sich denn hier sonst treffen? Es gibt ja nicht viel mehr«, knurrte Ella.

»Ja, aber, das kann ja wohl kein Zufall sein, oder?«

Ella gab keine Antwort. Eine Zeit lang gingen sie nebeneinander her, jede in ihre Gedanken versunken. Dann blieb Ella abrupt stehen. »Jetzt kommen Sie mir gleich damit, dass Zufälle keine Zufälle sind.« Die Worte hatten eine unerwarte Schärfe.

Sind sie auch nicht, wollte Jackie sagen. Aber irgendetwas sagte ihr, dass es gescheiter war, den breiten Mund zu halten.

»Zufällig glaube ich das ganz und gar nicht«, herrschte Ella Jackie an. »Zufällig bin ich überhaupt nicht daran interessiert, ob ich in fünfundzwanzig Jahren so aussehe wie Sie. Nix für ungut, nicht dass Sie mir nicht gefallen, aber zufällig ist es mir vollkommen wurscht, was überhaupt in fünfundzwanzig Jahren sein wird, weil mir zufällig nämlich die ganze Zukunft scheißegal ist.« Ella drehte sich um und stürmte davon.

Jackie überlegte, ob sie ihr nachlaufen sollte. Der Johannesweg ist nicht nur eine Wanderroute. Sie selber war hier, um am Ende wieder bei sich anzukommen. Für Ella schien es eher ein Fluchtweg zu sein. Jedenfalls hatte sie es gerade verdammt eilig gehabt. Jemand, dem die Zukunft scheißegal war, brauchte niemanden, der ihm vorführte, wie er in ebendieser Zukunft aussehen würde. Zufall hin oder her, es war nicht anzunehmen, dass gerade sie etwas für Ella tun konnte. Außerdem, dachte Jackie, hast du deine eigenen Sorgen. Kümmere dich um deinen Kram, du hast noch achtzig Kilometer Zeit.

Ella wartete an der Weggabelung. Sie zeichnete mit der Schuhspitze Achterschlingen auf den Waldboden und hob den Kopf erst, als Jackie in eine ihrer Schlingen trat. Wortlos streckte ihr Ella einen Strauß Wiesenblumen hin. Es tut mir leid, formten ihre Lippen.

Sie kann sich auch nicht entschuldigen, dachte Jackie, genau wie ich früher. Mit der einen Hand nahm sie die Blumen, mit der anderen Ella an der Schulter, drehte sie in Gehrichtung und schob sie mit sich. Lange Zeit sagte keine etwas.

»Wie ist es in fünfundzwanzig Jahren?«, fragte Ella dann doch.

»Anders«, sagte Jackie.

»Besser?«, hakte Ella nach.

»Mit Ausnahmen«, antwortete Jackie vorsichtig.

»Wieso?«, fragte Ella.

»Weil es dann die Gegenwart ist«, erwiderte Jackie.

»Wieso?«, fragte Ella noch einmal.

»Weil die Zukunft, die man erlebt, immer Gegenwart ist«, erklärte Jackie.

»Wie meinst du das?«, wollte Ella wissen.

»Wenn jetzt zum Beispiel April ist«, sagte Jackie, »dann ist der September die Zukunft; wenn es aber dann September ist, ist aus der Zukunft Gegenwart geworden.«

Ella überlegte sich die Sache. »Die Gegenwart ist das einzig Wahre«, sagte sie schließlich.

Wieder gingen sie eine Zeit lang schweigend.

»Warum hast du denn Angst vor der Zukunft?«, fragte Jackie.

Ella winkte ab. »Die Gründe liegen in der Vergangenheit.«

»Das tun sie immer«, sagte Jackie und sah sich um, als könnte sie ein paar davon sehen. »Irgendwo da hinten«, sie deutete mit dem Daumen über die Schulter zurück, »ist ein gigantischer Haufen Gründe, und wir schleppen ihn mit. Ein guter Teil geht uns alle an, und dann schleift jeder noch sein eigenes Kontingent mit, seine ganz persönliche Mülldeponie an Gründen, die keiner mehr braucht. Ich meine, wozu ist er denn gut, so ein Grund? Um sich etwas zu erklären, oder? Hat man es sich erklärt, ist der Grund erledigt. Gründe ausmisten ist neuerdings meine Lieblingsbeschäftigung.«

»Gründe«, stoppte Ella ihre Begleiterin, »Abgründe müsste es heißen.«

Langsam glaube ich, sie hat recht mit den Zufällen, dachte Jackie, die das Gefühl hatte, Ella habe sich gerade auf ihren Buckel geschwungen. Die Schwere der Jüngeren trug nicht allzu sehr zur Leichtigkeit des Seins bei, die sie hier wiederzufinden hoffte. Trotzdem komisch. Jemand, der einem wie aus dem Gesicht geschnitten ist, erscheint einem ja nicht ohne Grund. Da! Schon wieder. Der nächste Grund. Aber es muss sich doch jemand etwas dabei gedacht haben, sie und Ella zusammenzubringen. Bloß was? Jackies Krise war vorbei. Sie hatte sich gerade damit abgefunden, jenseits der Mittellinie des Lebens zu stehen. Sie hatte sich mit dem Altern abgefunden. Es war nicht leicht gewesen, das konnte sie jedem schriftlich geben. Nicht zuletzt in Form ihrer Tagebücher. Da waren so einige wellige Seiten drin, die sie vollgeheult hatte, weil sie das geworden war, was sich kein Mensch vorstellen kann, bevor es ihm passiert: älter.

Sie erinnerte sich noch an die Geburtstagsfeier einer Freundin. Vierzig war sie geworden und hatte ein Theater darum gemacht, dass es schon peinlich war. Den ganzen Abend über hatten sich alle um sie herum darüber unterhalten, wie entsetzlich es war, nun mit diesem Vierer leben zu müssen. Viieeeerer sagten sie mit viel Igitt in der Stimme. Es war nicht zu verkennen, wie unschicklich er war, der Viieeerer. Ein Makel in der jugendlichen Biografie, ein Schandfleck in der Mir-gehört-die-Welt-Gesellschaft. Ungeniert hatten sie sich gegenseitig ihre Falten gezeigt und sich ihre Wehwehchen erzählt. Kokett natürlich, weil echte Indizien für den Verfall waren es noch nicht. Mit vierzig begann das Unglück ja erst. Noch konnte man sich drüberschummeln und so tun, als wäre alles wie immer. Ihr werdet noch schauen, dachte Jackie, die stumm inmitten dieses affigen Klüngels gestanden war und den überkandidelten Schönheiten, die sie noch zu sein glaubten, zugehört hatte, wie sie mit ihrer schrecklichen Zukunft haderten, in der naiven Überzeugung, dass sie sie nie erleben würden. Bei ihnen, da waren sie sicher, würde die Realität eine Ausnahme machen. Ihnen würde sie ein Hintertürchen aufmachen, ein Wurmloch in die Zeitlosigkeit. Sie würden verschont bleiben von Menopause und Haarausfall und was sich die Natur sonst noch für die paar unnötigen Jahrzehnte des Lebens hatte einfallen lassen. Merkt hier denn keiner, dass ich schon dort bin, wo ihr glaubt, nie hinzukommen?, hatte Jackie damals gedacht. Merkt niemand, dass hier menschlicher Ausschuss mit am Tisch sitzt? Merkt niemand, dass mich das kränkt? Es hatte niemand gemerkt.

Eine Zeit lang hatte sie sich eingeredet, dass es daran lag, dass sie einfach nicht wie fünfzig aussah. Das ging so lange gut, solange kein Spiegel in der Nähe war. Mit jedem Blick auf sich selber gelang es ihr immer schlechter, sich zu belügen. Das war die schlimmste Zeit der Krise: die Unabänderlichkeit. Nicht nur die des Alterns, sondern die Erkenntnis, dass man es sich nicht einmal mehr schönreden kann. Nicht einmal mehr die Illusion funktionierte noch. Darauf war Jackie nicht vorbereitet gewesen. Wie auch, bis dahin war sie ja jung.

»Wie alt bist du denn?«, fragte Ella.

Jackie zuckte zusammen. Nicht wegen der Frage, die machte ihr nichts mehr aus. Sie war nur so in Gedanken gewesen. »Fünfundfünfzig.«

»Fünfundfünfzig«, wiederholte Ella mit einer gewissen Ehrfurcht. »Meine Mutter ist einundfünfzig.«

»Das hoffe ich für sie«, sagte Jackie. »Stell dir vor, sie wäre einundvierzig, dann hätte sie dich mit elf bekommen.«

»Auf eine Art hat sie mich mit elf bekommen«, sagte Ella kryptisch.

Da ist er, einer ihrer Abgründe, dachte Jackie, fragte aber nicht nach. Es war auch nicht nötig. In Ellas Bemerkung lag ihre ganze Geschichte. Man musste kein Psychologe sein, um zu begreifen, dass Ellas Problem eine handfeste Mutter-Tochter-Misere war. Nur, dass Ella in dem Szenario nicht das war, was sie sein sollte: das Kind. Den Part hatte sich offenbar Ellas Mutter unter den Nagel gerissen und ihre Tochter gezwungen, in einer verkehrten Welt zu leben. Das Kind war die Mutter, die Mutter war das Kind. Kein Wunder, dass Ella Angst vor der Zukunft hatte. Elterliche Vorbilder werden nachgelebt, die Dinge wiederholen sich. Wäre Jackie an Ellas Stelle, wüsste sie auch nicht, was sie mehr erschrecken würde. Im Alter zu werden wie ihre Mutter oder zu erkennen, was sie alles versäumt hatte, während sie viel zu früh die ganze Verantwortung tragen musste. In beiden Fällen hieß das, nicht gelebt zu haben. Ellas Mutter sollte den Johannesweg gehen, dachte Jackie, die auf einmal einen Riesenzorn hatte.

Gleich darauf beruhigte sie sich wieder. Ihre Gedanken behielt sie für sich. Auf eine seltsame Art war es, als hätte ihr Ella ohnehin alles erzählt, und sie spürte, dass Ella das genauso sah. Schweigend gingen sie nebeneinander her, eine tiefe Vertrautheit legte sich um sie. Manchmal sind Fremde die besten aller Freunde.

Auf einmal war auch die Schwere weg, die Ella Jackie aufgebürdet hatte. Es ging sich jetzt wesentlich leichter. Erstaunlich, wie wenige Worte man oft braucht, um etwas auszureden. Früher hätte Jackie ausgeholt, in ihrer Vergangenheit nach Beispielen, Vergleichen und Parallelen gekramt, das Thema von allen Seiten beleuchtet, um die Schattenseiten zu umreißen. Sie hätte mit Worten jongliert, ihre eigenen Erfahrungen vorgezeigt und ihre Schlussfolgerung präsentiert wie etwas Unumstößliches. Bitte sehr, das ist die Lösung, die stammt zwar von mir, aber für dich gilt sie genauso. Jackie hatte versucht, sich abzugewöhnen, die Erfahrenere heraushängen zu lassen, das war Teil ihrer Therapie gewesen. Und im Endeffekt war es immer wieder auf eines hinausgelaufen: Erzähl keinem, der jünger ist als du, wie es ist, älter zu sein als er. Manchmal gelang es ihr.

»Wie ist es, wenn man fünfundfünfzig ist«, fragte Ella prompt.

»Wart's ab«, sagte Jackie.

Ella verdrehte die Augen.

Kleine Sünden straft der Herr sofort, dachte Jackie, wie man's macht, macht man's verkehrt. Es war nicht leicht, die Mitte zu finden zwischen dem Zuviel und dem Zuwenig. Vielleicht sollte sie einfach ihren Bauch reden lassen und den Mund nur aufmachen, um herauszulassen, was da von unten heraufkam. Puppe und Bauchrednerin in einem, mit so was kann man auftreten. »Entschuldige«, sagte sie zu Ella und hängte sich bei ihr ein. »Ich wollte dich nicht auflaufen lassen. Die Wahrheit ist: Wie es ist, älter zu sein, begreift man erst, wenn man so alt wird. Kann sein, dass das der wahre Segen ist.«

Vielleicht ist das ein Service des Johanneswegs, dachte Jackie und blieb kurz stehen, um sich zur Abwechslung einmal wieder die Aussicht anzuschauen. Die geben jedem so einen Unschuldsengel mit, aus dem kleine Hörner wachsen, und der bohrt damit genau in die wunden Punkte. Dann lässt man ein bisschen die Sonne draufscheinen und das Dunkle schaut nicht mehr ganz so finster aus. Raffiniert. Genau wie diese Ella. Jackie wischte sich den Schweiß von der Stirn.

»Lassen wir's gut sein für heute und gehen was essen?«, fragte Ella.

»Die zwei besten Ideen, die ich heute gehört habe.«

Ella und Jackie blieben den ganzen Johannesweg über zusammen. Vierundachtzig Kilometer, die eigentlich jede für sich haben wollte, im Gleichschritt. Sie wussten nichts voneinander außer den Vornamen, aber nach vier Tagen kannten sie die innersten Winkel der anderen. Sie redeten nicht über ihre Berufe, ihre Männer, ihre Geldsorgen. Aber sie redeten. Es schien, als wäre eine Schleuse aufgegangen. Sie redeten über sich, über die Dinge, die sie noch nie jemandem erzählt hatten. Darüber, was sie freute, wo sie versagt hatten, was sie verletzte und wem sie vertrauten. Sie erzählten sich, worauf sie sich verließen, was sie vermissten. Weswegen sie sich schämten, wovor sie sich fürchteten. Sie erzählten sich, wer sie waren. Sie gaben einander penibel Auskunft. Weder verschwiegen sie etwas, noch beschönigten sie es. Sie sagten die Wahrheit. Als wäre es nicht möglich, mitten in der Natur zu lügen.

Sie redeten über nichts und alles. Ein so ein Nichts war zum Beispiel die Frage, wie man am besten Fliegen mit der Hand auf einer Tischplatte fängt, von vorne oder von hinten. Von vorne, das war völlig klar für Jackie, weil sie einem da praktisch in die Hand liefen. Von hinten, protestierte Ella, da sehen sie einen nicht kommen. Von so einem Nichts kamen sie dann oft auf ein anderes. Zum Beispiel, dass es besser war, dem Leben von vorne entgegenzuschauen, als ihm hinterherzustieren. Die beiden hatten große Freude an solchen Betrachtungen und lieferten sich einen küchenphilosophischen Wettstreit.

Die zweite Lieblingsbeschäftigung war Gründe zu Grabe tragen. In dieser Disziplin ging es darum, möglichst globale Warum-Fragen zu stellen, die sich letztlich mit drei Wörtern beantworten ließen: Wurscht, is so. Warum geht uns das Erdöl aus? Wurscht, is so. Warum sind Politiker korrupt? Wurscht, is so. Ab Kilometer sechzig schliff sich das Globale etwas ab, und die Fragen wurden konkreter. Warum läutet das Handy immer, wenn man aufs Klo geht? Wurscht, is so. Warum hast du keine Regenjacke mit, wenn's jetzt nieselt? Wurscht, is auch so.

Als sie gemeinsam die Himmelsleiter hinaufstiegen und sich die Mühlviertler Alm unter ihnen anschauten, fragte Ella: »Wo wohnst du eigentlich?«

»In Wien«, sagte Jackie.

»Wo in Wien?«

»In Döbling.«

»Wo in Döbling?«

»In Sievering.«

»Wo in Sievering?«

»Unterm Friedhof.«

»Aha.«

»Und du?«, wollte Jackie wissen.

»Oberhalb vom Friedhof.«

»Schon lange?«

»Seit zwanzig Jahren.«

»Ich auch.«

Sie schwiegen lange.

»Ich glaub jetzt vielleicht doch an deine Zufälle«, sagte Ella.

Danke fürs Begleiten, es war mir eine Ehre. Alles Gute wünsch ich, ein schönes Leben im Zeichen der Lilie, bleiben Sie gesund. Bis bald.

Vielleicht laufen wir uns ja wieder über den Johannesweg.

Nachspiel

Ein Baum steht am Wegrand, 's ist eine Lärche. Ein Eichhörnchen huscht herbei, bleibt kurz stehen. Ein neugieriges Wesen. Es ist ein prachtvoller Tag Ende Juni, die Sonne steht hoch am Himmel. Auf dem Baum ist etwas in die Rinde geritzt, Namen. Vornamen.

Beppo & Electra
Lena
Carl & Corinna
Alexander & Sebastian
Anna
Tobias
Elisabeth: Für Martin
Paul
Marcus
Saskia
Fritz & Angelika
Jackie & Ella

Das Eichhörnchen überfliegt die Namen, scheint etwas zu überlegen und flitzt davon.

Der Johannesweg

Der Johannesweg hat nicht zufällig die weiße Lilie im Logo. Sie steht als Symbol für das Licht, und ins Licht soll der Weg auch führen. Folgt man ihm über seine zwölf Stationen, folgt man vierundachtzig Kilometer lang den Umrissen der Lilie, nach der die Strecke abgesteckt wurde.

Natürlich kann jeder den Weg gehen, wie er will. In der Mitte einsteigen, nach einem Drittel aussteigen, immer wieder kommen oder ihn in einem durchrennen. An zwölf eigens aufgestellten Johannessäulen kann man sich orientieren, welcher Weisheit man im jeweiligen Abschnitt gerade auf den Grund geht.

Ein kleiner Wanderguide

1 Anfang und Ende liegen beim Johannesweg dicht beieinander. Nämlich in der oberösterreichischen Gemeinde Pierbach im Mühlviertel, von der aus man Richtung Linz marschiert. Einige Meter nach der Ortstafel geht es rechts hinauf auf den Ramlberg und weiter zum Hof der Familie Irxenmayr und seiner Quelle des Lebens. Am Johannesbrunnen und der Engelskapelle ist der offizielle Start des Wanderweges. Auf diesem ersten Abschnitt ist man dem Humor auf der Spur.

2 Es geht bergab zur Kleinen Naarn und ein Stück den Bach entlang, bevor man links durch den Wald hinauf nach Kaining kommt. Wiesen und Waldwege führen nach Schönau zur Mühlviertler Alm Bundesstraße. Am Herrgottsitz lässt man sich entweder in der Mulde nieder und schaut auf die Hügel der Mühlviertler Alm herunter, wie es der Sage nach der liebe Gott gemacht haben soll, als er die Welt erschuf. Oder man will aufs neu errich-

tete Gipfelkreuz. Das nächste Stück Weg zur Ruine Prandegg ist leicht zu bewältigen. Die Aussicht auf dem Turm kann sich sehen lassen, man schaut bis zu den Alpen. Nach der Turmbesteigung wird man die Taverne zu Prandegg ungern links liegen lassen. Auf diesem zweiten Abschnitt geht man der Geduld nach.

3 Von nun an geht's bergab ins Waldaisttal und gleich darauf wieder bergauf in die Ortschaften Stiftung und Reith. Von hier aus ist es nicht mehr weit bis zum Herzogreitherfelsen, der Spitze des ersten Lilienblattes. Über die in Stein gehauenen Stufen bezwingt man den großen Granitfelsen, außerdem gibt es Aufstiegshilfen. Wieder sieht man bis zu den Alpen und macht sich dann auf nach St. Leonhard bei Freistadt und seiner sehenswerten Wallfahrtskirche. Wer den Johannesweg in drei Etappen gehen will, hat hier die erste hinter sich. Auf diesem dritten Abschnitt kommt man dem Mut näher.

4 Direkt beim Kirchenwirt im Ortszentrum beginnt der Weg zur Bründlkapelle. Am Augenbründl sollte man nicht achtlos vorübergehen, es hat einen Grund, warum es so heißt. Das Wasser, das aus der Quelle sprudelt, ist radonhältig, deshalb wird ihm eine starke positive Wirkung auf Augen und Ohren zugesprochen. Man kann also nicht sagen, dass einem an dieser Stelle des Johanneswegs Hören und Sehen vergeht. Auf diesem Abschnitt ist man Richtung Großzügigkeit unterwegs.

5 Nun geht es bergauf über den Haiderberg in die Ortschaft Langfirling und über eine herrliche Panoramastrecke nach Waldfeld. Von hier ist es nicht mehr weit bis zum Galgen. Was jetzt nicht bildlich gemeint ist, den gibt es hier wirklich. Allerdings muss man genau schauen, vor lauter Bäumen kann man ihn beinahe nicht sehen. Auf diesem Abschnitt läuft man der Toleranz in die Arme.

6 Bergab führt der Weg durch den Wald bis zur Zwischenstromwiese. Die heißt deshalb so, weil sich hier die Schwarze und die Weiße Aist zur Waldaist zusammentun und dazwischen Wiese ist. Auf hölzernen Liegen lässt es sich trefflich rasten und erleben, wie die beiden Bäche symbolisch vieles herantragen, aber auch wieder mitnehmen. Bis man merkt, dass man im Sitzen nicht weiterkommt, kann es schon etwas dauern. Auf diesem Abschnitt ergeht man sich in Demut.

7 Von der Zwischenstromwiese führt der Weg weiter in die Ortsmitte von Weitersfelden. Wer sich hier eine Stärkung holen will, ist bei den Wirten im Ort herzlich willkommen. Weiter geht es über Wiesen und Waldwege am sogenannten Naturkino vorbei nach Nadelbach bis zur Jausenstation Maisnester. Bergauf geht es dann an den Bauernhöfen der Silberberger Schnapsbrenner vorbei, hier kann man sich mit einem guten Tröpfchen für den Anstieg zum Kammererkreuz wappnen. Dann hat man die Spitze des mittleren Lilienblattes des Johannesweges erreicht und einen grandiosen Ausblick bis in die Alpen. Auf diesem Abschnitt geht man Hand in Hand mit der Hilfsbereitschaft.

8 Vom Kammererkreuz geht es weiter nach Kaltenberg. Bevor man den Marktplatz erreicht, führt die Wanderstrecke an der Ursprungskapelle und am Augenbründl vorbei. Am Standort der Kapelle, so erzählt die Volkssage, sei einem Hirtenknaben an einem Lindenbaum einst die Muttergottes erschienen. Weiters lohnt es sich, auch in der Marien-Wallfahrtskirche vorbeizuschauen. Wer den Johannesweg in drei Etappen gehen will, hat hier die zweite hinter sich. Auf diesem Abschnitt geht man alles mit Maß und Ziel an.

9 Vom Marktplatz von Kaltenberg geht man den Kreuzweg nach Unterweißenbach. Vierzehn Kapellen stehen hier auf 200

Meter Höhenunterschied verteilt. Die Kapellen sind in Steinbloß-Mauerwerk ausgeführt, innen weiß verputzt und haben einen hölzernen Vorbau. Das Dach jeder Kapelle krönt ein päpstliches Kreuz, hölzerne Reliefs des Bildhauers Felix Weiß aus Liebenau schmücken sie. Die achte Station des Kreuzwegs wird wegen des eingemauerten steinernen Beckens auch Schüsselkapelle genannt. Auf diesem Abschnitt wandert man der Zufriedenheit entgegen.

10 Man durchquert Unterweißenbach und lässt den Wegererhof hinter sich, dann geht es steil bergauf. Vom 834 Meter hohen Wegererstein zeigt sich die Landschaft wieder einmal von ihren schönsten Seiten. Der Rundblick von der Plattform am Gipfel gibt einem Berge. Auf diesem Abschnitt tritt man in Kontakt mit der Ausgeglichenheit.

11 An der Hirschalm-Almhütte im Jagdmärchenpark muss man nicht vorbei, man kann auch dort einkehren. Als nächstes stolpert man über die kleine Hauskapelle und die Einsiedlerklause. Umrundet man den Platz, steht man vor der Himmelsleiter mit ihren hundertacht Stufen nach oben. Der gesamte Hügel ist bekannt für seine besonderen Energiezonen, man kann hier gut Kraft tanken. Auf diesem Abschnitt entdeckt man Schritt für Schritt die Freude.

12 Durch den Wald kommt man zum Harlingsedter Gipfelkreuz. Danach geht es bergab nach Königswiesen, über Wald- und Wiesenwege bis in die Ortschaft Mötlas, um den Bischofsberg herum und wieder bergauf zur Ruine Ruttenstein. Vom Turm aus wirft man noch einen letzten Blick vom Johannesweg herunter, dann ist es Zeit für ein Glaserl Most in der Schutzhütte Ruttenstein, bevor man nach Pierbach aufbricht. Auf diesem letzten Abschnitt hat man den Kreis zum Alltag geschlossen.

Information und Kartenmaterial erhältlich unter
Verband Mühlviertler Alm
A-4273 Unterweißenbach 19
Tel.: 0043(0)7956/7304
Mail: office@muehlviertleralm.at
Web: www.muehlviertleralm.at
www.johannesweg.at